反逆のソウルイーター

~弱者は不要といわれて剣聖（父）に追放されました~

The revenge
of
the Soul Eater.

8

これまでのあらすじ

幻想一刀流の家元・御剣家を追放されたのち、無敵の「魂喰い（ソウルイーター）」となったソラ。

そのソラ討伐に失敗した青林旗士のクライアは、弟のクリムトが鬼人が棲む鬼界に向かったと聞き、幽閉先の鬼ケ島を脱出。ソラにクリムト救出のため、一緒に鬼界に行ってほしいと懇願する。

意外にもクライアの要請を聞き入れたソラは、青林旗士の同期だったウルスラと3人で鬼界の門をくぐる。そこで一行を待ち受けていたのは、鬼界を支配する中山王・アズマの弟・ドーガだった。そしてソラとの間にすさまじい戦いが始まった。

Soul Eater.

登場人物紹介

ソラ・空　…………幻想一刀流の御剣家を追放された後、相手の魂を喰らい尽くす「ソウルイーター」として復活、無敵のパワーを有するようになる。かつて自分を貶めた相手に復讐し、次々と従者にしていくが、最終的な目標は御剣家の当主の父である。

クライア・ベルヒ　…鬼ヶ島の青林旗士。ソラ討伐に派遣されたが失敗し、鬼ヶ島に幽閉されていたが、弟のクリムトが鬼界へ行ったと知り決死の覚悟で脱出。瀕死の状態でソラのもとへと赴き、クリムトの救助を要請する。

クリムト・ベルヒ　…クライアの弟で青林旗士。クライアとともにソラの討伐に失敗。幽閉された姉の禁を解くため、鬼人の王・アズマを討ち取ろうと単身鬼界へと潜入し、行方不明となる。

ウルスラ・ウトガルザ…ソラと同期の青林旗士。子どもの頃は男の子にしか見えず、長じて女性らしくなってからも自分のことを「僕」と呼ぶ。鬼界へ向かうソラとクライアに同行する。

カガリ　…………鬼人族の中山王・アズマの末の弟。自由闊達な性格で、戦い好きではあるが戦闘狂ではない。兄弟の中でも特にドーガと仲が良い。

ドーガ　…………中山王・アズマの三番目の弟。見上げるほどの巨軀で、筋骨隆々とした肉体は熊を思わせる。鬼界へ入った直後のソラと壮絶な戦いを繰り広げる。

The revenge of the

目次

プロローグ　9
第一章　西都へ　13
第二章　大輿山の戦い　62
第三章　四ツ目の鬼人　125
第四章　過去の残影　174
第五章　教皇ソフィア・アズライト　239
第六章　幻葬の志士　293
エピローグ　355
書き下ろし　カムナの巫女　359
あとがき　367

8

The revenge of the Soul Eater.

プロローグ

「旗将《きしょう》、一部の旗士たちが鬼人への攻撃許可を求めていますが、いかがいたしますか？」

「ならぬ。御館様の命令は砦の堅守。出撃は許されておらぬ」

南天砦《なんてんさい》の城壁の上に立ち、静かに東の方角を見据えていたディアルト・ベルヒは、副将である九《く》門淑夜《もんしゅくや》の問いににべもなく応じる。

それを聞いた淑夜は浅黒の顔に苦笑じみた表情を浮かべて「かしこまりました」とうなずいた。

両者は同じようなやり取りをこの三日間で何度も繰り返しており、双方ともに辟易《へきえき》していたのである。

双璧《そうへき》と呼ばれる御剣《みつるぎ》家の最高戦力ふたりに違いがあるとすれば、淑夜が内心を少しだけ覗《のぞ》かせているのに対し、ディアルトは塵《ちり》ほども内心を見せていない点であった。

淑夜はディアルトと同じように東の方角に目を向けながら、感嘆したように言う。

「すさまじい戦いでしたね」

その言葉にディアルトは白皙《はくせき》の美顔をほんのわずか上下させる。

淑夜の言葉どおり、砦の東側ではつい先刻まで激しい戦いが繰り広げられていた。鬼人の戦士と人間の剣士がそれぞれ心装《しんそう》を励起《れいき》させ、三日三晩にわたって戦い続けていたのである。

砦の旗士たちが出撃を望むのもあの戦いにあてられたからだろう、と淑夜は考えている。淑夜自身、身体に滾《たぎ》るものがある。およそ戦いを生業《なりわい》とする者であれば、あれを見て奮い立たない者はいまい。

その熱は戦いが終わった今なお南天砦《なんてんさい》を覆っており、なかなか冷めそうになかった。いや、むしろ戦いが終わってからの方が砦の内部は騒然としつつある。

というのも、時間が経つにつれて戦いの詳細が旗士たちの間に広まっていたからである。

砦の外で戦っていたのは五年前に廃嫡《はいちゃく》された御剣空《そら》。そして、その空は鬼界で行方知れずになった同期生クリムト・ベルヒを捜し出そうとしており、同じく同期生であるウルスラ・ウトガルザ、クライア・ベルヒの両名と行動を共にしていた。

クライアと言えば、少し前に島抜け騒動を起こして家中を騒がしたばかりである。旗士たちの多くは、このときクライアが無謀な行動に走った理由を知った。

これにともない、ベルヒ家が下した非情ともいえるクリムトへの命令——鬼界に潜入して鬼人王の首を獲《と》れ——も家中に広がっており、養子ふたりを危地に落としたベルヒ家を非難する声が高まりつつある。

今回の一件はしばらく家中で尾を引くだろう、と淑夜は予想していた。

それにしても、と淑夜はディアルトの毅然とした後ろ姿を見ながら思う。

クリムトの鬼界送りに端を発する一連の流れの中で、ディアルトが大きな役割を果たしたことは間違いない。もっと言えば、ディアルトこそ黒幕であろうと淑夜は睨んでいる。

しかし、その目的が今に至るも見えてこなかった。不要になった弟妹を始末するためにしては事が大きくなりすぎている。

それにディアルトらしからぬ脇の甘さも目につく。クリムトへの無謀な命令が旗士たちに漏れているのはその最たる例だった。これにより、家中ではクリムトとクライアへの同情が高まっており、前述したようにベルヒ家に対する非難の声が強まっている。今ごろディアルトの父であるギルモアは激怒しているに違いない。

ディアルト自身の声望にも陰りが見え始めている。青林《せいりん》第一旗の中ではウルスラのように旗将《きしょう》に不信の目を向ける者も少なくなかった。

そういったことにディアルトが気付いていないとは思えない。だが、ディアルトの態度は常と変わらず悠揚迫《ゆうようせま》らぬものだった。

その姿を見ていると、今の状況こそディアルトが望んだものだったのではないか、とさえ思えてしまう。

淑夜は常々ディアルトのことを「底が知れない人だ」と考えていたが、今回の一件であらためてその思いを強くしていた。

と、ここでディアルトが後ろを振り返って淑夜に目を向ける。名工が手がけた彫刻を思わせる秀麗な顔には、ひとかけらの動揺も浮かんでいなかった。

「私は事の次第を御館様に報告する。砦の指揮は任せる」

「かしこまりました」

淑夜がうなずくと、ディアルトは青林旗士の陣羽織を翻《ひるがえ》し、決然とした足取りでこの場を後にする。

その姿は泰然として揺るぎなく、青林八旗《せいりんはっき》の頂点に立つ第一旗の旗将《きしょう》にふさわしい風格を感じさせた。

第一章　西都へ

1

——空殿《そら》。少しそなたと話をしたい。

中山王《ちゅうざん》アズマを名乗る鬼人にそう問われた空は、さして迷うことなくうなずいた。もとより空の目的は鬼人の王と会い、クリムトについて話を聞くことだった。アズマの申し出は渡りに船だったのである。

ドーガとの戦闘があまりにも楽しすぎて、我を忘れて戦い続けてしまったのは誤算だったが、結果として鬼人の王を引き出すことができたのだから良しとしよう。空はそう考えた。

眼前の人物が本当に鬼人の王なのか、という疑念もあるにはあるが、これについては疑っても仕方ないと割り切ることにした。なにしろ空は本物のアズマ王を知らない。偽者との区別などつけようがないのである。

ここで相手を偽者扱いして交渉の機会を失うよりは、相手を信じて行動してみるべきだろう。

ただ、ドーガと戦った疲労が色濃く残っている今の状態では実りのある話は期待できない。それに、話の内容次第では再び戦闘に突入することも考えられる。できればまともに動けるようになるまで時間をおきたい、というのが空の本音だった。

そんな空の心を汲《く》み取ったわけでもないだろうが、アズマは柔らかな声音で続ける。

「とはいえ、このような荒野の只中《ただなか》では互いに落ち着いて話をすることができまい。そこで卿《けい》らを中山の都に招待したい」

「招待？」

「さよう。都の名を西都《せいと》という。むろん、領内における卿《けい》らの安全は中山王の名に懸けて保証しよう。いかがかな？」

空は相手の言葉を聞いて、ふむ、と考え込む。アズマの提案は敵の懐《ふところ》に飛び込むことを意味しており、言うまでもなく危険だった。

しかし、その程度の危険は鬼界に来た時点で織り込み済みである。今さら危険を恐れて、せっかくの誘いを蹴るという選択肢はない。

その判断の底には、向こうが言《げん》を逆さまにして襲ってくるなら、それはそれで構わないという思いがある。空にとって敵の数が増えることはエサが増えることと同義だ。これが罠なら食い破るまでである。そう考えてアズマの招きに応じることにした。

自身の選択を済ませた空は、念のためにふたりの同行者の意思を確認する。アズマは「卿《けい》ら」と口にしていたので、クライアとウルスラのふたりも招待の人数に含まれていると考えるべきだろう。クライアに関しては、クリムトの手がかりを得られる好機なので文句は言うまい。ウルスラにしても当初の人質案――鬼人の将を人質にして中山王と交渉するという空の計画――に賛同したくらいだから多少の危険は意に介さないはず。

その空の予想どおり、クライアとウルスラは迷うことなく首を縦に振った。それを見た空はアズマに向き直って言う。

「承知した。貴殿の招待に応じよう」

「重畳《ちょうじょう》。それでは車を用意するので、しばしこの場で待っていてもらいたい」

そう言い置くと、アズマは踵《きびす》を返して配下のところに戻っていく。

そのアズマに真っ先に話しかけたのはドーガだった。

ドーガは先の空との激闘で立っているのもやっとの状態だったが、今はその消耗以上にアズマの行動への懸念が優っていた。

「兄者、まことにあの者たちを西都に連れていかれるおつもりで？」

眉間にしわを寄せ、言外に反対の意をのぞかせる弟に対し、アズマはどこか愉快そうな顔で応じる。

「うむ。もとより話をしたいと思っていた相手だ。ここで会ったのも何かの縁というものであろう」

「兄者、相手は門番の輩《ともがら》ですぞ。多少毛色が違うとはいえ、いつ刺客に変じるとも知れませぬ。そのように軽いお気持ちで懐《ふところ》に迎え入れるおつもりならば、臣として反対せざるをえませぬ」

「たしかに危険な若者ではある。なにしろ、中山最強たるそなたを相手に三日三晩戦い抜いたのだからな。鬼界広しといえど、同じことができるのはカガリくらいのものであろう」

感心したように空への評価を述べたアズマは、己を見やるドーガに笑いかけた。

「なればこそ腹蔵《ふくぞう》なく語り合ってみたいのだよ。それに、あの若者が刺客などでないことはそなたもわかっていよう？　刺客は己を匿《かく》すことを第一義とする。空殿が刺客であれば、そなたと真っ向から戦うような真似をするはずがない。己が危険人物であると大声で喧伝《けんでん》するようなものだからな」

「は。それはたしかに兄者のおっしゃるとおりでござるが……」

「それに、門番たちの動きも気にかかる」

「と、おっしゃいますと？」

問われたアズマは遠くに見える御剣家の砦に目を向けた。

西都で弟たちの後詰《ごづめ》として控えていたアズマは、空とドーガの戦いの報告を受けてこの地に急行してきた。これはドーガの身を案じたからである。

相手が誰であれ、一対一でドーガが負けることはない。アズマはそう考えているし、そう信じている。この信頼は相手が門番の首魁《しゅかい》たる剣聖であっても揺らぐことはない。空装まで含めたドーガの全力はその域に達していた。

だが、その全力をいつでも好きなだけ振るえるのかと問われれば、答えは否である。

強力な心装はそれだけ使い手に負担を強《し》いる。空装に至っては言わずもがなだ。角《つの》で鬼神とつながっている鬼人族は、門番たちよりも強い力を出しやすい分、負担も大きい。己の身体で同源存在《アニマ》を顕現させる愛《めぐ》し子は特にこの傾向が強かった。

そして、ドーガはまさにその愛《めぐ》し子なのである。

アズマが報告を受けた段階で、ドーガはすでに丸一日以上全力戦闘を続けていた。同じ状況が続けば、ドーガは空装の行使に踏み切るかもしれない。その結果、戦いはドーガの勝利で終わるに違いないが、そこでドーガの力も尽きる。

門番たちにしてみれば中山の王弟を討つ絶好の機会である。鬼人憎しで凝《こ》り固まっている者たちがこの好機を見逃すはずがない。アズマはそう考えて、取るものも取りあえず西都を発《た》ったのだ。

しかし、アズマの心配は杞憂《きゆう》に終わる。

門番たちは、戦いの最中も、終わった後も、まったく動こうとしなかったのである。今もアズマの視線の先にある砦に動きはない。アズマの能力を警戒してのことかもしれないが、だとしても三日以上敵将と戦い続けた空に増援のひとりも寄こさないのはあまりに非情だ。

アズマはちらと後ろを振り返って空を——正確には空がはめている腕輪を確認する。そして、怪訝《けげん》そうに兄をうかがうドーガに向き直った。

「以前、カガリが申していたように空は鬼人族の腕輪を身に付けている。すなわち、間違いなく外の同胞と友誼《ゆうぎ》を結んでいるということだ。思うに、そのことが原因で空と他の門番との間に隙《げき》が生じているのではないかな」

今に至っても門番たちが動こうとしない理由はそれで説明がつく。そして、そうであれば空を鬼人側に取り込む目もある。

そのアズマの意見に、ドーガは短くうなった。

「そのようにうまく運びましょうか？　敵の敵は必ずしも味方たりえませぬ。あの者が外の同胞と友誼を結んでいるとしても、それを我らとの関係に敷衍《ふえん》するとはかぎりませぬぞ」

「たしかにな。しかし、だからといって何もせずに機を逸《いっ》するのは愚かというものだ。ここは私の意に従ってくれ、ドーガ」

真剣な表情を浮かべた兄に頼まれたドーガは、ほぅ、と小さく息を吐く。

「かしこまりました。兄者がそこまで御心を固めておられるなら、これ以上の反対はいたしませぬ。御意のままになさいませ」

ドーガはそう言ってアズマに従うことを誓ったが、釘を刺すことも忘れなかった。

ぎょろりと巨眼を剝《む》いて兄を見る。

「ただし、あの者らを兄者の戦車に乗せることはなりませぬぞ。それがしの戦車に乗せますゆえ、そこは了承していただきまする」

「む。西都までの道中、色々と話を聞くつもりだったのだが……」

「なりませぬ。空はともかく、供の二名はまだ戦う力を残しておりましょう。それこそあの女性《にょしょう》たちが刺客である可能性もあるのです。そのような者たちを兄者の戦車に同乗させるわけにはまいりませぬ」

鬼界における戦車とは魔獣に牽《ひ》かせる四輪車のことを指す。身分によって魔獣の種類や車の大きさに違いが出るが、基本的には御者《ぎょしゃ》、弓手、矛使いの三人が乗りこむ仕組みとなっている。

自然、造りもそれに沿ったものになっており、一度に乗れるのは三人から四人、多くて五人までだ。空たち三人をアズマの戦車に乗せようと思えば窮屈にならざるを得ず、護衛もろくに付けられない。

アズマとしては、そうすることで己に敵意がないことを空に示すつもりなのだろう。ドーガもそれは理解できたが、ではそれに賛同できるかと問われれば答えは否である。

ここは譲らぬ、という意思を前面に押し出す弟を見て、アズマが苦笑しつつうなずいた。

「わかった。そなたの忠言に従おう――聳孤《しょうこ》！」

呼びかけに応じて一台の戦車が砂煙をあげながら接近してくる。魔獣の姿形《シルエット》は鹿を思わせる四本足の立ち姿。顔は竜に似ており、額からは雄々《おお》しい角を生やしている。蹄《ひづめ》で地を蹴って走る姿は鬼門の外では見られないものだった。

それもそのはずで、この魔獣は麒麟《きりん》といい、鬼門の中にのみ生息している種なのである。

魔獣といってもすすんで他の生き物を襲うことはなく、性情もきわめて大人しい。生息数は少なく、人に馴《な》れる例はさらに少ない。そのため、聖獣ないし霊獣と呼ばれることも多い。

アズマの前までやってきた麒麟が甘えるようにアズマに頭をこすりつける。

兄に続いてドーガが「炎駒《えんく》！」と呼びかけると、やはり一頭の麒麟が車を牽いて猛然と駆け寄ってきた。こちらはドーガを前にしても甘える様子を見せず、敵はどこかとたずねるように盛んにカツカツと地面を蹴りつけている。麒麟にしては荒々しい気性は主人に似たせいだろうか。

御者席に乗ったドーガが炎駒《えんく》をうながして空たちに近寄ると、赤毛の麒麟を間近で見た空は疲れも忘れて感嘆の声をもらした。

空の知識で言えば、麒麟の体躯《たいく》は馬より大きく翼獣《ワイバーン》より小さい。性情は大人しそうだが、いざ戦いとなれば王クラスの魔獣にもひけをとることはないだろうと思わせる力を感じさせた。

「おお？　なんだこのかっこいい生き物は？　竜の眷属か？」

複数の獣を融合させたキメラめいた外見は、人によっては不気味に感じられたかもしれないが、少なくとも空の目には雄々《おお》しく、また美々《びび》しく映ったようだ。

つい先刻まで死闘を繰り広げていた相手が、子供のように目を輝かせて麒麟の姿に見入っている。

それを見たドーガは毒気を抜かれ、声から敵意を抜いて空に告げた。

「西都まで連れていく。乗るがよい」

空はその声に応じてドーガの戦車に乗り込んだ。次いでクライア、ウルスラも車上の人になる。

それを確認したドーガが軽く手綱を動かすと、赤毛の麒麟は待ってましたとばかりに頭《こうべ》をめぐらし、土煙を蹴立てて西都めざして走り始めた。

2

荒野を駆ける麒麟《きりん》は飛ぶように速く、川下りでもしているように周囲の景色が視界の左右を流れていく。

まるでクラウ・ソラスに乗って空を飛んでいるときのようだ。

実に爽快《そうかい》と言いたいところなのだが、地上を走る戦車の速度は車体の揺れに比例しており、そこが難点といえば難点だった。ようするに、すごく乗り心地が悪いのである。

普段であればなんということもないのだが、体力を消耗している今の俺にはけっこうきつい。実はドーガの嫌がらせではあるまいか、とこっそり疑ったのだが、御者席に座る鬼人の後ろ姿からはそういった底意地の悪さは感じられなかった。

邪推《じゃすい》を恥じた俺は、こうなったら西都とやらに着くまで耐える他あるまいと覚悟を決める。さすがにこの状況で「酔いそうなので速度落として」とは言えなかった。

と、ここで隣に座っていたクライアが口をひらく。

「空殿《そらどの》、お辛《つら》いようでしたら横になりますか？」

そう言ってぽんぽんと己の膝を叩くクライア。膝枕をしますよ、ということらしい。

なるほど、俺たちが座っている席はかなり狭いが、クライアとウルスラは鬼人の兵士と比べればかなり細身なので、俺たちが三人並んで座っても若干のゆとりがある。クライアの膝に頭を乗せればぎりぎり横になることもできるだろう。

「目をつむって横になっているだけでも、ずいぶん楽になると思います」

そう口にするクライアの顔に照れはない。もちろん冗談を言っている様子もない。純粋に俺を心配しているらしい。

そんな申し出をしてしまうくらい、今の俺は顔色が悪いのかもしれない。まあ不眠不休で戦い続けた直後なので当然といえば当然なのだが。

「そうだな……よし、頼む！」

西都まではまだしばらくかかるだろう。休めるときに休んでおくのは大切なことである。

俺がクライアの緋袴《ひばかま》に頭を乗せると、クライアはくすりと微笑み、白く細い指で俺の髪を優しく梳《す》いた。

クライアの指は剣士らしく節くれだっているが、それでも俺に比べれば十分にたおやかであり、髪を撫ぜる感触は心地よい。もともと疲労の極みにあった俺の意識は、その心地よさにあらがうこ

とができなかった。

激しい揺れも今は気にならない。俺は眠るというより、ほとんど気を失うようにして意識を手放した。


俺たちが西都に到着したのは、それからまるまる一日が経過してからである。

その間、アズマやドーガはずっと戦車を走らせていたわけではない。幾度かの休憩を挟み、食事をとり、時には行く手をさえぎる魔物を倒したりもしたが、特筆すべきことは何もなかった。

強《し》いて言うなら、クライアの膝枕は思いのほか回復効果が高い、という事実が明らかになったくらいである。

膝枕に味をしめ、たびたびクライアの膝で横になる俺を見て、ウルスラとドーガは露骨にあきれた顔をしていたが、クライアは楽しそうに笑っていたので問題はないと思う。たぶん。

そんなしょうもない一幕を経て俺たちは西都に到着した。

実のところ、俺は鬼人の都に対してある種の期待を抱いていた。

三百年にわたって御剣家と戦い続けてきた鬼人族の総本山なのだ。きっと堅牢にして壮麗な巨大都市に違いない。そういう期待である。

だが、現実の西都は俺の期待よりも少し……いや、かなり貧相だった。歯に衣着《きぬき》せずに言えば、とてもしょぼい。

いや、しょぼいというのは言い過ぎかもしれない。都市としての規模は大きいのである。城壁もそれなりに立派だ。

だが、鬼ヶ島に来る途中に立ち寄ったアドアステラの帝都イニシウムの壮麗さに比べれば、西都のそれは平凡の域を出ない。そして、城門をくぐり、城内に足を踏み入れても俺の感想が変わることはなかった。

城内には多くの建物が立ち並んでいたが、ほとんどが木造茅葺《かやぶ》きであり、中には枯れ木と古布だけでつくられた掘《ほ》っ立《た》て小屋もあった。これではひとたび火事が起これば、火は瞬く間に街中に燃え広がってしまうだろう。

そういう事態を防ぐため、家と家の隙間をあけたり、要所に井戸を設置したりといった対策をとっているようにも見えない。ようするに、街並みに計画性がまったく感じられないのである。

カナリア王国の王都ホルスのように、明確な都市計画のもとに発展した都市とはまったく違う。場当たり的に区画を拡大していっただけの雑然とした街並み。これではおのずと発展の余地も狭まってしまう。一国の都としてはお粗末と言わざるをえなかった。

王都がこれなのだから、地方の街や村の状況も推して知るべしであろう。

過去、御剣家が鬼界に領土を広げようとしなかったのは、勁《けい》の消耗を強いる風土が原因だとばかり思っていたが、もっと単純に領土を広げる実利がなかっただけなのかもしれない。

そんなことを考えているうちに俺たちは王宮——王府に到着する。そのまま客室とおぼしき部屋に案内され、そこであらためてアズマと話をすることになった。

ちなみに同席しているのはドーガだけで、他の重臣はもちろん侍女や護衛の姿もない。

はじめ、俺は鬼人側の対応を不用心だと感じたが、冷静に考えてみると、これはこれで用心した結果なのかもしれない。

俺たちに対する用心ではない。俺たちという人間を都に招いたことに対する用心である。

振り返ってみれば、アズマは西都に着いてからというもの、ドーガに命じて戦車に矢避けの簾《すだれ》をめぐらせるなどして、極力俺たちの姿を人目に晒《さら》さないようにしていた。人間を都に招き入れたことをあまり公《おおやけ》にしたくないのだろう。

臣民の動揺を考慮してのことか、配下の暴走を懸念《けねん》してのことかは分からないが、どちらにせよアズマにはそれほどの手間をかけてまで俺を招く理由があったわけである。

その理由が気になるのは当然のことだった。

ただ、それについて話す前にクリムトの件を片付けてしまう必要があった。クライアは急かすようなことは一度も言わなかったが、弟の身を案じて今も胸を痛めていることは間違いない。

アズマの話の内容次第では、この場で戦いになる展開も考えられる。その意味でも先にクリムトの安否を確かめておいた方がいい。

そう考えた俺が事の次第を説明すると、アズマは興味深そうに口をひらいた。

「――ほう。私の命を狙って鬼界にやってきた青年、か」

アズマはそう言うと、もったいぶることなくこちらの問いに応じた。

「ここ一月《ひとつき》の間に私が人間の刺客に襲われたという事実はない。また、人間を捕らえたという報告も届いておらぬ。その青年が生きている可能性はあるだろう」

それを聞いた俺は内心で胸をなでおろす。

アズマの言葉は必ずしもクリムトの無事を保証するものではなかったが、少なくとも「すでに処刑した」といったような確定した死を突きつけられることはなかった。それだけでも十分希望が持てるというものである。俺はクリムトではなくクライアのために喜んだ。

アズマはそんな俺に視線を向けつつ言葉を重ねる。

「しかし、無事であると断言することはできぬ。鬼界は蛇《へび》の呪いが渦巻く怨毒《えんどく》の地だ。領域の大半は濃い瘴気《しょうき》に覆われ、鬼神の加護を受けた鬼人族でさえ長期の単独行動は厳しい。何の加護も持たない人間にとっては尚《なお》のこと厳しかろう。ひとりで鬼界にやってきた青年が、誰の援助も受けずに今日まで無事でいられるかどうか」

アズマは難しい顔で首をひねる。クリムトが生きのびている可能性は低いと考えていることは明らかだった。

兄のかたわらに控えていたドーガが、ふん、と鼻で息を吐いて言葉を付け足す。

「この地には心装使いでも手こずる凶暴な魔物が多く徘徊《はいかい》している。あまり期待はせぬことだ。言うまでもないことだが、仮にその者が生きていたとしても、兄者に刃を向けた時点で必ず殺す。そのことはあらかじめ言明しておくぞ」

ドーガはそう言ってぎろりと俺を睨みつけてきた。

俺は肩をすくめてうなずく。

「承知した。そうならないように努めよう。ついてはクリムトを捜すために中山領を歩く許可をいただきたいのだが、いかがだろうか。もちろん人間であることは隠すし、騒ぎを起こさないことも約束する」

「それは……」

ドーガが露骨に嫌そうな顔をしながら兄を見る。

できれば拒絶したいが、自分の望みがかなわないことをすでに悟っている──ドーガが浮かべているのはそんな表情だった。

はたして、アズマは俺の申し出を一考もせずに快諾する。のみならず、嬉しそうな表情で次のように続けた。

「かまわない。むしろ、願ってもない申し出だ」

「願ってもない、というと？」

「私の話もそれに関わることだからだよ、空殿《そらどの》。私は──いや、中山は卿《けい》と結びたいと考えている。そのために私は卿《けい》を西都に招いたのだ」

アズマの言葉を聞いた俺は目を瞬かせ、首をかしげる。中山王がどういう意図でその言葉を口にしたのか、さっぱりわからなかったのだ。

――結論から言うと、アズマは誤解していた。

どうやら俺が御剣家において当主の意向に逆らえるだけの権限を持った重臣だ、と考えていたらしい。

どうしてそんな誤解をしたのかを探ってみると、原因はスズメからもらった腕輪にあった。

鬼人族に伝わる無病息災を祈る腕輪。アズマは俺がその腕輪を身に付けていることをカガリから聞いていたらしく、そこから「空という人間は、鬼門の外で生き残っている鬼人族と友誼《ゆうぎ》を結んでいる」と推測する。

それ自体は間違いではない。たしかに俺は鬼人であるスズメと友好関係を築いている。

そして、その俺が青林旗士の陣羽織を羽織った仲間《ウルスラ》と鬼界にやってきたことで、アズマは俺が御剣家の人間であると確信するに至る。

つまり、アズマの目に映った俺という人間は、滅鬼封神《めっきほうしん》の掟を掲げる御剣家の中で、公然と鬼人族の腕輪を身に付けることのできる立場の者、となったわけだ。

その俺と結べば御剣家内部に鬼人と友好的な勢力をつくることができる。アズマが俺と結ぼうと考えたのはそういう理由があってのことだった。

相手の誤解に気づいた俺は、すぐにそれを指摘して誤解を解いた。俺は御剣家を勘当された身であり、俺と結んだところで御剣家は何も変わらないし、中山に益するものもない、と。

こちらの説明を聞いたアズマは驚いたように目を見開いた。つけくわえれば、ドーガも目を剝《む》いて驚きをあらわにしている。どうやら、アズマだけでなくドーガも、俺のことを御剣家の重臣であると考えていたらしい。

敵の重臣だと考えて丁重に接していた相手が無位無官だと判明したのだから、ここからの話し合いは荒れそうだ、と俺は思った。正直、相手の誤解をそのままにしておいた方が話は進めやすかっただろう。クリムトを捜すための協力も得やすかったに違いない。

しかし、こちらがクリムトのことを尋ねたとき、誠実に応じてくれた相手に虚偽で答えるのは礼に悖《もと》る。それに、この手の交渉に不慣れな俺が嘘をついたところでボロが出るだけだろう。

ここで交渉が決裂するようなら、最初から成功する目のない交渉だったのだ。俺はそう思い定めて相手の反応を待った。

で、その結果はどうなったかというと――俺たちの中山滞在は認められた。部屋も男性用と女性用の二部屋を与えられたので、引き続き客人として扱ってくれるようである。外出の際には案内役という名の監視役がつくことになったが、これは仕方ないだろう。

とりあえずクリムトを捜す拠点は確保できたのだ。向こうには向こうの思惑があるに違いないが、当面は西都を中心に活動することにしよう。俺はそう考えて、ほぅ、と息を吐きだした。

3

「まずは一段落、といったところかな」

クライアと共に女性部屋に移ったウルスラは、はふ、と気の抜けた息を吐く。ドーガ相手に四日近く戦っていた空には及ぶべくもないにせよ、ウルスラもウルスラでけっこう疲労を溜めこんでいたのである。

鬼門をくぐってから、いや、それ以前に空と再会してからまだ六日と経っていない。まさか自分が鬼人族の都に足を踏み入れることになろうとは、六日前のウルスラは想像すらしていなかった。

急流で川下りでもしているような六日間だったが、それでも鬼人族と縁を結び、こうして彼らの本拠に足を踏み入れている。クリムトの所在はいまだ掴《つか》めていないが、目的に向けて着実に進んでいるという確かな実感があった。

そして、それは空の行動力の賜物《たまもの》である。

ウルスラが感じているくらいだ。クライアはより強くそれを感じているに違いない。クライアがしばしば見せる空への深い信頼感は、こういうところで育まれたのだろう。

そんなことを考えながらウルスラが隣の寝台に目を向けると、そこでは白髪《はくはつ》の友人がすうすうと寝息を立てていた。

空もウルスラも疲労しているのだから、クライアが疲れていないはずはない。クリムトという心労の種がある分、ウルスラたちより消耗は激しいだろう。寝台に横になった途端、クライアが一瞬で眠りの国に旅立ったのは当然といえば当然のことであった。

ウルスラもクライアにならって横になりたかったが、さすがに鬼人族の本拠地で見張りも立てずに眠りこけるのは不用心であろう。そう思い、こうして不寝番を務めている。

別段、アズマやドーガが前言を翻《ひるがえ》して襲撃してくると考えているわけではない。もし鬼人たちに殺意があるのであれば、ここに来るまでに機会はいくらでもあった。あのふたりの言動に嘘はないだろう、とウルスラは判断している。

だが、それは鬼人族に隙を見せていい理由にはならない。へたに隙を見せれば、アズマたちはともかく、配下の鬼人たちが襲撃の誘惑に駆られるかもしれない。

もっと言えば、アズマたちとて状況が変われば手のひらを返す可能性はある。ウルスラは心の深い部分で鬼人を信用しておらず、それが疑念の温床《おんしょう》となっていた。

ただし、その疑念を中山王たちの前で口に出すつもりはない。ウルスラの不信の源は、四ツ目の鬼人によって父を殺された過去に起因している。空とクライアがクリムトを助けるために奮闘しているとき、己の私怨を持ち出して事態を引っかきまわすつもりはなかった。

「それでも、仇討ちについてまったく考えないわけではないんだけどね」

低い声で、昏《くら》い眼差しで、ウルスラは仇《かたき》の顔を思い浮かべる。亡くなった父の顔は年を重ねるごとに霞《かすみ》がかかったようにぼやけていくのに、仇である四ツ目の顔は昨日見たかのように鮮明に思い出すことができた。

その事実にウルスラはやりきれない思いを抱く。自分がひどく親不孝な人間に思えて、自然とため息がこぼれた。

そのまましばらく黙考していたウルスラだったが、ややあって自分の頬をパチンと叩き、気持ちを切り替える。

「考えていても仕方ないね。今はこの先のことに集中しないと」

そう言うと、ウルスラは四ツ目の鬼人の顔を頭から追い払い、かわりに先刻の空とアズマの姿を思い浮かべた。

あのふたりの会話はウルスラにとっても興味深いものだったのだ。

「空は中山王が誤解をしていると言っていたけれど、空も空で誤解をしているよね」

クライアを起こしてしまわないよう注意しながら、ウルスラは己の考えを口にする。

たしかに今の空は御剣家中で何の地位にも就いていない。廃嫡されたかつての嫡子、それが空の立場のすべてだ。

その意味でアズマはたしかに誤解していた。しかし、では空が御剣家中に何の影響力も持っていないのかと問われれば、答えは否である。

先の襲撃で御剣邸に降臨した鬼神を討伐して以来、御剣家中における空の存在感は高まる一方で、司徒《しと》ギルモアなどは空が嫡子に返り咲くことを恐れて様々に策動していると聞く。それはつまり、四卿の一角であるギルモアでさえ空の存在を無視できなくなっているということだ。

空が誤解しているのはこの点である。地位がないことと影響力がないことは必ずしも一致しない。その点、現時点で空を御剣家の尤《ゆう》なる人物と見なし、友好を結ぼうとしたアズマはたいした慧眼《けいがん》の持ち主である、とウルスラは考えていた。

つけくわえれば、御剣家中における空の影響力は今後ますます大きくなっていくだろう、とも思っていた。

ウルスラは隣で眠っている友人に視線を向ける。

島抜けまでしたクライアが御剣家に帰参することは難しい。クライア自身、弟を捨て駒扱いした御剣家やベルヒ家に戻るつもりはあるまい。

となれば、クライアが空に従うのは自然な流れだった。ここまでの言動をかえりみても、クライアと空にその意思があることは明らかである。

黄金世代に名を連ねるクライアが島抜けをし、御剣家およびベルヒ家を離反する形で空の下につく。そうなればギルモアは間違いなく空の排除に動くだろう。そして、ギルモアが動けば、ベルヒ家と対立しているスカイシープ家やシーマ家も動くに違いない。

今回のクライアの島抜けで、ベルヒ家に不信を抱いているのはウルスラばかりではない。四卿を独占する動きを見せるベルヒ家を警戒している家も多い。家中で反ベルヒ勢力が形成される可能性は十分にあった。

ベルヒ家は嫡子であるラグナと関係が深く、ラグナが当主になれば今以上に家中で権勢をふるうようになるだろう。となれば、反ベルヒ勢力がラグナに対抗して空を担ぎあげるのは自然な流れだ。

空が御剣家の重臣にして反主流派の筆頭であるというアズマの誤解は、案外簡単に現実のものとなるのである。

クリムトの行方不明に始まる今回の一件は、一歩間違えれば御剣家に大乱を引き起こすきっかけになりかねなかった。

そこまで考えたウルスラは腕を組んで首をかしげる。

「問題は、僕が考える程度のことは旗将《きしょう》も、それに御館様もわかっているはずだってことなんだよね」

どうして式部《しきぶ》は、空の行動が家中の乱れにつながるとわかっていながら鬼門を通る許しを与えたのか。皇帝の許しがあるから仕方なく応じたわけではあるまい。そこには何らかの思惑があるはずだ。

それに、ディアルトがウルスラを同行者に任じた理由も気にかかる。ウルスラがクライアの件でベルヒ家に不信を抱いていることはわかっているはず。他にベルヒ家の意向を汲んで動ける旗士がいくらでもいるにもかかわらず、あえてウルスラを選んだのはどうしてなのか。

まさか、ひそかに妹《クライア》のことを案じ、友人であるウルスラに白羽の矢を立てたわけでもあるまい。

ウルスラはしばらく頭を回転させ続けたが、結局これといった解答は出てこなかった。

考えあぐねたウルスラは静かに立ち上がると、窓辺に歩み寄って外の景色を見る。

外は夜闇に包まれており、各所に焚《た》かれた篝火《かがりび》が闇の中で小さな光源となっている。窓から漏れ入ってくる夜気は凍えるほどに冷たく、夜の帳《とばり》は厚く重く王府を覆っていた。夜明けはまだまだ先だろう。

ウルスラは静まり返った室内でひとり考えにふけりながら、やがて訪れる夜明けを静かに待ち続けた。

4

西都に到着した翌日、俺たちはさっそく案内役の鬼人と共にクリムトの情報集めを開始した――という風に話が進めばよかったのだが、生憎《あいにく》そうはならなかった。

その前に光神教について学ぶ必要があったからである。

西都には少数ながら人間も暮らしており、彼らはおしなべて光神教徒だった。必然的に、俺たちも西都に滞在中は光神教徒に扮《ふん》しなければならない。

そのための教師役に擬《ぎ》されたのが――

「ハクロがおれば、あれにすべてを任せたのだがな」

不承不承という感じで俺たちの前に立ったのは王弟ドーガだった。聞けば、ドーガの弟であるハクロは光神教の司教位にあり、本来ならば光神教について教える役目はハクロに与えられていたそうだ。

そうならなかったのは、今現在ハクロが西都に不在であるためらしい。不在の理由については教えてもらえなかったが、まあ教師役が誰であれ、光神教について知識を深めるのは俺としても望むところである。

俺はこれまでに耳にしてきた光神教の知識を思い起こす。

光神教とは法神教の前身になった組織。三百年前の戦いで人間を裏切って鬼人族に味方した者たち。鬼ヶ島で戦ったオウケン、ベルカで遭遇したラスカリス、帝都で対面したアドアステラ皇帝など、光神教の名を口にした者は数多い。

その中のひとりである皇帝アマデウス二世は、光神教について次のように述べていた。

『龍穴より生まれ来る幻想種が、なぜ人間への敵意を抱えているのか？　それは大地そのものに人間への敵意が内包されているからである――そう唱える者たちがいる。人間は空《そら》に轟《とどろ》く雷《いかずち》に神を見る生き物だ。幻想種を生み出す大地に、その者たちは神を見た』

大地を神として崇《あが》め、幻想種を神の使いとして敬《うやま》い、ついには時の権力者たちに戦いを挑んだという宗教組織。

彼らは具体的にいかなる教義を唱えていたのか。また、その教えを奉じる者たちはどんな人間なのか。

俺でなくとも興味が湧くだろうと思ってクライアとウルスラのふたりを見ると、ふたりは光神教云々《うんぬん》以前に、そもそも鬼界に人間がいることに驚いていた。

クライアにせよ、ウルスラにせよ、若くして上位旗士に名を連ねる御剣家の精鋭である。そのふたりでも光神教の情報はまったく知らなかったのだ。

皇帝が俺に語ってくれた話は本当に秘中の秘だったことになる。鬼門を通るために認印指輪《シグネット》を与えてくれたことといい、アマデウス二世の厚意には頭が下がる。

そんなことを頭の隅《すみ》で考えながら、俺たちはドーガから光神教について一通りのことを教わった。

話を聞く前は「幻想種を崇めよ！」だの「異教徒は殺すべし！」だのといった過激な教義がわんさか出てくるものと思っていたが、ドーガの口から語られた教義は、殺すなかれ、盗むなかれ、あざむくなかれといった内容ばかりで、そこに邪教と誹《そし》られる要素は見当たらない。用意してもらった経典《きようてん》の中身も同様だった。

かつて邪教として排斥された過激な教義が、三百年の間に穏やかな内容に変化したのだろうか。それならば問題はないのだが……これまで見聞きしてきた光神教の情報を総合すると、その可能性は低いと言わざるをえない。

おそらく、一般の信徒に向けた教義と教団上層部が知る教義が異なっているのだろう。

ここで俺はふとある疑問をおぼえた。

鬼界はおぞましい瘴気《しょうき》に満ちており、多量の魔力《オド》を持つ心装使いさえこの地に常駐することはできない。一旗の旗士でさえ数日ごとの休養を余儀なくされている、とウルスラは話していた。

そんな場所で光神教徒たちはどうやって生活しているのだろうか。まさか信徒全員が心装使い以上の魔力《オド》を持っているわけでもあるまい。

それについてドーガに尋ねてみると、淡々とした答えが返ってきた。

「鬼界の都市は光神教徒たちが張り巡らせた結界で覆われている。この結界が瘴気を防いでおるのだ。むろん、この街にも結界は張られておるぞ」

それを聞いた俺は、以前に法神教のノア教皇とティティスの森で結界を張ってまわったことを思い出した。

あれはヒュドラの死毒が森の外に流出することを防ぐためだったが、かたや毒を防ぐ結界、かたや瘴気を防ぐ結界であり、ふたつの術式には共通性を感じる。

光神教と法神教が元は同じ教えであったのなら、同質の術式が存在していても不思議はない。というか、実際に同じ術式なのかもしれない。普通に考えれば瘴気も毒みたいなものだろうし。

そんなことを考えている間にもドーガの言葉は続いていた。

「結界に興味があるのなら東の本殿《ほんでん》を訪ねてみるがよい。本殿は光神教徒たちの本拠地だ。あの者たちは本殿を基点として大規模な結界を展開し、蛇の瘴気が鬼界に広がることを防いでいる。その規模は西都の比ではないぞ。あの結界がなければ、鬼界はとうの昔に蛇の瘴毒《しょうどく》に呑まれ、人の住めない泥土《でいど》になり果てていたであろう」

そう告げた後、ドーガはやや皮肉っぽく「少なくとも、あの者たちはそう主張しておる」と付け加えた。

どうやらドーガ自身は光神教に対して含むところがありそうだが、光神教が鬼界で最も危険な場所に本拠地を構えているのは間違いないようだ。その点は十分に評価に値するだろう。

ドーガの話を聞き終えた俺はわずかに眉根を寄せて考え込む。今のドーガの話の中に気になる単語が出てきた。

蛇。

その言葉を聞くのは初めてではない。昨日、アズマも同じ言葉を口にしていた。鬼界は蛇の呪いが渦巻く怨毒《えんどく》の地だ、と。

あのときはクリムトの話を優先したので聞き返さなかったが、アズマとドーガ、ふたりの話ぶりから察するに、鬼人族はその蛇とやらが鬼界を覆う瘴気《しょうき》の源であると考えているのだろう。

言うまでもないが、これは御剣家の認識と異なっている。

おそらくこれは三百年前の真相に関わってくる内容だ。そう直感した俺はつとめてさりげなくドーガに探りを入れた。

「蛇、か。鬼人族はアレをそう呼んでいるんだな」

正面から蛇について問えばこちらの無知をさらすことになる。そのため、少し小細工を弄《ろう》したのだが、幸いドーガには気づかれなかったようだ。中山の王弟は重々しい声で応じた。

「いかにも。かつて我らの始祖が身命を賭して戦った幻想種の王。彼《か》の蛇は今なお世界を洗《あら》い浄《きよ》めんとして、東の地でとぐろを巻いておる。わしは人間を好かぬが、三百年前に蛇を封じた光神教の聖女には敬意を払っておるのだ」

ドーガはそう言うと、何でもないことのようにその聖女の名を口にした。

実際、ドーガにとっては何ということもない話だったのだろう。だが、伝えられた聖女の名は俺にとって無視できない響きを帯びていた。

すなわち、ドーガはこう言ったのである。

――蛇を封じた聖女の名はソフィア・アズライトである、と。

5

幻想種の王を封じた聖女の名はソフィア・アズライト。

ドーガの口からその名を聞いたとき、真っ先に俺の脳裏をよぎったのはかつての許嫁《いいなずけ》アヤカ・アズライトの姿だった。

かたや鬼界で幻想種の王を封じた聖女。かたや帝国屈指の名家の長女。この両者の家名が同じ「アズライト」であるのははたして偶然なのだろうか。

アズライト家は表で帝国を牛耳《ぎゅうじ》り、裏で光神教を操ることで、大陸を表と裏の両面から支配しようとしているのかもしれない。そして、アヤカはその陰謀を成就させるために御剣家に送り込まれた間諜《かんちょう》だったのでは——俺は反射的にそう疑った。

が、すぐにかぶりを振ってその疑いを払い落とす。さすがに考えすぎだ、と思ったのだ。

アズライト家は三名門の一角として名を馳《は》せているが、同じ三名門であるカーネリアス家やパラディース家、さらには皇家の目がある中で、三百年にわたって鬼界とのつながりを保ち続けてきた、という推測はいかにも無理がある。

それに、アヤカがどれだけうまく立ち回ったところで他の上位旗士たち、特に剣聖の目を盗めるとは思えない。やはり考えすぎだろう。

……逆に言えば、今《いま》挙げた連中が全員グルだった場合、陰謀でも何でもやりたい放題なわけだが、そのあたりはここで考えていても答えは出ない。今は三百年前の聖女について調べることを優先しよう。

俺は手始めにドーガから渡された光神教の経典に目を通した。ソフィア・アズライトは鬼人族からも聖女と称えられるような人物だ。当然、光神教の経典には聖女に関する情報が山ほど載っているに違いない。この推測——というほど大したものではないが、とにかく俺の予想は当たり、経典には聖女の偉業がこれでもかとばかりに列記されていた。

その冒頭は次のとおりである。

今をさかのぼること三百年前、大陸は幻想種の王たる蛇と、蛇に率いられた幻想種の群れによって滅亡の危機に瀕《ひん》していた。

この殺戮《さつりく》の波濤《はとう》に呑み込まれた都市は一夜のうちに瓦礫《がれき》と化し、死者の身体から流れ出た血は大河となって地表を覆ったという。

多くの国が滅び、多くの人が死んだ。あらがいようのない滅びを前に、人々は絶望に打ちひしがれて生きることを諦めていく。

だが、滅びを受けいれる者たちがいる一方で、座して死を待つことをよしとせず、迫りくる災厄にあらがおうとする者たちもいた。

幻想種に挑み、元凶たる蛇を葬《ほうむ》って世を救わんと志《こころざ》した幻葬《げんそう》の志士たち。

彼らは種族の垣根《かきね》を越えて手を取り合い、長く激しい戦いの末、ついに蛇を封印することに成功する。

聖女ソフィア・アズライトはそんな志士のひとりであった……

経典の内容はまだまだ続いていたが、この時点で俺の知っている歴史とはずいぶんかけ離れている。

鬼ヶ島で教わった歴史では、三百年前の大戦は人間と鬼人の間で繰り広げられた戦いであり、そこに鬼神以外の幻想種は登場しなかった。

ふたつの種族の戦いは人間側の勝利に終わり、事の元凶たる鬼神は鬼門の奥に封じられた——それが過去の戦いの顛末《てんまつ》である。

これに関してはカナリア王国の歴史も鬼ヶ島と同じことを記しており、俺が知っている歴史こそが大陸の常識であると考えていいだろう。

しかし、光神教が記した歴史では、三百年前に人間が戦った相手は蛇に率いられた幻想種であると述べている。そして、鬼門に封じられたのは鬼神ではなく蛇であるということになっている。

この違いは何によってもたらされたものなのか。

まず考えられるのは、光神教が自分たちの裏切りを隠すために歴史を改竄《かいざん》した可能性である。

ただ、鬼人族がこの改竄を受けいれるとは考えにくい。鬼人族にしてみれば、いかに自分たちの味方についてくれた者たちとはいえ、人間と鬼人の戦いをなかったことにしようとする光神教と共存しようとは思うまい。

これは両者の立場を入れ替えても同じことが言える。仮に鬼人族が歴史を改竄しようとしたとしても、光神教の側がそれを受けいれるとは思えない。

以上のことから、鬼界側の歴史が恣意的《しいてき》に改竄《かいざん》された可能性は低かった。

であれば、改竄されたのは大陸側の歴史ということになる。

『鬼門の秘密が解き明かされたとき、人の世は大きく揺れることになろう』

過日のアマデウス二世の言葉が脳裏をよぎる。あの言葉が歴史の改竄を指していたのだとすれば、皇帝は三百年前に何が起きたのかを知っていたことになる。

先ほどの仮定――三名門や皇家、御剣家がグルであったならどんな陰謀もやりたい放題という言葉がにわかに現実味を帯びてきた気がした。

「先走りしすぎかね？」

こっそり呟きながら、俺は光神教に関する知識をさらに深めていく。

そうして半刻《一時間》ほど経ったとき、部屋の扉が叩かれて中山王アズマが姿を見せた。アズマの後ろには見覚えのない老鬼人が控えている。

学者を思わせる細面《ほそおもて》には年齢を示す深いしわが幾重にも刻まれている。一見したところ華奢《きゃしゃ》に見える体格は、その実、鍛え上げられて鋭く引き締まっていた。頭髪は白《しろ》一色に染まり、手足は細く節くれだっていて、全体的に鶴を思わせる風貌《ふうぼう》をしている。

このふたりの訪問は予定になかったらしく、ドーガは驚いたように立ち上がって兄たちを出迎えた。

「兄者、それにソザイも。何か変事でも出来《しゅったい》いたしましたか？」

ドーガが問うと、アズマは軽くかぶりを振って応じた。

「いや、そうではない。実は空殿《そらどの》のことを聞いたソザイが、自分が西都における案内役を務めたいと申し出てくれたのだ」

それを聞いたドーガは眉間にしわを寄せ、ソザイという名の老鬼人を見た。

「よいのか、ソザイ？　この者たちは門番の輩《ともがら》。何が起こっても不思議はないぞ」

「はい、ドーガぼっちゃま。異邦からお越しになった客人《まれびと》の応接はどうか僕《やつがれ》にお任せくだされ」

恬淡《てんたん》とした面持ちで述べるソザイに対し、ドーガは渋柿を口に含んだような顔をした。

「ぼっちゃまはよさぬか、ソザイ。あと数年で三十路《みそじ》を迎える者に向ける言葉ではあるまい」

「おお、これは失礼つかまつった。このソザイ、陛下やドーガ様の襁褓《むつき》を替えたこともございますゆえ、ついつい子供扱いをしてしまいまする。なにとぞご寛恕《かんじょ》をたまわらんことを」

ソザイはそう言うと、頭《こうべ》を垂れて見事な礼をしてみせた。

もっとも、すぐに礼を解いて呵々《かか》と大笑するあたり、今のやりとりは気心の知れた者同士の冗談なのだと思われる。

ドーガは困ったようにぼりぼりと頬をかくだけで、それ以上は何も言わなかった。鬼人族最強の武人も、自分のおしめを替えてくれた相手には強く出られないらしい。

聞けば、ソザイは中山国の典医《てんい》、つまり宮廷付きの医者のひとりであるという。

もともとは中山の先王に仕えていた人物で、アズマやドーガと共に没落した中山を支えてきた重臣であるとのことだった。その気になれば宰相なり元帥なりを務めることもできる功績の持ち主らしいが、亡き先王の遺児である四兄弟全員が成人し、それぞれに才腕を振るい始めたことで自分の役割は終わったと判断し、政治や軍事の一線から身を引いた。

当人としてはそのまま隠居したかったようだが、アズマの懇請《こんせい》を受けて典医という形で王府にとどまり、王の相談役を務めていたらしい。

そのソザイは俺とクライア、ウルスラに丁寧に名乗った後、じっとこちらを見た。人格の深みを感じさせる透徹した眼差しが俺たちを見据えている。ただ向き合っているだけで、腹の底までこちらの考えを見透かされてしまいそうだ。

なるほど、この人物なら宰相でも元帥でも務まるだろう。俺はそんなことを考えながらソザイに自らの名前を名乗った。

6

その後、俺たちはソザイに連れられて西都の光神教神殿に向かった。

クリムトの行方を捜すなら、へたに市街をうろつくよりも神殿を訪ねた方が早道である、というソザイの意見に従った格好だった。

ソザイによれば鬼界の人間は九分九厘《くぶくりん》が光神教徒であり、クリムトが健在であれば、どういう形にせよ光神教と関わっている可能性が高いという。たとえクリムトが西都に来ていなくても、噂という形で動静が伝わっていることは期待できる。

くわえて、今後俺《おれ》たちが光神教徒として行動するにあたって、この地の神官たちに面を通しておくのは必要なことだった。その意味でも早めに神殿を訪ねておいた方が良い、とソザイは言う。むろん、俺たちに否《いな》やはない。光神教の法衣をまとい、アヒルの子供よろしくソザイの後ろをぞろぞろとついて歩く。

ほどなくして俺たちは西都の光神教神殿に到着した。

神殿は石造りの立派な建物で、茅葺《かやぶ》き屋根の家が立ち並ぶ西都の中では群を抜いて目立っている。これだけで鬼界における光神教の勢威のほどが知れた。

まあ立派と言っても、鬼界の建物にしては、という前置きがつくのであるが。

「おお、これはソザイ老《ろう》ではありませんか。よくお越しくださいました！」

俺たちが神殿に入って間もなく、やたらと豪奢《ごうしゃ》な法衣をまとった四十がらみの男性が、揉み手せんばかりの勢いで近づいてきた。

ソザイが苦笑まじりに口をひらく。

「これは司教殿。わざわざのお運び、痛み入りまする」

「なんのなんの。かつては大司教に擬《ぎ》されたこともあるソザイ老がお越しになったとうかがえば、小職《しょうしょく》のごとき若輩《じゃくはい》がお迎えにあがるのは当然のこと。して、本日はいかなる用件でいらっしゃったのですかな？」

そう言うと、司教殿と呼ばれた聖職者はソザイの後ろに控える俺たちを一瞥《いちべつ》し、声に期待を込めて言った。

「見れば、西都では見かけたことのない方々を供にしていらっしゃる様子。もしや本殿《ほんでん》からの御使者ではありませんか？」

本殿、という単語を口にした瞬間、司教の両目にギラついた光が走る。やはりと言うべきか、この司教は過剰な敬意の下にたっぷりと欲心を隠し持っている人物のようだった。

初対面の俺が気付いたのだ、顔見知りであるソザイも間違いなく気付いているだろう。だが、ソザイは声の調子を少しも変えることなく司教に応じた。

「良いところを突いておいでですな、司教殿。たしかにこの者たちは西都の者ではございませぬ」

「おお、やはり！　もしや教皇聖下から小職に本殿召還の令が届いたのでは⁉」

思わず、という感じで前のめりになった司教は鼻息も荒くソザイに訴える。

「小職の才はこのような辺地ではなく、聖下のおそばにあってこそ輝くもの。以前よりこの事はたびたび本殿に伝えているのですが、一向に返事が届かぬのです。おそらくは小職の才をねたむ拗《す》ねる者《もの》がおり、そやつが聖下への奏上《そうじょう》を握りつぶしているに相違ありませぬ！」

声高に主張する司教をソザイの後ろから観察した俺は、ふたりのやり取りが意味するところをおおよそ察した。

ここに来る前にソザイに聞いた話によれば、本殿とは光神教の本拠地を指す言葉である。この司教はそこでの内部抗争に敗れて左遷《させん》されたに違いない。で、復権をねらって教皇に書状を書きまくっていたところ、旧知のソザイが見覚えのない人間を連れて来たので、自分を本殿に召還するための使者ではないかと期待したのだろう。

　本当に俺たちが召還の使者だとしたら、わざわざソザイのところに寄ったりせず直接司教のところに行くと思うのだが、そこに気づかないくらい精神的な余裕がないらしい。あるいは、気づいていても期待せざるをえないくらい追い詰められているのか。

　いずれにせよ、この司教が必死に本殿に返り咲こうとしていることは間違いない。ソザイに対する態度は、まるで縋《すが》りついているかのようだった。

　そんな相手に対し、ソザイは淡々とした面持ちで応じる。

「司教殿、この者たちは聖下の御使者ではありませぬ。行方知れずになった家族を捜しにこの西都を訪れた方々です」

「ご家族が行方知れずに？　それは……ご苦労なされましたなあ」

　司教がこちらを向いて同情するように言った。ただし、その目にはありありと失望が見て取れる。俺たちの事情に関心を向けていないのは火を見るより明らかだった。

　ソザイはさらに言葉を重ねる。

「クリムトという名の二十歳前の青年で、雪のように白い髪と、宝石のように紅い瞳を持つ剣士だとか。お心当たりはありませんか？」

「あいにくと名前も容姿もおぼえがありませんな。それほどに目立つ姿をしているなら、うっかり見逃したということもありますまい。西都には来ておらぬと思いますぞ」

司教は熱のこもっていない声で答えた。俺たちやソザイに対する興味を失い、今にも踵《きびす》を返してしまいそうだ。

ソザイもそれを感じ取っているだろうに、まったく語調を変えずに言葉を続ける。

「司教殿におぼえがないというのであれば、たしかに西都には来ておらぬのでしょう。こうなると西都の外にも捜索の手を広げなければなりません。しかし、あてもなく捜し回るには鬼界は広すぎるし、危険すぎる。そこで司教殿、近隣の信徒たちに照会の書状をまわしてはいただけませんでしょうか。今《いま》申し上げた特徴を持つ若者を知らないか、と」

「それは……しかし小職も日々の聖務で多忙でして……」

司教はしぶい表情を浮かべ、明らかに気が乗らない様子を見せる。

ここでソザイはさりげない調子で次のように述べた。

「司教殿が多忙の身をかえりみず同胞の危難を救ったとあらば、教皇聖下もさぞお喜びになりましょう。先ほど司教殿は拗ね者が聖下への奏上を握りつぶしていると仰っておいででしたが、僕《やつがれ》から報告をあげれば、司教殿の献身は一切の妨害を受けずに聖下の耳に届く、とお約束いたします」

「む、それは……っ」

ソザイの言葉にわかりやすく反応する司教。ぎゅっと寄せられた眉根は司教の迷いを示していたが、ここまでの言動を見るに、司教の天秤がどちらに傾くかは明白だった。

それにしてもソザイは言葉が巧い。ここまでの会話の中でソザイは一度も嘘をついていないのだ。

俺たちが西都からの使者なのか、という問いには「良いところを突いている、この者たちは西都の者ではない」と答えた。当然ながら鬼ヶ島から来た俺たちは西都の人間ではない。ソザイは事実を言ったにすぎないが、これを聞いた司教は当然のように「自分の予想どおりこの者たちは本殿から来たのだ」と判断したことだろう。

ソザイは事実を教えることで相手を誤った判断に誘導したのである。

そして、この誤解は今も続いている。司教にとって俺たちは本殿の人間。しかも、ソザイのような大物がわざわざ足を運んで助力を依頼してくる相手だ。その俺たちを助けることができれば教皇のおぼえもめでたくなる。ひいては本殿への召還も叶うかもしれない——司教は今そんな皮算用を働かせているに違いない。

その推測どおり、ほどなくして司教は俺たちに笑顔を見せ、クリムト捜索に協力することを約束したのである。

「ああ見えて司教殿は顔が広い御仁でしてな。クリムト殿が西都近隣にいらしていれば、きっと足取りをつかんでくれましょう」

神殿からの帰り道、ソザイはそう言って苦笑じみた表情を浮かべた。

見るからに出世しか考えていない俗物といった感じの司教だが、能力はそれなりに信用できるらしい。まあ、そうでなければ中山王国の本拠地で神殿ひとつを任されることはないだろう。

俺はそんなことを考えつつソザイに問いを向けた。

「ところで、大司教というのは光神教の中でどのような位置づけなのでしょうか？」

そう尋ねたのは司教が言っていた「かつては大司教に擬《ぎ》されたこともあるソザイ老」という言葉が気になったからである。

ソザイは少し困った顔をした後、大司教という地位について語り始めた。

「大司教とは教皇聖下を補佐する四人の司教に与えられる役職です。本殿の祈禱《きとう》の間を離れられない聖下になりかわり、教団を統轄《とうかつ》する権限を与えられております」

光神教の歴代教皇は教団運営にほとんど関わらなかったらしく、光神教は四人の大司教の合議によって運営されてきた歴史を持つ。

これは今代教皇も同様であり、本殿では大司教の地位をめぐって熾烈《しれつ》な政争が展開されている、というのがソザイの説明だった。

「僕《やつがれ》はそういった争いから距離を置くために本殿を出たのです。そして、鬼界を五年ばかり放浪した末に中山の先王陛下にお仕えいたしました」

ソザイは昔を思い出すように目を細め、懐かしそうに過去を語る。

それを見た俺は、聞こう聞こうと思っていたことをここで尋ねてみることにした。

「五年も放浪したということは、ソザイ殿は自らの耳目で鬼界を見てまわったのですね？　その知《ち》見《けん》を見込んでひとつお尋ねしたいことがあります」

「僕《やつがれ》に答えられることでしたら何なりと。して、尋ねたいことというのは？」

足を止めてこちらを見るソザイに対し、俺は一呼吸おいてからその問いを口にした。

「四ツ目の鬼人について何かご存知ありませんか？」

7

「空、それは……ッ」

俺の問いに真っ先に反応したのは、ソザイではなくウルスラだった。これまで影のように俺の後ろに控えていた青林旗士が驚いたようにつぶらな瞳を見開いている。

そして、そのウルスラと同じか、それ以上の驚きを見せたのがソザイであった。

「四ツ目？　なぜ貴殿がそれを知って――」

ソザイはそう言って俺を見て、次いで表情を変えたウルスラを見やる。老いた鬼人の顔にはこれまで浮かんでいなかった表情が浮かんでいた。

何か言おうと口をひらきかけたソザイは、自分たちがいる場所が西都の往来であることを思い出したのか、すぐに口を閉ざす。

再びソザイが口をひらくまで、ゆっくり三十かぞえる時間が経過していた。

「……ひとまず王府に戻るといたしましょう。往来で語る話ではございませぬゆえ」

「承知しました」

俺がうなずくとソザイは再び歩き始めた。その歩幅は先ほどよりも大きく、歩く速度も速い。返答からも察せられたが、ソザイが四ツ目の鬼人について何がしかの情報を持っているのは間違いないだろう。そして、それは大っぴらに語れる話ではないようだ。

そんな推測を働かせながら、俺はソザイの後に続いて歩き出そうとする。その行動を止めたのは、後ろから服の袖《そで》をつかんできたウルスラの手であった。

「空、どういうつもりだい？」

ウルスラの声は低く、鋭い。怒っているわけではなさそうだが、俺が父の仇について尋ねたことに感謝している声でもなかった。

ウルスラはちらと周囲を見回し、話を聞いている者がいないことを確認してから言葉を続ける。

「今はクリムトを捜すことに集中するべきだ。僕の事情にかかずらわっている場合ではないことくらい君にもわかっているだろう？」

問われた俺は、小さく肩をすくめて応じる。

「かかずらわっていると言っても、四ツ目の鬼人を知っているかどうか尋ねただけだ。労力なんて無いも同然だろ」

「だとしても、生者の捜索と死者の仇討ちなら前者を優先すべきだ。ただでさえ僕たちは鬼界という未知の土地にいて、本来は敵であるはずの鬼人の本拠地にいるんだ。わずかであっても余計なことに意識を割くべきじゃない」

真剣な表情を崩さないウルスラを見て、俺は思う。

眼前の同期生が父の仇討ちを諦めていないことはこれまでの言動から察せられる。鬼ヶ島では手がかりひとつ摑めなかった相手だ。鬼人の本拠地ともいえる鬼界で、四ツ目の鬼人の情報を集めたいという思いは確実にあるに違いない。

だが、ウルスラはそれをしようとしなかった。クリムトを捜索している最中に自身の私情を持ち込むことをよしとしなかったのだ。クリムトの無事を願うクライアの心情に配慮した、ということもあるだろう。

俺としてはそこまでかたく考える必要はないと思うのだが——仇討ちという繊細な話題を、当事者に何の相談もせずに持ち出したのはたしかに無神経だったかもしれない。ウルスラに対しても、クライアに対しても、である。

「確かにそのとおりだな。申し訳ない、俺が浅慮《せんりょ》だった」

素直に謝ると、ウルスラは面食らったように目を瞬かせた。そして、ばつが悪そうに視線をそらす。

「あ、いや、謝ってもらいたかったわけじゃないんだよ。空が僕の事情を気にかけてくれていたことは嬉しかったし、感謝もしてるからね。ただ、今はクリムトを捜すことに集中するべきだと思うんだ。クライアのためにも」

ウルスラはそう言うと、握っていた俺の袖から手を離してそそくさと距離をとる。そんなウルスラを、ここまで一言も発していないクライアが何やら微笑ましそうに見つめていた。

「我ら鬼人族にとって四ツ目は忌《い》むべき名前なのです。なんとなれば、それは暗殺者を意味する言葉でありますゆえ」

王府に戻り、俺にあてがわれた部屋で腰を下ろしたソザイの第一声がそれだった。

先ほどウルスラに釘を刺されたこともあり、話の内容次第ではすぐに話を打ち切るつもりだったが、初手に暗殺者などという単語を出されては耳をかたむけざるをえない。

俺は確認するようにソザイに問いかけた。

「暗殺者、ですか？」

「さよう。『英傑殺し』と呼ばれることもありますな。五丈《ごじょう》のシリュウ、西華《せいか》のソウタク、霍式《かくしき》のモウテン、いずれも過去の歴史でおおいに威を振るい、鬼界統一を志した猛者《もさ》たちですが、彼らは全員が暗殺によって生涯を終えました。そして、彼らが命を落としたときに決まって目撃されているのが――」

「四ツ目の鬼人」

俺が言うと、ソザイは深くうなずいた。

眉間に深いしわを寄せながらソザイは言葉を続ける。

「今《いま》挙げた者たちが活躍した時代はそれぞれ離れております。霍式《かくしき》は七十年前、西華は百二十年前、五丈に至っては二百年以上も過去の国。そのすべてに現れた四ツ目は不老の怪物か、さもなくば四ツ目という特徴を伝える暗殺者の一族でありましょう。迷信深い者の中には四ツ目を死神と恐れる者もおります。逆に、四ツ目など怪談の類《たぐい》であり、気にかけることすら馬鹿馬鹿しいと考える者も多《おお》うござる」

「歴史に名を残す暗殺者、ですか」

英傑殺しにして死神。またずいぶんと有名人が出てきたものである。そんな有名人がどうして鬼ヶ島に姿を現し、ウルスラの父親を殺したのか。

三ツ目でも五ツ目でもなく、四ツ目という特徴が一致している以上、鬼界で語られる四ツ目とウルスラの仇敵である四ツ目がまったくの無関係ということは考えにくい。

本来、鬼界から鬼ヶ島にわたるためには、青林第一旗が守る鬼門を越えなければならないが、姿隠しの神器があればその守りをくぐりぬけることは難しくない。そのことは過日の襲撃で証明されている。

おそらく十年前、四ツ目の鬼人は同じ神器を身に付けて鬼門をくぐったのだろう。そして、何らかの理由で当時の司寇《しこう》を殺害し、再び鬼門をくぐって鬼界に去った。こう考えると、御剣家がどれだけ柊都《しゅうと》の中を捜しまわっても犯人が見つからなかったのも当然だった。

この推測が正しければ、件《くだん》の鬼人は死神だの不老の怪物だのといった超常的な存在ではない。人間がつくった神器を活用しようと考えるのは人間だけだ。

「英傑殺し」にしては剣聖を狙わず司寇《しこう》を狙った点も気にかかる。もしかすると、四ツ目は御剣家とも関わりがあるのかもしれない。

そんな風にあれこれ考えていると、ソザイが鋭い眼差しでこちらを見据えながら口をひらいた。

「こちらからも伺《うかが》わせていただく。門の向こうよりお越しになった方々がなぜ四ツ目のことを知っておられるのですかな？」

それはソザイからすれば当然の疑問だったろう。俺がちらりとウルスラに視線を向けると、それに気づいたウルスラは一瞬ためらう様子を見せた。

だが、ここまで話を聞いておいて、こちらだけ事情を秘するわけにはいかない。ウルスラはすぐに口をひらいて端的に事実を述べた。

「十年前、父が殺されたときに四ツ目の鬼人を見たのです」

「十年前……ふむ。失礼ですが、御父上は一国の主《あるじ》か、それに準ずる御方だったのでしょうか？」

「いいえ、父は家中の無法者を取り締まる司寇《しこう》という役職に就いていました。臣下の身であり、王やそれに準ずる者ではありません」

それを聞いたソザイはウルスラに礼を言った後、難しい顔付きで何事か考え込んでいる様子だった。

ややあって顔をあげたソザイは、申し訳なさそうにウルスラに頭を下げる。

「不躾《ぶしつけ》な問いに答えていただき感謝いたす。今の話をうかがうかぎり、僕《やつがれ》の知る四ツ目と貴殿が追う四ツ目は、姿形《すがたかたち》は似ていても内実は異なるように思われます。仮に同一の者だとしても、申し上げたように四ツ目は正体不明の暗殺者でありますれば、その行方をたどる術《すべ》はございませぬ」

お力になれず申し訳ないとソザイが謝罪し、それに対してウルスラが応えようとしたとき、不意に部屋の扉が叩かれた。

やってきたのはこの王府の主、つまりは中山王アズマだった。

主君の姿を認めたソザイは即座に膝をついて臣礼をとる。臣下ならざる俺たちは膝をつくことはなかったが、それぞれのやり方でアズマに礼を呈《てい》した。

そんな俺たちに向けてアズマが静かに口をひらく。

「今しがたカガリから使者が来た。大興山《たいこうざん》の一件は片付いたとのことだ」

それを聞いたソザイが顔をほころばせてうなずいた。

「それは重畳《ちょうじょう》。さすがはカガリぼっちゃまですな」

「うむ。神速にして果敢、『黒狼』の異名に恥じぬ戦いぶりである」

ソザイと同じく満足げな表情を浮かべたアズマだったが、すぐに表情をあらためて俺たちを見た。

「そのカガリからの要請で、至急西都一の医者を大興山に差し向けなければならなくなった」

「医者、でございますか？　もしやカガリぼっちゃまが負傷を？」

「いや、カガリではない。書状によれば、カガリは此度《こたび》の戦で崋山《かざん》の姉弟を保護した。その姉弟の側仕《そばづか》えの若者がかなりの深手を負ったらしく、カガリはその者の治療を求めているのだ」

アズマの言葉を聞いたソザイは怪訝《けげん》そうに首をかしげる。

「敵の一兵卒を助けるために医者を呼び寄せたい、ということですか？」

「そういうことになる。どうやらその若者は崋山の姉弟からの信頼厚く、さらに此度の反乱の裏面も知っているらしい。できれば助けて話を聞きたいとカガリは言っている。そして、これが重要なのだが――」

アズマはそこでクライアを見た。正確に言えば、クライアの白い髪を見た。

「その若者は門番の輩《ともがら》であり、雪のように白い髪の持ち主だとカガリは述べている。名はクルトというそうだ」

それを聞いた俺たちは無言で顔を見合わせる。

この時期に鬼界に入っている青林旗士がそうそういるとは思えない。ましてや若くして白い髪の持ち主となればその数はさらにかぎられる。そして偽名というにはあまりに雑なその名前。

深手を負っているという点が気になるが、どうやら思いのほか早くかつての同期生と再会することができそうだった。

第二章　大興山の戦い

1

少し時をさかのぼる。

「どうした、クルト？　稽古をつけてやると言っているのだ、早く抜け。それとも這いつくばって慈悲を乞うか？　私はどちらでも構わんぞ」

傲然《ごうぜん》とうそぶく振斗《しんと》を前にクルト――クリムト・ベルヒは唇をかたく引き結んで動かない。

クリムトの本心を言えば、今すぐ眼前の男を斬り捨ててしまいたいところである。しかし、今のクリムトにはそれができない理由があった。

大興山の崋山軍に入り込んでからというもの、クリムトはこれまで知らなかった多くの情報を手に入れることができた。

中でも重要なのは光神教の存在である。鬼人族からも崇敬の念を寄せられる宗教組織。その構成員の多くは、三百年前の戦いで鬼人たちに味方した人間の末裔《まつえい》であるという。

クリムトにとっては鬼界の中に御剣家以外の人間がいることさえ初耳だった。当然、光神教などという組織は聞いたことがない。ましてや、その光神教と御剣家が裏でつながっていたことなど知るはずもなかった。

それらの貴重な情報をもたらしたのが振斗である。今《いま》振斗を斬ればせっかくの情報源を失ってしまう。クリムトはそう考えて度重なる嘲弄《ちようろう》に耐えていた。

その振斗が得々と語るところによれば、眼前の男は光神教の実行部隊である方相氏《ほうそうし》に属する人間なのだという。

方相氏はもともと魔よけ、厄払いを任とする者たちの集団であり、長きにわたって人々を魑魅《ちみ》魍《もう》魎《りよう》から守り続けてきた。儀式として悪霊祓《ばら》いや疫病《えきびよう》退散をおこなうだけではない。方相氏の役割の中には地にはびこる魔物や妖魔を討つことも含まれていた。

四ツ目の鬼面をかぶり、人の世にあだなす悪鬼羅刹《あつきらせつ》を討ち祓《はら》う滅鬼《めつき》の士。それが方相氏。

だが、方相氏によって守られていた人々は、いつしか自分たちを守る方相氏を忌み嫌うようになっていく。

魔物も妖魔もたしかに恐ろしい。だが、その恐ろしいモノを当たり前のように滅ぼしていく者たちは何者なのか。彼らの方が魔物よりもずっと恐ろしい存在なのではないか。人々はそう思うようになっていったのである。

そして、その思いが方相氏の排斥に結びつくまで時間はかからなかった。人の世を守るために鬼面をかぶって戦い続けた者たちは、守ったはずの人間から遠ざけられ、世の片隅に追いやられた。

方相氏にしてみれば、とうてい容認できることではなかっただろう。

時《とき》あたかも三百年前の旧時代。

浄世《じょうせい》の理《ことわり》を掲げて既存の秩序に戦いを挑んだ光神教と、人々に裏切られて逼塞《ひっそく》していた方相氏が結びつくのは必然と言ってよかった。

そしてその結果、方相氏は三百年にわたって鬼界で生きることを余儀なくされたのである。

――そのことを語る振斗の目には汚泥《おでい》のごとき憤懣《ふんまん》が満ち満ちていた。方相氏のひとりとして先達の無念を思い、同時に、自分を取り巻く現在の環境に怒りを禁じえないのだろう。

特に振斗が憎んだのが、方相氏の下っ端でありながら教皇に取り入り、故郷の青林島《せいりんとう》（鬼ヶ島）の支配権を得た御剣家である。自分たち方相氏が鬼界でただ生きることに汲々《きゅうきゅう》としている間、御剣家は我が物顔で島を支配し、あまつさえ大陸を救った英雄として人々に尊崇《そんすう》されていたのだ。どうしてこれを憎まずにいられようか。

自然、御剣家の配下であるクリムトへの態度は尊大かつ傲慢《ごうまん》なものになった。

振斗は一度クリムトの腹を剣で刺し貫いているが、あれも分《ぶん》をわきまえない若輩者に対する躾《しつけ》のつもりであり、謝罪する気は欠片《かけら》もない。むしろ、当主である式部が配下の教育不足を詫びて頭を下げるべきだとさえ考えていた。

「剣も抜かぬ、頭も下げぬでは話が進まぬ。貴様が選べないなら私が選んでやろう」

そう言うと振斗は腰の刀を抜き放つ。ギラリと凶悪な輝きを放つ切っ先がクリムトに向けられた。

これに対してクリムトは低い声で言う。

「光神教徒同士が、こんな場所で刃を交えているところを見られたらまずいんじゃないのか?」

「ふん、これは稽古よ。礼儀をわきまえぬ小僧っこは痛い目を見ないと己の立場を理解せぬ。安心しろ、この前と同じように臓腑は傷つかないよう加減してやろう」

言うや、振斗は素早く刺突の構えをとった。以前にふたりが戦ったときと同じ構えであり、クリムトはこの技で腹をえぐられている。

顔を強張《こわば》らせるクリムトを見て、振斗は心地よさそうに笑った。

「物覚えのわるい貴様でも、さすがに忘れていないようだな。方相氏に連なる者のみに伝えられる剣技　儺儺式《ななしき》である。本来、御剣も同じ儺儺式を使っていたのだが、貴様らの先祖はせっかくの絶技に鬼人の剣を混ぜ合わせ、幻想一刀流などという愚にもつかない流派を立ち上げおった」

なにが滅鬼封神《めっきほうしん》の剣か、と振斗は吐き捨てる。

寸前まではクリムトを見て笑っていたのに、今その顔を覆うのは強い苛立ちだった。急激に感情を上下させるのはそれだけ精神が安定していない証拠であろう。

クリムトは内心でほくそえんだ。振斗は御剣家や幻想一刀流に根強い反感を持っている。そして、劣等感にも似たその反感をつついてやれば面白いように情報を吐き出してくれる。

これを活用しない手はない、とクリムトは考えていた。あえて反抗的な態度をとって相手の怒りを煽ったり、あえて怯《ひる》んだ様子を見せて優越感を刺激したりといった七面倒な芝居も我慢できる。

そんなクリムトの内心を知る由《よし》もなく、振斗はせわしなく口を動かし続ける。

「幻想一刀流というのはな、クルト。方相氏の滅鬼《めっき》の剣も、鬼人族の封神《ほうしん》の剣も極められなかった未熟者が、易《やす》きに流れて創始した半端者の剣にすぎぬ。貴様らが頼りにする心装も、儺儺式を極めた私には通じぬぞ。そのことは以前に腹をえぐられたおりに思い知ったであろう？」

「……」

「返す言葉もないか。どうだ、今すぐ膝をついて許しを乞えば、かつての同胞《はらから》として慈悲を与えてやらぬでも――ぬ？」

不意に振斗が言葉をとめて周囲を見る。山砦《さんさい》のそこかしこで警鐘が鳴り始めたのだ。

「中山軍《ちゅうざん》が来たにしては早すぎる。また魔物どもか」

振斗は舌打ちすると構えを解き、刀を鞘におさめて踵《きびす》を返した。そうして、クリムトに背を向けたまま声だけで命令を伝えてくる。

「早くヤマト様のもとに戻れ、クルト。崋山の軍勢がこの体《てい》たらくでは、あの小僧の利用価値は無いに等しいが、それでも今日まで費やした資金分くらいは働いてもらわねばならん。こんなところで犬死されては丸損だ」

「崋山の兵に聞かれたらどうするつもりだ？」

「かまわんよ。どうせ連中も同じようなことを考えているに違いないからな」

くはは、と軽薄な笑いを残して振斗は立ち去っていく。その背を見送ったクリムトは、ぺ、と地面に唾《つば》を吐いた。

「情報を引き出すためとはいえ、忌々しいことだ。俺が本気でお前ごときにしてやられたと思っているのか」

たしかにクリムトは以前、振斗の剣で傷を負っている。だが、それは体内に巣くう養父の心装を、振斗の剣を借りて取りのぞくためだった。断じて実力で後れをとったわけではない。

ギルモアの心装である神虫《しんちゅう》は標的の体内に潜み、使い手の意思によって臓腑を噛み裂くことも、あるいは爆発させることもできる。そのことをクリムトは知っていた。ギルモア自らが養子たちに向かって見せつけたからである。

そうして養子たちに恐怖を植えつけた上で、神虫を仕込んで己の手足として扱うのがギルモアのやり方だった。当然、クリムトも腹に神虫を仕込まれていた。

クリムトは今回の一件を奇貨《きか》としてこの枷《かせ》を取りのぞいたわけだ。

今のところ、事態はクリムトの思惑どおりに進んでいる。問題があるとすれば、大興山の崋山軍が今日明日に崩壊してもおかしくないほど脆弱《ぜいじゃく》であること。そして、クリムトの忍耐力がいつ限界を迎えるかわからないことだった。

「あいつが姿隠しの神器を持っていれば話は早かったんだがな」

できればふたつ——自分と姉の分を。それなら情報を引き出すなどという迂遠《うえん》な真似をする必要はない。今すぐ振斗を斬り殺して神器を奪い、鬼ヶ島に取って返すのに。

そんなことを考えながら、クリムトはヤマトたちのもとに足を向けた。

2

「……姉上、皆は大丈夫でしょうか？」

大興山の砦に鳴り響く警鐘を聞きながら、ヤマトが不安そうに姉に問いかける。

それを見た姉のランは、もしこの場に父ギエンがいたらヤマトを叱りつけただろうと思った。ヤマトは崋山《かざん》王家の血を継ぐ最後の男児であり、今回の反乱の旗頭《はたがしら》である。将兵の上に立つ人間が襲撃に際して不安を見せるなど言語道断である、と父ギエンならば言ったに違いない。

そして、自分も崋山王家の一員として弟にそう諭《さと》すべきである、とも思った。だが、実際にランが口にしたのは叱責とは正反対の言葉だった。

「大丈夫ですよ。崋山の強兵が魔物ごときにやられるわけはありません」

ランは弟を力づけるように大きくうなずきながら言う。

崋山王家の最後の男児とはいえ、ヤマトはまだ八歳の子供である。しかも、王位継承権を与えられていなかった庶子のひとりで、人の上に立つ教育を受けたこともない。

そんな子供が反乱の旗頭に祭り上げられ、毎日のように魔物が襲ってくる辺境の山砦《さんさい》に連れて来られたのだ。そのヤマトに王族らしく気丈に振る舞え、などと言えるわけがない。むしろ、この劣悪な環境にあって他者を案じる優しさを失わない弟のことを、ランは心から誇りに思っていた。

「兵を率いるカササギ殿は父君が選んだ崋山十六槍のひとり。すぐに魔物を蹴散らしてくれるに違いありません」

ランはいかにも自信たっぷりという風に言い切ったが、ヤマトが注意深く聞けば、姉の語尾がわずかに震えていることに気づいただろう。

ヤマトが八歳の子供であるように、ランも十五歳になったばかりの少女である。侍女もおらず、着替えもなく、日々の食事にさえ事欠く山砦《さんさい》暮らしが負担にならないはずがない。

今のランを支えているのは「自分がヤマトのことを守ってあげなければ」という一念だけだ。それがなければ、とうの昔に心が折れていたに違いない。

一年前に時を戻すことができたなら――繰り言であるとわかっていても、ランはそう思わずにはいられない。

当時の崋山は鬼界随一の大国であり、父ギエンの下に猛将名将が列をなし、一兵卒に至るまで勇猛果敢だった。崋山軍に守られた西都で育ったランとヤマトは、生まれてこのかた魔物の脅威を感じたことなど一度もなかったのである。

それが中山に敗れ、父王は戦死し、ランとヤマトは家臣たちに守られて城外に逃れ出た。身体の弱い母は、自分が子供たちの足かせになることを恐れて西都に残ったが、姉弟がそれを知ったのは西都を離れた後だった。

その後、ランたちは追手から逃れるべく旧崋山領を東奔西走し、ついには辺境の大興山へとたどりつく。崋山軍はそこに砦を築いて立てこもった——といえば聞こえはいいが、実際には他に行く場所もなく、中山軍の影におびえて居すくまっているにすぎない。

ランは政治や戦略といった分野にはとんと疎《うと》かったが、それでも自分たちの置かれた状況が八方ふさがりであることは理解していた。

崋山の姫として何不自由なく育った身が、生木を組み立てただけのあばら家で幾日も幾日も寝泊まりさせられているのだ。世間知らずの姫にも洞察力が芽吹こうというものである。おまけに出てくる食事はひどく塩辛いスープと、石のように硬い蕎麦《そば》がきだけ。これでは前途に希望を見出せるはずもない。

それでもランが周囲に不満をもらさなかったのは、地位を笠に着た振る舞いをしてはならない、と母からうるさいくらいに教え込まれていたからである。それに、幼いヤマトがまったく不平不満を口にしていないのに、姉である自分が弱音を吐くわけにはいかないという思いもあった。

今もヤマトは自分の身ではなく、外で戦っている将兵の身を案じている。なんとしてもこの子だけは中山の魔手から逃がさなければ、とランはあらためて心に誓った。

ふたりがいる部屋の壁が、轟音と共に吹き飛んだのはそのときである。

「ヤマトッ‼」

とっさに弟を抱きよせたランの身体に、砕け散った壁木の破片がいくつも降り注いだ。とがった破片のひとつが顔をかすめ、ランの額から一筋の血が流れる。

ランはそのことに気づいたが血をぬぐっている暇はなかった。崩れた壁から一体の魔物が姿を現したからである。

長く伸びた二本の触覚、ぎょろりとうごめく二つの複眼、断頭台《ギロチン》を思わせる巨大な顎《あご》。左右の腕は鎌をおもわせる造りをしており、膨れあがった胴体からは四本の脚が伸びている。

一言で言えば、それはカマキリだった。ただし、ランが宮中の庭で見た虫《カマキリ》とは比べ物にならないくらい大きい。魔物の体長はランの倍ほどもあろうか。

この大きさならば鬼人をエサとして捕食することもできるに違いない。実際、不気味な音をたてて左右に開閉する魔物の顎《あご》は血に濡れたようにてらてらと赤く光っていた。

「姉上！」

「ヤマト、私の後ろに！」

弟の身体を離して前に進み出たランは、素早く懐中から短剣を取り出して魔物と対峙《たいじ》する。

勇敢な振る舞いだったが、その顔は蒼白であり、短剣を握りしめた手は細かく震えていた。ランは魔物と正面きって戦えるような武術や魔術は修めていない。習ったのは護身術がせいぜいで、それも人を相手にすることを想定したものだ。むろん、魔物と戦った経験などあるはずもない。

くわえて言えばランは虫が大嫌いだった。弟を守らなければ、という意識がなかったらこの場で卒倒していたに違いない。

反射的に入口を見たのは、異変を察した兵士が助けに来てくれることを期待したからである。ここが西都の宮中であれば、即座に護衛の兵が飛び込んできて姉弟を守ってくれただろう。

だが、今の崋山軍にはランたちのために護衛の兵士を割く余裕がない。反乱の旗頭であるヤマトに護衛さえつけられない、それが大興山の現状なのである。

光神教がつけてくれたクルトという護衛が席を外していたのも不運だった。

もっとも、仮にあの青年がこの場にいても、自分たちを守ってくれるとはかぎらないが、とランは思う。クルトは明らかに護衛の役割に不満を持っていたし、ランたちに向ける言動も冷めている。

本音を言えば、ランはクルトが中山軍の回し者ではないかと疑っていた。

「……ヤマト、これから私が合図を出します。そうしたら、あなたは走って外に逃げて、カサギ殿のもとへ向かいなさい」

「で、ですが、それでは姉上が……！」

「私もすぐに後を追います。わかりましたね？」

押しかぶせるように姉に言われてしまえば、ヤマトはうなずくしかない。

震える声で、はい、とうなずく弟に申し訳なさをおぼえつつ、ランが「走りなさい！」と叫ぼうとしたときだった。

入口から新たな魔物がぬっと室内に入り込んできた。最初と同じカマキリ型の魔物。ヤマトが小さな悲鳴をもらしたことで、ランも新たな個体に気がつき、表情に絶望をにじませる。

それを隙と見て取ったのか、あるいはもう一体に獲物を取られまいと考えたのか、最初に入り込んできた魔物が両の鎌を振りかざしてランに襲いかかった。

緑色にぬめる鎌が視界いっぱいに広がり、ランはヒッと悲鳴をもらして目をつぶってしまう。次の瞬間、鎌のごとき魔物の腕が自分を捕らえ、引き裂くことをランは覚悟した。

だが。

「…………？」

衝撃はいつまで経ってもやってこなかった。

かわりに聞こえてきたのは喜びに弾む弟の声。

「クルト！」

その声に促《うなが》されるように慌てて目をひらいたランが見たのは、自分を守るように背中を向けて立っている白髪《はくはつ》の青年の姿だった。

直後、ガタンと大きな音を立てて何かが床に落ちる。それが、何者かによって斬り落とされた魔物の左右の腕であるとランが気づいたとき、クルトの口から鋭い気合の声が迸《ほとばし》った。

「喝《カア》ッ！！」

鞭打つようなクルトの声は、まるでそれ自体が一個の武器であるかのように魔物を吹き飛ばした。両腕を失った魔物は、自らがあけた壁面の穴を通って外へ吹き飛ばされる。

いや、吹き飛ばされただけではない。ランの視線の先で、カマキリの姿をした魔物の首はへし折られていた。さらに脚はちぎれ飛び、膨れあがった腹は破れて中の臓物をまき散らしている。

クルトは気合の声だけで魔物を倒してしまったのである。

思わず安堵の息を吐こうとしたランは、ここでもう一体の存在を思い出して、慌ててクルトに警告を発しようとする。だが、入口を振り返ったランはそれが必要ないことを悟った。

そこには首と胴を切断された瀕死の魔物が横たわっており、手足をのたのたと動かしていた。まだかろうじて生きてはいるようだが、その命が長くないことは明白である。そして、魔物を斬ったのが駆けつけたクルトであることもまた明白だった。

「無事か?」

「はい!　ありがとうございます、クルト!」

振り返ったクルトが尋ね、ヤマトが嬉しそうに応じる。ランも慌てて礼を述べようとしたが、言葉がうまく出てこない。一瞬とはいえ魔物相手に死を覚悟した反動だろう、身体が小刻みに震えて止まらなかった。

クルトはランの異常に気づいたようだったが、命に別状はないと判断したのか、それ以上言葉を重ねようとはしない。

崋山軍がすべての魔物の撃退に成功したのは、それから間もなくのことであった。

3

「クルト殿には幾重にも礼を申さねばならぬな。貴殿がおらねば、ヤマト様とラン様は魔物のエサになっていたかもしれぬ。そのようなことになっていたら、冥府《めいふ》のギエン様に何とお詫びしてよいやら分からぬわい！」

そう言ってガハハと大笑したのはカササギという壮年の武人だった。今回の反乱の事実上の指揮官である。

かつては崋山十六槍に数えられた歴戦の戦士であり、猛将としての武名も高いが、反乱軍の指導者としてはいささか緻密《ちみつ》さに欠ける面は否めなかった。そして、それは言動にもあらわれている。

今の言葉も、主筋にあたるランとヤマトを前に発してよいものではないだろう。そもそもヤマトたちが危険にさらされたのは指揮官であるカササギの責任なのだ。

だが、カササギはそのことに気づかずに哄笑している。

そのカササギに名前を呼ばれたクルトは、冷めた目で相手を見返しただけで言葉を返そうともしなかった。

その後、カササギは集まった将兵の前でいくつかの話題を持ち出したが、いずれも現状の改善に結びつくものではなく、軍議はこれまで同様に何の成果もないまま終わるかにみえた。

だが、カササギが閉会を告げる前にヤマトが口をひらく。

形ばかりの首座に座らされたヤマトは、カササギに向けて、そして軍議に集まった者たちに向けてひとつの提案を口にする。

――それは中山に降伏し、自分の命と引き換えに将兵の助命を願う、という案だった。

「何を言うのですか、ヤマト!? そのようなこと、認められるわけがないでしょう!」

悲鳴にも似た声で反対を唱えたのは姉のランだった。

カササギもすぐさまこれに同意する。

「ラン様のおっしゃるとおりですぞ、ヤマト様。あなた様は今や崋山王家唯一の男児。さように弱気なことを口にしてはなりませぬ。偉大なるギエン様の血を継ぐ者として、でんと構えていてくだされ」

もっともらしいカササギの言葉を聞いたクリムトは、子供にここまで言わせているのはお前の頼りなさが原因だろう、と内心でせせら笑った。

最後に口をひらいたのは光神教の振斗《しんと》である。ただし、振斗が口にしたのはヤマトの降伏案に対する意見ではなかった。

「ラン様、カササギ様、それに皆様も。ヤマト様は魔物に襲われた直後ゆえ、いささか弱気になっておいでなのでしょう。ここはひとまず散会し、身体を休めてからあらためて話し合うのが得策と心得ます」

クリムトに対しては傲岸《ごうがん》に振る舞う振斗だが、崋山軍の中では誰に対しても丁寧に接している。いかにも聖職者らしい人当たりの良さであり、補給を一手に担っていることもあいまって、振斗に対する崋山将兵の評判は悪くなかった。

振斗の言葉を聞いたヤマトは何か言おうと口をひらきかけたが、それにおしかぶせるようにカササギが膝を叩く。

「うむ！　振斗殿のおっしゃるとおりだな。魔物どももすぐに襲いかかってくることはあるまい。皆、酒を飲み、飯を食らって英気を養うがよい。物資は心もとないが、なに、振斗殿がすぐに調達してくれるであろうよ！」

そう言って大笑するカササギに、振斗がかしこまって「お任せください」と応じる。

こうなってしまえば八歳の子供の言葉を真摯《しんし》に聞こうとする者はいなくなる。軍議はなし崩し的に終了となり、将兵たちはそれぞれの持ち場に戻っていった。

こころもち肩を落としたヤマトも、姉に抱きかかえられるようにして部屋を後にする。護衛の任を帯びたクリムトはふたりについていこうとしたが、その前に振斗から声をかけられた。

「クルト」

クリムトの偽名を呼んだ振斗はあご先で外を示した。ついてこいと言外に言われたクリムトは苛立ちを押し隠しながらうなずく。

そうしてクリムトを人気《ひとけ》のない一角に誘い出した振斗は、声を低めて素早く用件を口にした。

「ランを殺せ、クルト」

「……なに？」

「ランを殺せと言ったのだ。可能なかぎり惨《むご》たらしく殺した後、手足を叩き斬って達磨《だるま》のごとく転がしておけ。それを中山の仕業に見せかければ、あの小僧も二度と降伏など口にすまい」

姉であるランを惨殺することで、ヤマトに中山への憎しみを植えつける。振斗は自らの思い付きが気に入ったのか、くつくつと愉快そうに笑っていた。

一方のクリムトは、唾《つば》でも吐きそうな顔で振斗を横目で睨み、拒絶の言葉を口にした。

「やりたければ自分でやれ。俺の手をわずらわせるな」

「ほう？　まさか女子供を手にかけるつもりはない、などとぬかすわけではあるまいな？　滅鬼封《めっきほう》神《しん》は御剣家にとって鉄の掟であったはず。貴様が鬼人に情けをかけたことを知ったら、式部めは何と言うであろうなあ？」

嫌みったらしく尋ねてくる振斗に対し、クリムトは冷たく応じる。

「御館様は鬼人を討てとはおっしゃったが、無意味に苦しめろとはおっしゃっていない。死体を辱《はずかし》めろ、ともな」

式部からランを斬れと命じられたのなら、クリムトは特に悩みもせずに従うだろう。かつてイシュカでスズメを斬ることに躊躇《ちゅうちょ》しなかったように、鬼人が女子供であることはクリムトにとって剣を止める理由にならない。

　だが、斬る相手を無意味に苦しめる趣味はなかったし、死体をもてあそぶ意思もなかった。青林旗士が鬼人を斬るのは恨みや憎しみのためではない。角《つの》によってつながっている鬼人族を放置すれば、やがて大陸全土が鬼界と同じ荒野と化してしまうからだ。

　クリムトにしてみれば、振斗の言葉は掟の意味すら知らない愚か者の妄言にすぎず、そんな愚か者の命令に従うはずもなかった。

　いっそのこと――クリムトの脳裏に刃物のような思考がよぎる。

　いっそのこと、振斗がランを斬ろうとしたとき、ランを助けて振斗を斬ってしまおうか。

　今のクリムトには姿隠しの神器を手に入れるという目的がある。まがりなりにも振斗に従い、鬼人たちにまじって生活しているのはこのためだ。

　逆に言えば、神器さえ手に入れられるなら振斗に従う必要はない。ランやヤマトは王家の人間だというから、神器の情報をまったく知らないということはないだろう。このまま振斗に従っているよりも、ふたりに恩を売って神器を手に入れる方が近道かもしれない。

　それは単なる思いつきだったが、ひとたび芽生えた思考は驚くほどの速さでクリムトの心をとらえた。自分はこれほどまでに今の状況に鬱屈《うっくつ》していたのか、と遅まきながらクリムトは自覚する。

　ディアルトから渡された魔力回復薬《マナポーション》も残り少ない。その意味でもそろそろ大きく動くべきだった。

　振斗はいまだに何やら話していたが、自分の着想の可否を検討していたクリムトはそのほとんどを聞き流していた。

しばらく後。

「クルトめ、式部の手下の分際で私に口答えするとは生意気な！」

クリムトが去った後、振斗は忌々しげに生木でつくられた床を蹴りつけた。

振斗にしてみれば、御剣家は方相氏の末席につらなる下賤《げせん》の家にすぎず、その御剣家の臣下であるクリムトは陪臣《ばいしん》――配下の配下――のようなもの。本来、クリムトは這いつくばって振斗の命令に従わねばならない立場なのである。

だが、クリムトにその認識はないらしく、あの白髪《はくはつ》の剣士が振斗に畏敬の念を向けることはなかった。互いの立場をわきまえさせようと剣を抜いて思い知らせたこともあったが、クリムトの態度はかわらない。いったい式部は配下にどのような教育をしているのか、と腹立たしく思った。

ただ、いつまでもここにいない者に腹を立てていても仕方ない。振斗も振斗で現状を打開する必要性は感じているのである。むしろ、大興山で最もその必要性を感じているのは振斗であるかもしれない。

もともと振斗が、ひいては光神教が崋山の残党に力を貸したのは、鬼界統一を果たした中山の勢いを少しでもそぎ落とすためだった。

光神教にとって鬼界を統一する勢力の誕生は喜ばしいことではない。争い合っていた鬼人たちがひとつに団結すれば、それだけ鬼人族の力が高まり、相対的に光神教の影響力は薄れてしまう。覇者となった鬼人の王が、光神教に対して服従を要求してくることもありえよう。

　それゆえ、光神教は鬼界に統一王朝が誕生しないよう密かに策動を続けてきた。ある勢力が力をつければ対立する勢力に力を貸し、その対立勢力が強大になればまた違う勢力を後援する、といった具合に。

　崋山の勢力が強大だった頃、光神教は中山に助力していた。その中山が思いがけない速さで覇者になってしまったため、今度は崋山に与《くみ》している、というのが今の光神教の立場である。振斗はその実行責任者だった。

　振斗にとって計算外だったのは、中山が思った以上に強大であり、また周到だったことである。カササギをそそのかし、ヤマトを旗頭として反乱を起こさせたまではよかったが、その後は呼応して立ち上がる者もおらず、反乱はたちまち行き詰まってしまった。

　これでは中山の勢いを止めるどころか、中山のために不平不満を持つ膿《うみ》を吸い出してやったようなものである。

　そこで振斗が考え出したのが御剣家を利用する策だった。

　反乱の本拠地を大興山に置き、そこを中山軍に攻撃させる。この戦いは中山軍が勝つだろう。だがそれでいい。勝って意気揚々と西都に引き上げる中山軍の背後を御剣家に襲わせる、というのがこの作戦の眼目《がんもく》だった。

御剣家の旗士たちには鬼界における行動限界があるが、大興山はぎりぎり彼らの活動範囲に入っている。そのことは五十年前、御剣家が時の鬼人王を討ちとった戦いが証明していた。

すでに振斗はこの作戦案を式部のもとに送っており、協力を要請――というより自分に従って青林旗士を派遣するよう命令している。返答はまだ届いていなかったが、代わりにクリムトがやってきた。

偶然というにはあまりにも出来すぎたタイミング。当然のように振斗はクリムトのことを式部が派遣した兵だと考えた。クリムトはいわば偵察兵であり、中山軍がやってきたら鬼ヶ島に取って返して主力部隊を連れてくるのだろう、と。

むろん、これは誤解なのだが、クリムトはわけがわからぬながらも相手に話をあわせ、振斗に誤解を気づかせなかった。

以上の理由から、振斗は中山軍が来るまで大興山の反乱を維持する必要があったのである。間違っても崋山の方から降伏を申し出るような真似をさせてはならない。それは振斗が立てた計画の失敗を意味する。

そうなれば、本殿にいる光神教の上層部は振斗の能力に疑問を持つだろう。特に今代の方相氏の長は厳格にして冷徹な人物であり、儺儺式使いであっても失態を犯せば容赦なく処断される。

ヤマトの降伏を阻止することは振斗の身を守ることでもあった。

「クルトめが動かぬというのなら私が動くしかあるまい」

振斗は低い声でつぶやく。もとより方相氏は滅鬼《めっき》の士。鬼人を討つことにためらいなどあろうはずはなかった。

4

クリムトがランとヤマトのいる部屋に戻ると、神妙な顔をしたランに頭を下げられた。

何事か、と怪訝《けげん》そうな顔をするクリムト。カマキリ型の魔物から助けた礼なら、軍議の前にすでにされていたからである。

訝《いぶか》しむクリムトを前に、ランは言いにくそうに口をひらいた。

「その……私は、あなたが中山の回し者ではないかと疑っていました。そのことをお詫びいたします」

「そういうことか。気にするな」

クリムトは怒るでもなくうなずいた。もとよりやる気などないに等しい護衛任務だ。鬼人相手に敬語を使う気にもなれず、言葉づかいだってひどいもの。護衛される側が不信を抱くのは当然と言わねばならない。

それにしても、とクリムトはランを見て内心であきれる。

中山の回し者であったなら魔物に襲われたランたちを助けるはずがない。ランはそう考えてクリムトへの疑いを解いたのだろうが、一度や二度命を助けられたくらいで疑いを解いてどうするのか。何か別の思惑があって助けただけかもしれないのに。

素直といえば聞こえはいいが、王族とは思えない脇の甘さ。よほどに甘やかされて育ったのだろう、とクリムトは思う。ベルヒ家の殺伐《さつばつ》とした家風で育った身にはそうとしか言いようがない。

あるいは、鬼人族にとってはこれが普通のことなのだろうか、とも思う。だとすれば、思った以上にくみしやすい連中だ。

クリムトがそんなことを考えて唇を歪めていると、ヤマトがおずおずと話しかけてきた。もしかしたら、気まずそうな姉に助け船を出す意図もあったかもしれない。

「クルトは強いのですね。目にも留まらぬとは、まさに先ほどのクルトのことです」

「恐縮です」

「あの、クルトさえよければ、僕に稽古をつけてもらえませんか？　僕も強くなりたいんです！」

ぐぐっと身を乗り出してくるヤマトを見て、クリムトは言下《げんか》に拒絶しようとした。何が悲しくて子供、しかも鬼人に剣を教えてやらなければならないのか。

だが、ふと先刻の思考が脳裏をよぎり、ひらきかけた口を閉じる。

クリムトが振斗と手を切ってヤマトらと結ぼうとしても、姉弟の側が応じてくれなければ意味がない。鬼人相手に平身低頭する気などないクリムトにとって、剣の師となってふたりの信用を得るというのはなかなか有意義な案に思えた。

「……俺の剣は鬼人族のそれとは違うが、いいのか？」

「もちろんです！」

即答するヤマト。クリムトは確認をとるようにランを見たが、姉の方も特に異議はなさそうだった。

ならばよかろう、とクリムトはヤマトの頼みを承諾する。どのみち、八歳の子供に本格的な剣技を仕込むわけではない。姉クライアを助けるためと思えば、鬼人に素振《すぶ》りの仕方を教える程度は何ほどのことでもなかった。

ただ、その前にやらねばならないことがある。クリムトは室内の様子を見やってそう思った。

崋山の姉弟がいる部屋の壁は大穴が空いたままだ。ありあわせの布で壁面を覆い、外からは見えないようになっているが、補修としてはお粗末もいいところである。魔物の体液だってろくにぬぐわれていない。

しかも、それらの後始末はどうやら姉弟が自分たちでしたらしい。カササギはあえて姉弟を無視したというより、単純に気が回らなかったのだろう。

何事にも神経質なクリムトとしては、現状を放置しておくわけにはいかなかった。ランたちのためではなく自分のためである。ふたりの護衛であるクリムトは、必然的にこの部屋ですごす時間が長い。ただでさえ生木の生臭さに辟易《へきえき》していたというのに、そのうえ魔物の体液の臭いやら隙間風やらが加わった部屋などとうてい耐えられるものではなかった。

木を伐《き》るのも、運ぶのも、組み立てるのも、勁《けい》で身体強化すれば大した手間ではない。体液を洗い流す熱湯もたやすく用意できる。

クリムトは姉弟に手伝いを申し出る隙を与えず、速やかに補修と清掃に取りかかった。自分はいったい何をしているのだろう、と心の片隅で自嘲しながら。

その夜、ランは弟よりも早く寝入ってしまった。いつもは弟が寝つくのを待ってから眠るのだが、昼間に魔物に襲われた影響で身体が早めの睡眠を欲したのだろう。

部屋の外で不寝番を務めていたクリムトは、防柵《ぼうさく》に寄りかかりながら夜の大興山を眺めていた。

防柵から身を乗り出して下を見てみると、深い闇がぽっかりと口をあけている。この砦は切り立った崖の上につくられているため、もし防柵の向こうに落ちたら急斜面を転がり落ちて絶命する羽目になるだろう。

——まあ空中歩法が使える青林旗士は例外だがな……ん？

クリムトは姉弟が寝ている部屋から小さな足音が近づいてくることに気がついた。ややあって部屋の中からヤマトが顔を出し、真剣な面持ちでクリムトに話しかけてくる。

「クルト、少し話をしてもいいですか？」

姉を起こさないよう声をひそめるヤマトを見て、クリムトは無言でうなずく。

部屋の外に出たヤマトはとてとてとクリムトの前に歩み寄ってくる。昼間に約束した稽古のことかとクリムトは考えたが、ヤマトが口にしたのは姉のことだった。

「クルト。もしこの先、昼間のような危ないことが起きたら、僕よりも姉上を守ってさしあげてください」

「……それは」

「姉上は母上に似て優しい人です。編み物や裁縫は得意ですが、戦いのことなんてまるで知りません。夜ごと僕に気づかれないように泣いていることも知ってます。姉上はこんなところで死んではいけない人なんです」

本来なら自分が姉を守らなければいけない、とヤマトは口惜しげに言う。男《おのこ》は女子《おなご》を守るもの。それが亡き父親の口癖だった。

だが、子供にすぎない今の自分にそんな力はない。だからあなたにお願いしたい、とヤマトは切々と訴える。先にヤマトが降伏を口にしたのも姉を助けたい一心だったのかもしれない。もちろん、将兵の身を案じる気持ちに嘘はなかっただろうけれど。

――姉は弟だけは助けたいと願い、弟は姉だけは助かってほしいと願っている。

そんなふたりに自分と姉を重ね見るほどクリムトは感傷家ではなかった。そもそも、クリムトならば姉の身を誰かにゆだねたりはしない。力不足であろうと何だろうと、自分の手で姉を守ろうとしただろう。

ゆえに、クリムトは情にほだされてヤマトの頼みにうなずくようなことはしなかった。代わりに次のように応じる。

「なめられたものだ」

「……え？」

「俺がどちらかひとりしか守れないとでも思っているのか？　余計な心配をするな」

ぶっきらぼうなクリムトの言葉を聞き、ヤマトは一瞬、何を言われたのかわからないというように目を瞬かせた。だが、すぐにクリムトが言わんとすることに気づき、ぱっと表情を明るくする。

きらきらと目を輝かせて自分を見上げてくるヤマトを見て、クリムトはいかにもやりにくそうに顔をそむけた。

と、ここで慌てたようなランの声がふたりの耳朶《じだ》を震わせる。ヤマトがいないことに気づいて、慌てて起き出してきたらしい。

ややあって部屋の外に出てきたランは、クリムトの前に立っているヤマトを見て、思わずという感じで胸に手をあてた。

「ヤマト、ここにいましたか。心配させないでください」

「あ、すみません、姉上。目が冴えてしまって、少しクルトと話をしていました」

「クルト殿は護衛の任についているのです。邪魔をしてはなりませんよ」

弟をたしなめたランが、クリムトに申し訳なさそうな顔を向ける。これまでも似たようなことは何度かあり、そのたびにランはクリムトに警戒心のこもった目を向けてきたものだった。

しかし、今のランの表情は昨日までとは違い、どことなくやわらかく、また打ち解けた雰囲気が感じられる。おそらく昼間の出来事が影響しているのだろうが、クリムトにしてみれば居心地が悪いことおびただしい。

姉弟にとってクリムトは氏素性《うじすじょう》の知れない人間にすぎないだろうに、どうしてこれほどまでに警戒心が薄いのか。半ば八つ当たりに近い苛立ちをおぼえつつ、クリムトがランに返答しようとしたときだった。

――ふわり、と。

空から黒衣をまとった人間が降ってきて、ランの目の前に着地する。生木を組んでつくられた床はほとんど音を立てていない。まるで体重を感じさせない軽やかな身のこなしだった。

あまりに突然のことで、ランははじめそれが人であると気づかず、大きな鳥が空から落ちてきたと思ったほどである。

しかし、四ツ目の鬼面をかぶり、黒い上衣と赤い腰布を身に付けた異形の姿を目の当《ま》たりにしたランは、すぐに自分の勘違いに気づく。

驚きのあまり目を見開くラン。一方、鬼面の人物は自然な動作で腰の刀を抜き放つと、切っ先をランの右目に向けて突き込んできた。武芸の心得のないランでは絶対に躱《かわ》すことのできない手練《しゅれん》の早業。

だが、曲者《くせもの》の刀がランを傷つけることはなかった。

凶器がランの眼球をえぐろうとしたまさにそのとき、抜く手も見せずに放たれたクリムトの剣が曲者の刀を強く撥《は》ねあげたからである。

「…………え？」

甲高い金属音が夜闇に響く中、ランは何事が起きたのかわからずに呆然とする。

クリムトはそんなランにかまうことなく素早く攻撃に転じた。すくいあげるように放った剣の切っ先を、空中で弧を描くようにひるがえし、そのまま曲者めがけて振り下ろす。

威力といいタイミングといい申し分のない一撃だったが、曲者は即座に床を蹴り、赤い腰布をはためかせて飛び退《すさ》った。

クリムトはすかさず曲者とランたちを結ぶ直線上に立ちふさがると、姉弟を守るように剣を構える。

何者だ、という誰何《すいか》は発しない。クリムトにとって眼前の曲者の正体は歴然としていたからである。

「邪魔をするか、人間」

鬼面の奥から奇妙に甲高い声が発される。正体を気取《けど》られないようにするための小細工だろう。出来の悪い芝居を見させられた気分でクリムトは唇を歪めた。そのことに気づいたのか、鬼面の奥から放たれる眼光がひときわ強まる。

「おとなしく退くのなら、中山王陛下に願って貴様の罪を――」

「三文《さんもん》芝居、見るに耐えないな、振斗」

嘲弄と共にクリムトは相手の正体を暴露する。後ろからランとヤマトが驚く声が聞こえてきた。

クリムトの視線の先で、鬼面の人物が忌々しそうに仮面を外す。その下から出てきたのは、やはりというべきか、振斗の顔であった。

5

「どういうつもりだ、クルト？」

仮面を外した振斗が険しい顔で問いかけてくる。両眼から放たれる視線はクリムトを射殺さんとするように鋭くとがっていた。

クリムトは唇の端を吊りあげて応じる。

「答えるまでもないだろう。お前の茶番に付き合うのはここまでということだ」

「ほう、面白い。貴様は式部の命令に背くというわけだな？」

それを聞いたクリムトは思わず、くくっと失笑してしまう。いまだに御剣家が自分の命令で動いている、と思い込んでいる振斗が滑稽《こっけい》だったのである。

クリムトの失笑を見た振斗は自分に向けられた侮蔑の感情を正確に読み取り、眼差しを吊りあげて憎々しげに吼えた。

「いいだろう。もう一度貴様に儺儺式《ななしき》の絶技を味わわせてやる。今度は手加減ぬきでだ。みずからの不遜《ふそん》を冥府で悔いるがよいわ、小僧！」

ふたたび四ツ目の鬼面をかぶった振斗は刀を持たない手で印を結ぶ。

――祓《はら》いたまえや大儺公《たいなのきみ》　疫鬼《えやみのかみ》を千里の外へ

――清めたまえや小儺公《こなのきみ》　境《さかい》に在りし穢悪《けがらわし》きを

――乞い願わくは我もまた　五種《いつくさ》の兵《つわもの》持ちて追い走らん

祝詞《のりと》にも似たその言葉は方相氏独自の呪文。世に知られる魔法、魔術と異なり、悪魔の術式を改変したものではない。あくまで人間の知識で練られた術式である。

方相氏に属する者たちは人外の力に頼る術式を忌避《きひ》している。悪魔の術式を改変した攻撃魔法、精霊の力を借りる精霊魔法、神の奇跡を願う神聖魔法。むろん鬼人族が扱う心装もこれに含まれる。

人外の存在に頼った力は真の意味で人間のものにはならない。人外の力に頼ることなく、人間が生まれながらに持つ膂力《りょりょく》、魔力、精神力を鍛え上げて魔を滅ぼすべし、というのが方相氏の理念であった。

むろん、それは口で言うほど簡単なことではない。ことに方相氏を苦しめたのが鬼――鬼人族との戦いである。

鬼人との戦いは心装との戦い。同源存在《アニマ》を宿す鬼人を討つことの困難さは言をまたない。それでも方相氏は諦めることなく対策を練り、研究を重ね、研鑽《けんさん》を積み、ついに心装封じの秘術を修得するに至る。

それが今《いま》振斗が唱えた呪文である。術者自身を基点として発動する結界術式『凝牢《げろう》』。その効力は、結界の範囲内にいる者の魔力《オド》を極限まで削り取るというものだ。

そして、この凝牢《げろう》を元にして編み出された戦闘術こそ儺儺式である。

儺儺式の使い手である振斗は十年以上の年月をかけて凝牢《げろう》を会得《えとく》し、さらに十年以上の年月をかけて儺儺式を修《おさ》めた。クリムトのような青二才が奥義を修得できる幻想一刀流など、振斗にとっては論ずるにも値しない子供剣術にすぎない。

生まれ持った己の力を極めることを放棄し、易《やす》きに流れた半端者の剣など恐るるに足らぬ。絶対的なまでの自信をもって、振斗は飛鳥《ひちょう》のごとくクリムトに躍りかかった。

雷光のごとく突き出された剣尖《けんせん》がクリムトの眉間を襲う。クリムトは横に躱《かわ》すことも、後ろに退くこともせず、これを真っ向から受け止めた。

横に避けても、後ろにさがっても無防備なランたちが振斗の視界にさらされる。クリムトには正面から受け止める以外の選択肢がなかったのである。

双方の剣が激突し、鼓膜をかきむしるような擦過音《さつかおん》が響きわたる。振斗の刺突の勢いにおされ、危うく剣を弾き飛ばされそうになったクリムトは、小さく舌打ちして下肢に力を込めた。

　そのクリムトめがけ、振斗は猛烈な勢いで更なる刺突を繰り出していく。いずれも速く、鋭く、それでいて重い攻撃であり、受けとめるたびにクリムトの手に強いしびれが走った。

　重厚な突きの圧力は槍による攻撃を受けていると錯覚するほど。他にどれだけの欠点があろうとも、剣士としての振斗の実力はまぎれもなく本物だった。

「ハハハ！　ずいぶんと苦しそうだな、クルト！　先ほどまでの威勢はどこへやった？」

　嘲弄するように振斗は声を高める。むろん、その間も攻撃の手を緩めることはしない。すでに振斗は勝利を確信しており、鼠《ねずみ》をいたぶる猫のごとき心境でクリムトを追い詰めていく。

　追い詰められた鼠は猫をも嚙むものだが、クリムトにはそれさえできない。何故なら礙牢《げろう》によって魔力《オド》、すなわち勁《けい》を封じられたクリムトは、心装はおろか勁技《けいぎ》さえろくに使えないからである。

　繰り返すが、振斗は十年以上の月日をかけてこの結界術を修得した。異なる表現を用いれば、ひとつの術式を極めるためにクリムトの人生の半分以上を費やしたのである。振斗を中心として展開する精緻《せいち》にして強固な結界は、断じてクリムトのような若造が破れるものではない。振斗はそう信じて疑わなかった。

「同源存在《アニマ》などという胡乱《うろん》な力に頼るから、いざその力を失ったときに何もできぬのだ！　たやすく手に入れた力はたやすく失われる！　この金言を胸に冥府に旅立つがいい、クルトよ――儺儺式《ななしき》棘刀《きょくとう》　千峰刃《ちほうじん》!!」

　過日、クリムトの腹をえぐった儺儺式の奥義を振斗はここで再び放つ。以前は殺さぬように手加減したが、その必要がなくなった今、技の威力は以前の比ではない。

瞬きのうちに繰り出された無数の刺突をさばききれず、クリムトの剣が宙高くはじき飛ばされる。

これでクリムトに手向かう術《すべ》はなくなった。自身の刀によって無数の穴を穿《うが》たれたクリムトの姿を幻視し、振斗は唇の端を吊りあげる。

だが、その嘲笑は長続きしなかった。

ガシリ、と。

繰り出した剣尖をクリムトが素手でわしづかみにしたからである。むろん、白刃を素手で握りしめて無事で済むはずはなく、クリムトの手から派手に血しぶきが散った。しかし、白髪《はくはつ》の剣士は眉ひとつ動かさない。

それを見た振斗はクリムトに奥義を止められたことに驚き、次いでそれが何の意味もない悪あがきであると吐き捨てた。

「ふん。それで私の剣を防いだつもりか？　このまま刀を押し込んでしまえば、貴様は何もできぬ！」

「そう思うなら、そうすればいい」

「言われずとも！　つまらぬ虚勢を張るでないわ、小僧！」

言葉どおり、振斗は全身の力を込めて刀を押し込んでいく。反撃の警戒はしなかった。剣を失い、勁を封じられたクリムトにできることなど何もないのだから。

何もない、はずなのに。

「――ぬ」

刀がぴくりとも動かない。どれだけ力を込めて押し込んでも、クリムトの膂力で阻まれてしまう。そんなはずはない、と振斗は内心でうめいた。今のクリムトは勁技はもとより基本的な身体強化すら使えないはず。

それなのに、どうして自分は己の武器ひとつ自由に動かすことができないのか。その疑問の答えにたどりつくより早く、刀の柄を握る振斗の手に異変が起きた。

「痛《つう》ッ!?」

すさまじい熱に手のひらを焼かれた振斗が苦悶の声をあげる。まるで柄ではなく炎を摑んでいるような灼熱の激痛だった。

苛烈な熱量を放つ何かが振斗の刀を焼いており、それが柄まで伝わってきたのである。

「クルト、貴様！」

刀身を握りしめているクリムトの紅い双眸《そうぼう》が、燃えるような輝きを放ちながら振斗を見据えている。今も刀を焼いているのが誰なのか、否応《いやおう》なしに振斗は察した。

儺儺式使いの背に氷塊がすべりおちる。その振斗に向けて、クリムトはゆっくりと口をひらいた。

「手加減していたのが自分だけだと思ったか？　たしかに厄介な術式だが、この程度で俺の心装を封じられると思うなよ」

「ぐ……く！　刀身から手を離せ！」

止まることなく高まり続ける熱に耐えかね、振斗が苦しげに叫ぶが、もちろんクリムトは相手の要望に応じなかった。

そうしている間にもクリムトの勁は高まり続け、それに応じて身体から湧きでる熱量も増加し続けている。今の勁量はいつものクリムトに比べれば半分の半分といったところだが、それでも心装を持たない剣士ひとりと戦うには十分すぎた。

「心装励起――焼き払え、倶利伽羅《くりから》！」

「ぐああああぁッ!!」

心装が発する高熱と衝撃をまともに浴び、振斗は悲鳴をあげて吹き飛ばされる。同時に、振斗がかぶっていた四ツ目の鬼面が宙高く弾き飛ばされ、防柵の向こうに消えていった。

クリムトは掴んでいた振斗の刀を、これも防柵の向こうに放り捨てると、倒れている振斗に歩み寄る。

――儺儺式とやらもこの程度か。

振斗は何やら得々と語っていたが、自分程度を押さえられないようでは底が知れる、とクリムトは思う。

クリムトは黄金世代における序列は最下位であり、青林八旗の序列も七旗の七位。クリムトより上の旗士などいくらでもいる。儺儺式が御剣家の脅威となることはないだろう。

ただ、礙牢《げろう》という術式は厄介だった。

このような術式を編み出した時点で方相氏という集団は只者《ただもの》ではない。そして、その方相氏と御剣家当主の間には何らかのつながりがある。そのあたりのことを振斗から聞き出す必要があった。

事によったら、神器に頼ることなく姉を解放することができるかもしれない。クリムトがそう考えて振斗を尋問しようとしたときだった。


「——何をしておるのだ、振斗よ」


夜闇を震わせて、その声がクリムトの耳朶を震わせた。

声の主はクリムトの真横に立っていた。何の予兆もなく、何の気配もなく、まるで何もない空間から湧き出したかのように、その人物はそこにいた。

振斗と同じ四ツ目の鬼面をかぶった人間。だが、こちらの鬼面はまるで本物の鬼の皮を剝《は》いでつくったかのように精巧にできている。

その鬼面を見た瞬間、ぞわり、と悪寒がクリムトの身体を駆け抜けた。

全身の毛を逆立てたクリムトは、とっさにその場から飛びすさって新手——おそらくは振斗の仲間と思われる相手から距離をとる。もしこの場にランとヤマトがいなければ、飛びすさった瞬間に全力で心装を振るい、あたりを灰燼《かいじん》に帰していただろう。クリムトは新手の敵からそれほどの重圧《プレッシャー》を感じていた。

一方の新手はと言えば、警戒するクリムトに一瞥《いちべつ》もあたえず、静かな声で振斗に語りかけていた。

「計画にない動きを続けた挙句、報告もよこさない。すでに中山軍は大興山に向けて西都を発った。このままでは崋山に投じた時間と資金がすべて無駄になりかねぬ。そう思うて足を運んでみれば――」

その声に怒りは感じられなかった。蔑みも、嘲弄も、苛立ちも感じられなかった。あくまで冷静、あくまで沈着。クリムトに敵意を向けているわけでもない。

それなのに、クリムトの身体の震えは止まらなかった。

「まさか儺儺式の使い手が若者相手に膝を折るところを見せられるとはな。重ねて問おう、振斗よ。おぬしは何をしておるのだ？」

問われた振斗が震える唇で新たに現れた人物の名前を口にする。

「う、蔚塁《うつるい》様――私は、私が、いえ、御剣家が……そこにいるクルトめが……！」

回らぬ舌で懸命に釈明しようとする振斗を見て、蔚塁と呼ばれた人物は鬼面の下でため息を吐いたように見えた。

振斗の狼狽《ろうばい》ぶりを見て埒《らち》があかぬと判断したのか、蔚塁はおもむろにクリムトの方を振り向くと静かに口をひらいた。

「わしは蔚塁《うつるい》、方相氏を束ねる者だ。見知りおき願おうか、若き青林旗士よ」

6

方相氏の長を名乗る蔚塁という老人を前に、クリムトは奥歯を噛んで相手の重圧に耐えなければならなかった。

別段、向こうは意図的にクリムトを威圧しているわけではない。威圧するどころか刀すら抜いていない。

にもかかわらず、クリムトの身体は鉛《なまり》の鎧でも着せられたかのように重かった。悪寒が蛇のように足元から這いのぼり、両足にからみついて離れない。

自分が眼前の人物に気圧《けお》されていることを、クリムトは認めざるをえなかった。彼我《ひが》の力の差は歴然としており、戦う前から敗北を悟ってしまう。この感覚は義兄ディアルトを前にしたとき、あるいは当主式部を前にしたときと酷似《こくじ》していた。

――ほんの一瞬、脳裏に黒髪の同期生の顔がよぎったが、クリムトは顔をしかめてその幻影を払い落とす。

そんなクリムトの顔を見た蔚塁は、クリムトが己を警戒していると考えたのだろう、敵意を排した声で淡々と話し始めた。

「若き旗士よ。御剣家の臣下であるおぬしがどうして振斗と戦うことになったのか、聞かせてもらえぬか？　振斗が無礼を働いたというなら長としてわしが詫びよう」

「……」

クリムトが無言でいると、蔚塁はやはり淡々と言葉を続ける。

「おぬしが意図して方相氏の前に立ちはだかったというなら、やはり長としてわしが戦おう。言うておくが、そこな未熟者の剣が儺儺式の本領であるとは思うてくれるなよ。こやつは才こそあるが、儺儺式使いの中では最も若く、経験浅き者ゆえな」

それを聞いたクリムトは反射的に眉をひそめる。

正確な年齢はわからないが、振斗は明らかに三十歳を超えている。おそらく四十歳に近いだろう。その年齢の剣士が最も若く、経験の浅い使い手だというのであれば、他の儺儺式使いは振斗よりもさらに高齢ということになる。

ひとりの剣士を育てるために二十年、三十年かかる剣術では、青林八旗《せいりんはっき》のように多くの剣士を揃えることは難しい。くわえて、儺儺式を修得した時点で三十歳、四十歳になっているのだから、剣士として働ける実働期間は短くならざるをえない。

振斗がひとりで行動していたこと、長を名乗る蔚塁が単独で姿をあらわしたことを考えても、儺儺式の使い手は相当に数が少ないと思われる。

と、ここでようやく動揺がおさまったらしい振斗が声を張り上げた。

「蔚塁様、お待ちください！　そのような小僧の言葉に耳をかたむけてはなりませぬ！」

そう叫ぶや、振斗は蔚塁に向けて自身の計画を口早に語り出した。

崋山の反乱をエサとして中山軍をおびき出し、その後背を御剣家に討たせるという振斗の策謀を聞いた蔚塁は、他者が視認できない角度でほんの少し眉を吊りあげる。

本来、方相氏および光神教が御剣家と通じている情報は極秘も極秘、知られたら即座に相手を始末しないといけないレベルの機密である。

振斗の言動は迂闊《うかつ》としか言いようがない。

この時点で蔚塁の決断の秤《はかり》は一方に大きく傾いたが、すぐに行動に移らなかったのは、青林旗士であるクリムトの立ち位置を確認しておく必要を感じたからである。

いかに方相氏の長といえども青林旗士をほしいままに斬るわけにはいかない。光神教にとって御剣家の存在は大きいのだ。そう思って蔚塁は振斗が語り終えるまで待った。

だが、振斗の話を聞き終えた蔚塁は自分が無駄な時間を費やしたことを悟る。振斗は根本的な部分で勘違いをしているのだ。

「愚か者」

「……は？」

「我らとのつながりは御剣家にとって一子相伝の秘事だ。あの式部が配下の若者に秘事を明かすなど万に一つもありえぬ」

蔚塁の指摘に振斗は戸惑ったように目を瞬かせた後、慌てて抗弁した。

「し、しかし、現にクルトはここにおりまする！　崋山が反乱を起こしたこの時期に、青林旗士がたまさか大興山にやってくるなど偶然にしては度がすぎておりましょう。式部の命令以外に考えられませぬ！」

「まったくの偶然とは言わぬ。おそらく、何らかの形で式部の意思がからんでいよう。だが、それは秘事を明かさずとも出来ること。かえりみよ、振斗。この若者の言動は本当に秘事を知る者のそれであったのか？」

問われた振斗は反射的に口をひらいたが、そこから声が発されることはなかった。あらためて振り返ってみれば、クリムトの言動に違和感をおぼえたこともあったのだろう。

その反応を見た蔚塁は小さく息を吐く。振斗の承認欲求の強さを知る蔚塁は、大興山で何が起きたのかを完璧に近い精度で推測した。そして、クリムトの行動が御剣家の命令の外にあることも見抜く。

蔚塁はじっと振斗の目を見据えたまま言葉を続けた。

「愚にもつかぬ優越感で目を曇らせ、口をすべらせ、秘事をもらした。その挙句に剣で後れをとるとは……ほとほと呆れたぞ、振斗。おぬしの軽挙が浄世《じょうせい》の大願を崩す蟻《あり》の一穴《いっけつ》になることもありえたのだ。そも、おぬしはいつから独断で御剣家を動かせる身分になった？」

「う、蔚塁様、私は命令を遂行するために……！」

「たしかにおぬしには崋山の残党を束ねるよう命じたが、許可なく『外』に出る権限を与えたおぼえはない。ましてや、聖下の許しも得ずに御剣家を動かす権限など。四十になる前に儺儺式を修めた才を愛《め》でるあまり、わしはおぬしを甘やかしすぎたようだ」

静かに告げる蔚塁を前に、振斗はガクガクと身体を震わせる。額からは滝のような汗が流れ落ち、荒い息遣いが夜闇に響いた。

四十路《よそじ》に近い成人男性が、叱られた子供のように縮こまる姿は傍《はた》から見ればひどく滑稽であった。

しかし、クリムトは笑わなかった。笑えなかった。どれだけ言葉は静かでも、蔚塁の言葉が内包する刃のような鋭さはごまかしようがない。ただ聞いているだけのクリムトでさえ、全身に冷や汗がにじみ出てしまう。

――いつの間に抜き放ったのだろう、蔚塁の手には冷たい輝きを放つ刀が握られていた。

次の瞬間、ごとり、と鈍い音がして振斗の頭が床に転がり落ちる。蔚塁が抜く手も見せずに振斗の首を断ち切ったのである。

目にも留まらぬ神速の抜刀術。蔚塁は自らが斬り落としたものに一瞥《いちべつ》もあたえず、クリムトに向き直った。

夜の闇を凝集《ぎょうしゅう》したような暗い眼差しに射抜かれ、クリムトは反射的に心装を構える。

だが――

「儺儺式絶刀《ななしきぜつとう》　転《まろばし》」

風を思わせる速さでクリムトとの距離を詰めた蔚塁が刀を振るう。敵意はなく、戦意もなく、勁の滾《たぎ》りも感じさせない無色の一刀。

本来、敵を斬るという行為に付随するものが何もないその斬撃は、優れた剣士であればあるほど捉《とら》え難いものだった。

蔚璺が刀を振るったのはわかっている。目ではしっかり見えている。だが、身体がとっさに反応しない。敵意も戦意もないゆえに「この攻撃は危険ではない」と剣士の本能が判断してしまうのだ。

気がついたとき、蔚璺の刃はすでに喉元《のどもと》まで迫っており、クリムトは自らの首が宙を飛ぶ光景を幻視する。

反射的に右腕で頸部《けいぶ》を守っていなければ、間違いなくそれは現実の光景になっていただろう。

勁烈な斬撃がクリムトごと夜闇を断ち切った。

わずかに遅れて大量の血しぶきが舞い散り、びしゃびしゃと音をたてて生木の床に赤い染みをつくる。その血しぶきの源となっているのは斬り飛ばされたクリムトの右腕だった。その手に握られていた心装《くりから》が、すっと溶けるように空中で消える。

『クルト!!』

それまでクリムトの邪魔をするまいと、固唾《かたず》を呑んで状況を見守っていたランとヤマトの口から同時に悲鳴があがる。

クリムトはと言えば、そんなふたりに声を返す余裕もなく、斬り飛ばされた右腕の傷口をおさえながら蔚璺と距離をとった。悲鳴はおろか苦痛の声ひとつ漏らすことなく、激痛に耐えながら活路を探す。

それを見た蔚塁が静かに口をひらいた。

「右腕一本を犠牲にして首を守ったか。それ以外に今の一刀をしのぐ方法はないとはいえ、それをためらいなく実行に移せる剣士は多くない。若いながらに見事な胆力よ」

「……お褒めにあずかり光栄、とでも言えばいいのか……？」

クリムトが苦痛を堪《こら》えながら言い返すと、蔚塁は鬼面の下で小さく笑ったようだった。

「この期に及んで減らず口を叩く負けん気の強さも嫌いではない。クルトといったか、おぬし、何か言い残すことはあるか？　あるなら言うておけ。式部に伝えて、おぬしの遺言を家族のもとに届けてつかわす」

「は……余計なお世話だ……ッ」

一瞬、脳裏に姉の顔がよぎったが、クリムトは自分の意思でその顔を遠ざけた。相手の申し出に心が揺れなかったといえば嘘になるが、自分を殺した相手に情けを請うような真似はクリムトの誇りが許さない。それに、自分の配下を平然と切り捨てるような人間が、敵であるクリムトとの約束を律儀に守るとも思えなかった。

クリムトの返答を聞いた蔚塁は、気を悪くした様子もなくあっさりとうなずく。

「ならば、わしにできるのはこれ以上苦痛を長引かせぬことだけだ」

さらば、と短く告げて蔚塁はクリムトに歩み寄り、刀を振り下ろした——いや、振り下ろそうとした。

だが、その刀身は空中で停止する。クリムトと蔚塁の間に割って入ったランが、蔚塁の刃を身体で止めようとしたからである。

蔚塁は右の眉をあげてランを見た。その表情にはわずかながら戸惑いがある。

方相氏の長である蔚塁は、当然のように鬼人を斬ることにためらいはない。とはいえ、年端もいかない少女、しかも剣士でもない相手を好きこのんで斬る趣味はなかった。

「退《ど》くがよい。さもなくば、おぬしから斬る」

「退きません！」

蔚塁の警告をランは即座にはねのける。毅然《きぜん》として、というわけではない。足は震えているし、必死に蔚塁を見上げる眼差しは恐怖で揺れている。それでも、ランはその場から動こうとはしなかった。

そのランに向けて蔚塁は静かに語りかける。

「その者は光神教徒ではなく門を守る人間の剣士だ。三百年前、おぬしら鬼人族を裏切って鬼界に閉じ込めた者の末裔であり、今もおぬしたちを苦しめている元凶であるぞ」

「だとしても、クルトは私と弟を守ってくれました！　あなたたち光神教から、私たちを守ってくれたんです！　私たち崋山王家は決して恩を忘れません！」

「……そうか」

ランの懸命な声を聞いた蔚塁は、説得の無益を悟って小さくため息を吐く。

どのみち、秘事を知ったという意味では姉弟も始末の対象である。蔚塁としては、ふたりを光神教の本殿に連れていって教皇にあずけることも考えていたのだが、ここまで光神教に隔意を持っているようではそれも難しいだろう。

またしても振斗の浅慮が祟《たた》った、と蔚塁は内心でぼやく。配下にめぐまれない己の不運がうらめしかった。この点、クリムトのように見どころのある若者を抱えている式部が羨ましくもある。

ともあれ、この場でとれる手段は決まっていた。崋山王家があくまで恩に殉じるというのなら、蔚塁は方相氏の長としてやるべきことをやるのみである。

「よかろう。ならば、その恩に殉じて逝《い》くがよい、崋山の姫」

そう言って蔚塁がランの細首を断ち切ろうとした、そのときだった。

――不意に、蔚塁が床を蹴って後方に飛んだ。

直後、凄まじい勢いで飛来した飛礫《つぶて》が、それまで蔚塁の頭部があった空間を引き裂く。

飛礫《つぶて》とはようするに小石のことだが、十分な技術と十分な勁《けい》を用いて弾き飛ばされた小石はたやすく人の身体を砕き割る。もし蔚塁が避けなければ、飛礫《つぶて》は確実に蔚塁の頭蓋を砕き割っていただろう。

飛礫《つぶて》はなおも止《や》まず、後方に下がった蔚塁めがけて二度、三度と続けざまに襲いかかる。その都度、蔚塁は後ろに飛んで攻撃を躱《かわ》し続けた。

結果、蔚塁とランの距離は大きくひらく。それを見てもう十分と思ったのだろう、蔚塁を襲っていた飛礫《つぶて》の雨が止んだ。

いったい何事が起きたのか。わけもわからず目を瞬かせていたランは、いつの間にか自分と蔚塁を結ぶ直線上にひとりの少年が立っていることに気づく。

灰色のざんばら髪に赤銅色《しやくどういろ》の肌。双眸はありあまる戦意を宿して勁烈に輝き、額からは天を突くように一本の角が突き出ている。

顔に若さと英気をみなぎらせている少年が着ている戦袍《せんぽう》の色は黒。すなわち中山軍のものである。

少年を見た蔚塁はわずかに鬼面を揺らして言った。

「黒狼カガリ。はやここまで来ていたか」

それを聞いた鬼人の少年――カガリはニヤリと不敵に笑ってみせた。

7

自らの邪魔をした相手が中山四兄弟の末弟であると気づいた蔚塁《うつるい》は、すぐさまカガリを斬る決意を固めた。

カガリがどうして敵である崋山の姫を助けるような真似をしたかはわからない。だが、理由はどうあれ、ここで蔚塁が退けば崋山の反乱の背後に光神教がいたことをカガリに、ひいては中山王に知られてしまう。

それだけは絶対に避けなければならないのである。

「疾《し》ッ！」

蔚塁が床を蹴ってカガリに肉薄する。風を裂いて迫りくる剣閃を、カガリは間一髪で躱《かわ》した。

続けざまに放たれた二刀目、三刀目も同じく間一髪で躱《かわ》すカガリを見て、蔚塁は喉《のど》の奥をくっと鳴らす。笑ったわけではない。それは蔚塁の高揚をあらわす仕草だった。

今の三連撃はすべてカガリを殺すつもりで放った攻撃だ。様子見や牽制ではない。その本気の攻撃をすべてぎりぎりで躱《かわ》されたのなら、それはもう間一髪ではなく紙一重と表現するべきだろう。

見切られているのだ、ようするに。

自分の子供どころか孫であってもおかしくない年齢の少年が己の攻撃を見切った。その事実に蔚塁の心は自然と浮き立つ。

もとより「方相氏の長たる己こそが最強である！」などとうぬぼれていたわけではない。眼前の少年が己以上の才能を備えていても何の不思議もない。蔚塁は本心からそう考えており、むしろそうであることを望んだ。己以上の使い手との戦いは、蔚塁がさらなる高みに至るために必要なものだからである。

——かつて、御剣式部という稀代の神才に敗れ、その敗北に奮起して今の己に至ったように。

蔚塁はカガリの反撃を予想して数歩退いたが、カガリは追撃をしかけてこなかった。後ろにいるランを守ってのことか、それとも他に思惑があってのことかはわからないが、どうあれ動かぬのなら好都合である。

「祓《はら》いたまえや大儺公《たいなのきみ》」

蔚塁は礙牢《げろう》の詠唱を開始する。敵の魔力《オド》を封じる方相氏の結界術式。

その詠唱は振斗とは比べ物にならないほど速く正確であり、そのぶん術の展開も速やかだった。

蔚塁と距離をとっていたカガリはこれを阻止することができず、先のクリムトに数倍する強力な結界に囚われてしまう。

自身を縛る不可視の縛鎖《ばくさ》に気づいたカガリは、かすかに眉根を寄せつつも、へえ、と言いたげに口の端を吊りあげた。

このとき、カガリはことさら余裕ぶってみせたわけではない。

蔚塁の礙牢《げろう》は正しく効力を発揮しており、カガリは内心でまずいことになったと思っていた。

ただ、カガリはその事実の上に「楽しい」「面白い」という感情を置いており、それがこの場における余裕となって面《おもて》にあらわれたのである。

蔚塁はそのことを正確に読み取った。戦闘中でなければカガリの才を称賛したであろう。

どれだけ追い詰めても、どれだけの窮地におちいっても、その状況を楽しめる者は手ごわい。窮地を楽しむ心は余裕を生む。そして余裕は視野を広め、緊張をほぐし、活路を切りひらく力となるのだ。

経験を重ね、あるいは訓練を積んでその境地に至るのではなく、生来の気質でそこに至ることができるのなら、それはもう立派な才能であろう。

このままカガリを斬るのは惜しい、と蔚塁は思った。人間、鬼人を問わず、蔚塁は才ある若者を惜しむ。

だが、方相氏の長はすぐに己の責務を思い起こして感情を押さえ込んだ。そして、カガリめがけて疾風のごとく躍りかかる。

繰り出す剣技は儺儺式《ななしき》最大の奥義　転《まろばし》。

礙牢《げろう》で相手の心装を封じ、転《まろばし》で首を斬り落とす。それは蔚塁にとって鬼人殺しの基本にして必殺の型である。この型を磨き上げることで蔚塁は数多くの鬼人を斬り、方相氏の長まで登りつめた。

それは相手が黒狼であっても変わらない。カガリに肉薄しながら蔚塁はそう考えていた。

しかし。

――ぶちり、と。

何かが引きちぎれる感覚を鋭敏に感じ取った蔚塁は、ほとんど本能的に足を止める。今まさに敵に躍りかかろうとしていたところを、無理やり急停止したのだ。あまりに無理な動きに身体中の関節が悲鳴をあげたが、蔚塁は意に介さなかった。それどころではなかったのだ。

射るような視線でカガリを見据える。儺儺式使いの感覚は、ぶちり、ぶちり、と響く音ならざる音を今もはっきりと捉《とら》えている。

それはカガリが見えざる縛《いまし》めを一本ずつ引きちぎっていく音だった。縄がちぎれる都度、カガリから湧き出る勁《けい》の量は増加を続けている。

——礙牢《げろう》を破ろうとしておるのか。何の細工もなく、ただ己の勁にまかせて。

蔚塁はカガリの行動をそのように解した。そして、その試みが成功しつつあることを悟った。

まだ礙牢《げろう》が完全に破られたわけではないのに、カガリから湧き出る勁は天に沖《ちゅう》するほどに高まっている。その事実はカガリの内に秘めた勁がどれだけ膨大であるかを物語っていた。

——これだから天与の才というものは始末に負えぬ。

蔚塁は鬼面の下で苦く笑う。

自分が三十年、四十年とかけて鍛え上げ、磨き上げてきたものを、わずか十五歳の少年が数年の鍛錬と生まれ持った才のみで乗り越えていってしまう。それは凡百の才能とは一線を画《かく》する本物の才能だった。

強敵との戦いは望むところであるが、あまりにかけ離れた才能を目の当たりにすると、自然と口元に苦笑が浮かんでしまう。

が、その苦笑はすぐに静かな戦意に取ってかわられた。繰り返すが、カガリはまだ十五歳の少年だ。今後成長するにつれて、今以上に強くなり、その存在は中山にとっても、鬼人族にとっても極めて大きくなっていくだろう。

眼前の鬼人は間違いなく浄世《じょうせい》の大願を妨げる存在になる。この機に乗じて何としても斬らねばならぬ。蔚塁はそう決意して刀を構え直した。

実のところ、このときのカガリは蔚塁が考えているほど事態を把握しているわけではなかった。カガリが大興山に潜入したのはつい先刻のこと。これから砦の造りを調べ、ランとヤマトの居所を突きとめようと考えていた矢先にランの叫び声を聞いたのである。

その声にしても最初は誰のものか分からなかった。ただ、叫びの中に崋山王家という言葉を聞きつけたカガリは、もしやと思って声のした方に向かい、そこで今にも斬られそうになっているランを見た。

とっさに飛礫《つぶて》を放ってランを助けたカガリだったが、ランを斬ろうとした相手を見て内心で戸惑う。

そこにいるのが四ツ目の鬼面をかぶった人間だったからである。

カガリは鬼面の意味を知らず、もちろん蔚塁のことも知らない。カガリにわかったのは、鬼界に人間がいる以上、その者は間違いなく光神教徒であるということだけである。

光神教徒が崋山軍の砦にいて、しかも崋山の姫を斬ろうとしている事実をどのように判断するべきか、カガリは迷わざるをえなかった。

崋山軍に敵対しているわけだから、普通に考えれば中山の味方であろう。だが、鬼面をかぶり——つまり正体を隠して女子供を斬ろうとする輩《やから》が真っ当な味方であるはずがない。なにより、カガリにランたちを殺す意思はなく、その一事が蔚塁との敵対を決定づけた。

そうして始まった戦いは、カガリにとってぞくぞくするほど刺激的なものになる。

蔚塁が礙牢《げろう》で勁を封じてきたときは、かつて見たことのない術式と、図抜けた力量を持った敵と戦える期待に自然と口角が上がった。

あいかわらず状況はよくわからなかったが、細かいことは眼前の相手を倒した後、ランに尋ねればよい。なんならランの後ろに倒れているもうひとりの人間に尋ねてもいいだろう。

ちらとそちらを見やったカガリは、ここではじめてクリムトの白髪《はくはつ》に気づき、かすかに眉根を寄せる。特徴的なその姿は、先に鬼ヶ島に潜入したときに見たおぼえがあった。

——ま、そのあたりのことも後で確かめればいいだろ。

クリムトは右腕を斬り飛ばされて息も絶え絶えの様子であり、背後から斬りかかってくる余力はない。そう判断したカガリは、いったんクリムトのことを脳裏から追い払い、あらためて蔚塁に意識を集中させた。

そして。

「心装励起——喰らい尽くせ、饕餮《とうてつ》！」

眼前の強敵を屠《ほふ》るため、自らの力を解き放った。

8

カガリの同源存在《アニマ》である饕餮《とうてつ》は鬼神蚩尤《しゆう》と極めて近しい存在である。同源存在《アニマ》の格だけを見れば、鬼界最高といっても過言ではないだろう。

その力はすさまじく、近くにいたランはカガリからあふれ出た勁《けい》をまともに浴びて、あやうくその場で気絶するところだった。へたをすれば命を失っていたかもしれない。それほどの力の奔騰《ほんとう》だった。

呆然とするランの眼前でカガリと蔚塁の戦闘が始まる。

武芸の心得のないランには、両者の動きは陽炎《かげろう》のように揺らめいて判然としない。それでも眼前でおこなわれているのが神域の激闘であることは理解できた。自分などが巻き込まれれば、瞬きひとつの間に肉片となって四散する。それがわかったから、ランはカガリたちの戦いに関わろうとはしなかった。

そもそも関わる必要もない。振斗の仲間である蔚塁も、中山の王弟であるカガリも、ランにとっては敵なのである。カガリは蔚塁からランを守ってくれたが、ランから見れば、その行動は獲物の横取りを防ぐためのものとしか思えなかった。

ふたりが共倒れになってくれれば幸いだが、有るか無しかも分からない可能性にすがって時間を浪費することはできない。ふたりが戦っているうちに、できるだけこの場から遠ざかっておかなければならなかった。

「――姉上！」

低く短い呼びかけを聞いて後ろを振り返ると、右腕を断ち切られたクリムトの近くでヤマトが膝をついている。ヤマトがやったのか、それともクリムトが自分でやったのか、クリムトの右腕には血止めのための紐がきつく巻きつけられていた。

クリムトは意識こそ失っていないようだったが、息は荒く、表情は険しい。とうてい自力で動けるようには見えない。

ランはクリムトに肩を貸してカガリたちから離れる。クリムトの血で服や身体が汚れたが、ランはまったく気にしなかった。ヤマトも姉を手伝い、クリムトが倒れないように腰を支える。まだ小さいヤマトは姉のように肩を貸すことができないので、そうするしかなかったのである。

「……俺の、ことは……放って、おけ」

「お断りします！」

かすれ声のクリムトの指示にランは明快に否《いな》を突きつける。クリムトは眉間に深いしわを寄せ、ランを払いのけるような動きをみせたが、その動きはランがあっさり押さえ込めるほど弱々しいものだった。

その事実にクリムトの衰弱を感じとったランは焦燥で顔を強張らせる。このままでは、たとえこの場から逃げのびたとしてもクリムトは死んでしまう。あふれかえる血臭がランにその未来を伝えていた。

大声を出して助けを呼ぶ、という選択肢がランの脳裏をよぎる。そうすれば、カササギをはじめとした崋山兵たちが助けに来てくれるかもしれない。

だが、へたに大声を出せばカガリと蔚塁の気を引いてしまうかもしれない。崋山兵に対処するためにふたりが手を組みでもしたら最悪だ。その思いがランに声を出すことをためらわせた。

ランは迷い、悩み、結果として機を逸した。自分の判断で状況を変える機会を手放してしまったのである。

――後方でひときわ甲高い金属音が鳴り響く。

とっさに振り返ったランの目に映《うつ》ったのは、カガリの拳に押されて後退する蔚塁の姿だった。

儺儺式は人間が心装と戦うために生み出された剣技だが、凝牢《げろう》が効いていない状態では蔚塁といえども勝利はおぼつかない。ましてや相手は黒狼カガリ、鬼界随一の心装使いである。

蔚塁がカガリと渡り合った時間は五十を数える程度だったが、それだけで残しておいた余力を根こそぎ持っていかれた。

たまらず、蔚塁は体勢を立て直すべく後ろに飛んでカガリと距離をとる。一方のカガリは蔚塁の反撃を警戒してその場に踏みとどまった。

傍《はた》から見ているランにはふたりの意図を読み取ることはできない。蔚塁とカガリが睨みあう光景を声も出せずに見つめていると、不意に蔚昱の姿が夜の闇に溶けた。退却したのか、それともさらなる攻撃を仕掛けようとしているのか。

ランがその答えを知ったのは、ゆっくり十を数えた後だった。カガリが、はぁぁぁ、と声に出して息を吐きだしたのである。どこか緊張感に欠けるその仕草は、間違いなく安堵をあらわすものだった。

「いやいや、なんなんだよ、あいつは。死神とか悪魔とか、そういう類《たぐい》か？」

ぼやきながら心装を納《おさ》めたカガリは、くるりと振り返ってランたちを見た。

それに気づいたランは反射的に身体を硬くしたが、逃げるにせよ、助けを呼ぶにせよ、すでに手遅れであることは明白だった。仮に今からランが大声をあげようとしても、カガリは一瞬で距離をつめてランの喉を握りつぶすだろう。逃げようとしても同じことだ。

カガリたちが戦っている間に行動すべきだった、と思っても後の祭りである。ランは後悔に苛《さいな》まれながら、歩み寄ってくるカガリを声もなく見つめる。

そのとき、ランをかばうように小さな人影が前に進み出た。

「中山の王弟、カガリ殿とお見受けします」

そう言ってカガリの前に立ったのはヤマトだった。カガリは一瞬戸惑ったように目を瞬かせたが、すぐに相手の正体に思い至って楽しげにうなずく。

「いかにも、俺は中山のカガリだ。そういうそちらは崋山のヤマト殿かな？」

「はい。初対面のあなたに対して不躾《ぶしつけ》ではありますが、お願いがあります」

「お願い、か。まあ受けるかどうかは別にして話は聞こう」

ヤマトの聡明さを一目で見抜いたカガリは、この童子が何を言うのか、と目に興味の色を浮かべる。

もとよりカガリには姉弟を殺すつもりはない。見逃してくれ、というのであれば見逃すつもりだった。ただ、その前にいくつか問いたださなければならないことがある。

そんな風に考えていたカガリは、次のヤマトの言葉を聞いて目を見開く。

「崋山は中山に降伏します。そして、僕の身柄はあなたにお預けします。そのかわり姉上とクルト、それに他の兵たちの命は助けていただきたいのです」

「ふむ？　試みに問うが、俺に身柄を預けることの意味をわかって……いるようだな、その顔を見ると」

「はい」

ヤマトは崋山王家の血を継ぐ唯一の男児であり、ヤマトが死ねば崋山の再興は事実上不可能になる。

当然、中山は捕らえたヤマトを処刑するだろう。ヤマトはそのことをしっかりと認識していた。

その上でカガリに降伏することを伝え、自分以外の者たちを助けてほしいと申し出たのである。

自分の価値を認識し、自分の死を覚悟した上で、まわりの者たちのために命乞いをする八歳児。

はたして自分が同じ年齢のときにこれほどの分別があっただろうか、とカガリは自問する。

その自問を断ち切ったのはヤマトの姉が発した大声だった。

「ヤマト、またあなたは……！」

姉が目を三角にして弟を睨んでいる。また、と口にしたところを見るに、どうやら今までにもヤマトは似たような提案を口にしていたらしい。

カガリはくくっと喉の奥で笑った。もとより殺すつもりはなかった相手だが、今の言葉を聞いてますますその気はなくなった。そのことをカガリは声に出して言う。

「わかった。中山は崋山の降伏を容《い》れる。ヤマト殿にも無体な振る舞いはしないと約束しよう」

カガリは主にランに向けてそう告げると、懐に手を伸ばして小さな瓢簞《ひょうたん》を取り出した。そして、それをランに向けて放る。

とっさに受け取ったランは、戸惑ったように瓢簞とカガリに視線を往復させた。

「……これは？」

「薬湯《やくとう》を詰めたものだ。そのクルトって人間の口に含ませて、ついでに傷口にも塗ってやるといい」

それはカガリがすぐ上の兄ハクロから渡されたものだった。光神教の司教であるハクロは薬学にも通じており、ハクロ謹製の薬湯は飲んでも塗っても効果がある。

ランに薬湯を渡したカガリは、斬り飛ばされたクルトの右腕に歩み寄った。拾いあげて切断面を見ると、感心するくらい綺麗な切り口が広がっている。この分なら腕がつながる可能性もあるだろう。

カガリは腕の持ち主にちらと視線を向け、その特徴的な白髪《はくはつ》を見やった。

――あいつは間違いなく門番のひとりだ。島で見た記憶がある。ハクロ兄《にい》の予想どおり、反乱軍の後ろには門番がいたのか？　けど、ハクロ兄《にい》は両者を結びつけたのが光神教だって推測してた。その光神教が門番を斬り、崋山の姫を斬ろうとしていたのは何でだ？

単純に考えれば口封じだろう。崋山の反乱が失敗すると判断した光神教は、自分たちの存在が中山にもれることを恐れて秘密を知る者を消そうと動いた。そう考えれば色々と辻褄《つじつま》が合う。

だが、カガリの勘は「それは違う」と告げていた。

それゆえ、そのあたりの事情を崋山の姉弟からくわしく聞き出す必要がある。そして、ふたりの口をひらかせるためには降伏を容《い》れるのが一番てっとり早かった。

反乱軍を徹底的に叩き潰せ、というハクロの指示に背くことになってしまうが、そこは現場の裁量ということで納得してもらおう。この地で見聞きしたことの重要性を考慮すれば、ハクロも否とは言うまい。

カガリがこっそりそんなことを考えていると、遅まきながら異常に気付いた崋山兵がランたちの名を叫びながら駆け寄ってきた。

その数は十に満たず、カガリひとりで蹴散らすことも可能であるが、カガリは念のためにヤマトたちの様子をうかがう。

ふたりが前言をひるがえし、中山の王弟を討ち果たせ、と兵たちに命令するかもしれないと思ったのである。

だが、これはカガリの邪推だった。ランとヤマトは立ち騒ぐ兵たちに光神教の裏切りを伝え、中山へ降伏する旨《むね》を伝える。当然、カササギをはじめとする将兵は騒ぎたったが、光神教が裏切ったとなれば今後の補給もおぼつかない。

何より、今しがたの強大なカガリの勁《けい》をまざまざと感じ取っていた崋山将兵の中に、この場でカガリと敵対するだけの度胸と気概を有する者はひとりもいなかった。

かくて、大興山で起きた反乱は多くの人々の推測を上回る速さで鎮圧されることになったのである。

第三章　四ツ目の鬼人

1

鮮やかな紅毛《こうもう》を風になびかせて霊獣が荒野をひた走る。

目指すは西の方《かた》、大興山《たいこうざん》。炎駒《えんく》と呼ばれる赤毛の麒麟《きりん》は車上に五人を乗せながら、いささかの疲労も見せずに駆け続けていた。

「いやはや、こうして戦車に乗って荒野を駆けるのは幾年《いくとせ》ぶりでありましょう。亡き先王陛下の御者《ぎょしゃ》として戦陣を駆けた日々が思い出されまする」

そう言って懐かしそうに過去を想起したソザイは、にこやかに微笑みながら言葉を続ける。

「ドーガ様もずいぶんと御《ぎょ》の腕が上達なされたようで。もう僕《やつがれ》が教えることは何もございませぬな」

「沼沢《しょうたく》を進むこと平地のごとし、と謳《うた》われたそなたの妙技にはまだまだ及ばぬよ――む？」

ソザイと話していたドーガが不意に両目を細め、前方を見据える。見れば、戦車の行く手に濛々《もうもう》と砂煙が立ちのぼっていた。

何事かと思って目を凝《こ》らすと、砂塵の向こうでいくつもの巨大な影が激しく交錯《こうさく》している。どうやら二種類の魔物、地を這う魔物と空を飛ぶ魔物がそれぞれ群れを成して互いを攻撃しあっているようだった。

地を這う魔物の身体からは八本の脚が伸びており、鼓膜をかきむしるような『叫《きよ》、叫《きよ》、叫《きよ》！』という叫び声をあげている。

聞きおぼえのある叫喚《きようかん》を耳にして、俺はあごに手を当ててつぶやく。

「あれは土蜘蛛《つちぐも》か」

それは以前、試しの儀で相対した魔物の名前だった。巨大な蜘蛛《くも》という見間違いようのない姿形《シルエット》と特徴的な叫び声。まず間違いないだろう。

『旗士殺し』の異名を持つ土蜘蛛は青林旗士にとっても油断ならない敵だ。イシュカあたりに出現すれば街中が上を下への大騒ぎになるに違いない。

ただ、今の俺にとっては苦労せずに倒せる相手である。これはクライアやウルスラ、ドーガらにとっても同様だ。

見たところ土蜘蛛の群れは五体ほどで構成されているが、これも大した問題にはならない。戦車に乗っている五人が一体ずつ倒せば済む話であり、何なら俺がまとめて始末してもいい。

問題があるとすれば、それは土蜘蛛の強さや数ではない。『旗士殺し』である土蜘蛛が五体もそろっているにもかかわらず、『敵』に対してまったく歯が立っていない。その事実こそが問題だった。

ようするに土蜘蛛は負けている――いや、狩られているのである。蟻《あり》を思わせる黒い甲殻《こうかく》と、水晶のごとき翅《はね》を持った蜂《はち》型の魔物によって。

ソザイが眉をひそめながら口をひらく。

「ふむ、玄蜂《げんほう》ですか。このあたりに棲息しているという話は聞いておりませなんだが、いずこかの辺境から出張ってまいったようですな」

それを聞いたドーガが、こちらも顔をしかめてうなずいた。

「あの数の土蜘蛛を襲っているところを見るに、営巣《えいそう》のための食糧集めであろう。兵を出して付近の山々を調べなければならんな。早めに巣を潰さねば、このあたりを通りかかる同胞を襲いかねぬ」

「御意。カガリ様の要請がなければ、僕《やつがれ》がこの場に残って任にあたるのですが」

「カガリの頼みがなかったとしても、長老殿に兵卒の真似事はさせられぬよ。そのときはわしが出よう」

ドーガは不本意そうに鼻からフンと息を吐きだした。

「かなうならこの場で一掃したいところだが……土蜘蛛にせよ、玄蜂にせよ、死に際に悪あがきをする。特に玄蜂《げんほう》に臭いをつけられると、四方の仲間が報復のために殺到してくるからな。魔物の群れを大輿山まで案内するわけにもいくまい」

「そうですな。カガリ様も一刻も早い医人の到着を望んでおられるはずです。戦闘を避けるのが賢明でございましょう」

戦車がガタンと大きく揺れて迂回を開始する。

こちらとしても強《し》いて魔物と戦いたいわけではないので――いや、俺個人としてはとても戦いたいのだが、今の状況で魂喰いを優先させるほど飢えてはいないので、迂回を決めたドーガたちに文句を言ったりはしなかった。

土蜘蛛も玄蜂も眼前の敵と戦うのに忙しく、こちらにはまったく注意を向けない。これ幸いとドーガが操る戦車は危険地帯を後にする。

若干の未練を残して後ろを振り返ると、壺を思わせる巨大な腹部を持った蜂の魔物が、土蜘蛛の一体に狙いを定めて今まさに毒針を突き刺したところだった。

針が刺さったのは土蜘蛛の顔部分。すると、毒液の作用によるものか、針を刺された土蜘蛛の顔がみるみるうちに溶け始めた。土蜘蛛は大きく口をあけて苦悶の声をあげている。それを見た他の玄蜂がその土蜘蛛に群がり、次々にその身体に毒針を突き刺していく。

雄牛《おうし》ほどの大きさの蜂に群がられた土蜘蛛が、どろどろの肉塊《にくかい》になりはてるまで、かかった時間はごくわずかだった。

その後は特にこれといった問題もなく、俺たちは大興山に到着する。正確に言えば、魔物に襲われたことは幾度かあったのだが、本気を出した麒麟《きりん》の疾走についてこられる魔物は存在しなかった。大興山には数百から成る中山軍が布陣しており、土煙を蹴立てて現れた戦車を警戒している風だったが、戦車を牽《ひ》いているのが赤毛の麒麟だとわかった時点で警戒は霧散したようである。

報告はすぐさま将軍まで伝わったようで、俺たちが陣内に入るのとほぼ同時に見覚えのある少年が姿を現した。

「おお、ドーガ兄《にい》！　ソザイが来るのは予想してたけど、なんだって門に向かったはずのドーガ兄《にい》がここにいるんだ？　それに、そっちの連中は――」

灰色のざんばら髪の少年が怪訝そうにこちらを見やる。その視線ははじめウルスラに向けられ、次いでクライアに移り、最後に俺の面上でぴたりと止まった。

その口から、へえ、と愉快そうな声が漏れる。

「驚いた。何が驚いたって、人間嫌いのドーガ兄《にい》が自分の戦車に人間を乗せてきたことに驚いた。しかも、その相手が空《そら》とはね。ドーガ兄《にい》と空が顔を合わせれば、十のうち十まで殺し合いになると思ってたんだけど、いったい何があったんだい？」

「ふむ、まあ色々とあった、とだけ言っておこう。時がないゆえ、かいつまんで説明しておくと、この者たちは兄者のお情けで中山に滞在することを認められた。目的は人捜しで、おぬしが書状で知らせてきた門番がその捜し人かもしれぬのだ」

「捜し人……ああ、なるほど」

カガリがちらと視線を動かしてクライアを見た。正確に言えば、クライアの白い髪を見た。

そのままぼりぼりと頭をかいたカガリは、すぐに意を決したように大きくうなずく。

「そういうことなら、ここで勿体《もったい》ぶるのは悪辣《あくらつ》ってもんだな。いいぜ、事情を聞くのは後回しにして、ひとまずお仲間のところに案内してやるよ」

カガリはそう言うと、すぐに踵《きびす》を返して歩き出した。そして、ついてこい、と言うように俺たちにちょいちょいと手招きをする。

俺たちが後について歩き出すと、カガリは再び歩を進めながら短く告げた。

「今のうちに言っておく。あいつは右腕を切り落とされた上、鬼界の瘴気《しょうき》に蝕《むしば》まれてひどい状態だ。心構えはしておいてくれ」

重苦しいその声を聞くだけでおおよその状態がわかる。

俺たちはそれぞれにうなずくと、カガリの後にしたがって山砦《さんさい》に足を踏み入れた。


「クリムト!!」

室内に一歩《いっぽ》足を踏み入れた瞬間、クライアが悲鳴のような声をあげて床を蹴った。駆け寄った先には敷きつめられた草の上に寝かされたクリムトの姿がある。

クリムトの傍《かたわ》らには姉弟とおぼしき鬼人の姿があったが、おそらくクライアの目に二人は映っていなかっただろう。

姉弟は突然飛び込んできたクライアに驚き、警戒する素振りを見せたが、カガリが姉弟の名を呼んでその動きを制した。それによれば、姉の名はラン、弟の名はヤマトというようである。

「クリムト……ああ、クリムト！」

弟の名を呼ぶクライアの声には深い喜びがあふれていたが、同時に、同じくらい強い悲しみに満ちていた。

喜びは言わずもがな、死んだと伝えられていたクリムトが生きていたことに対して。

悲しみの方は、せっかく生きていてくれたクリムトが、今にも息絶えてしまいそうなくらい衰弱していることに対してだった。

「……これは」

ウルスラがきつく眉根を寄せてうめく。たぶん、俺もウルスラと似たような表情を浮かべていただろう。

横になったクリムトの顔は血の気を失い、蒼白を通り越して土気色に変じていた。何者かによって切り落とされた右腕は化膿《かのう》し、饐《す》えたような悪臭を放っている。

負傷による消耗のせいだろう、頬は痩せこけ、首や手足の肉も削げ落ちていた。力なくひらかれた口からは喘鳴《ぜんめい》のようにか細い呼吸音が漏れており、その事実がかろうじてクリムトの生存を伝えていた。

「ぬ、これはいかん！　カガリ様、急ぎ大量の湯と白布をご用意くだされ！」

そう声をあげたのはソザイである。医者であるソザイは足早にクリムトに歩み寄ると、テキパキとした動きで応急処置をはじめた。すぐさまクライアがそれを手伝い、やや遅れてランが加わる。

そんなこんなで慌ただしい時間が過ぎ——結論から述べると、クリムトはなんとか持ち直すことができた。

すべてはソザイのおかげである。

竜の血が混ざった『血煙《ちけむり》の剣』の回復薬《ポーション》は劇薬であり、衰弱しきったクリムトには使えない。一方、ソザイが治療に用いた薬湯《やくとう》や傷薬はすべて植物の葉っぱや根っこ、茎《くき》や皮、さらには動物の角や甲羅などで作られた生薬《しょうやく》であり、衰弱した身体に良く効いた。

治療に先立って室内に簡易的な結界を張って瘴気を防ぎ、さらに瘴気を身体から取り除く香《こう》を焚き込めるなど、ソザイの治療は水際立ったもので、ソザイがいなかったらクリムトはもっと危険な状態におちいっていたに違いない。

ともあれ、クリムトは窮地を脱した。後は体力の回復を待って鬼ヶ島に連れ戻せば、弟を助けてほしいというクライアの願いをかなえたことになる。これにて一件落着、めでたしめでたしだった。

——いやまあ、そんなわきゃないのであるが。

クリムトが鬼界に来た理由はわかっているが、大興山にいた理由まではわかっていない。

中山に敵対する陣営に身を置いていたのは中山王を討つためだったと思われるが、そもそもクリムトはどこで中山と崋山の関係を知ったのだろう。あてもなく大興山までやってきて、たまたま反乱に出くわしたわけでもあるまい。

それに、崋山の側がクリムトを受けいれた理由も気にかかる。ランとヤマトの姉弟はずいぶんクリムトに懐いているようだが、これも俺の知るクリムトの人柄からは想像しにくいことだった。

そのあたりを調べるためにも、事情を知っていそうな姉弟やカガリから話を聞きたいところである。普段であれば、クリムトや御剣家がどう動こうと知ったことではないのだが、帝都で皇帝が口にしていた「三百年の怨讐《おんしゆう》」という言葉もある。さすがに今の状況に無関心ではいられなかった。

ただ、ドーガあたりは「捜し人が見つかったのだからさっさと帰れ」と言ってくるに違いなく、間違っても鬼人族の内情を俺たちに教えたりはしないだろう。カガリや姉弟にも「人間に余計なことを言うな」と口止めする可能性が高い。

へたをすれば、俺たちは意識のもどらないクリムトと共に砦を追い出されるかもしれない。そのあたりをどうするかも悩みどころだった。

しかし、幸か不幸か、その悩みが長続きすることはなかった。大興山の中山軍が大規模な襲撃を受け、俺たちの処遇どころではなくなってしまったからである。

2

「――カガリ、それは真か？」

砦が襲撃される少し前。

砦の奥まった一室で向かい合ったドーガとカガリは、互いに緊張をあらわにしたまま言葉を交わしていた。

カガリは兄の問いかけにはっきりとうなずいてみせる。

「ああ、いくら俺でもこんな性質《たち》の悪い冗談は口にしないさ、ドーガ兄《にい》。崋山の反乱軍の背後には光神教がいた。崋山に金と物を流していたのはあいつらだ。振斗《しんと》ってやつがランたちの前ではっきり認めたらしい」

「むう……カガリ、試みに問うが、中山と光神教の紐帯《ちゆうたい》を断ち切るための謀事《はかりごと》という可能性はないのか？　幼《おさな》しとはいえ、あれらは崋山王家の血を引く者どもだ。その程度の腹芸《はらげい》はやってのけるのではないか」

「王家の血といっても、あのふたりは王族としての教育はほとんど受けてないと思うぞ。こう言っちゃなんだけど王子王女としては平々凡々だ。崋山が滅び、反乱も潰れた今になって、中山と光神教の仲を裂く気概なり執念なりがあるとは思えない」

カガリの言葉にドーガは無言でうなずいた。もとより、ドーガも本気であの幼い姉弟の謀事であると疑っていたわけではない。あくまで可能性を指摘しただけである。

ドーガは苛立たしげに膝を打った。

「鬼界が統一されれば、それだけ鬼人族は力をつける。それを嫌って中山と崋山を秤《はかり》にかけていたか」

「そんなところかな。光神教全体がひとつの意思で動いているのか、一部の派閥がそう考えているだけなのかは分からないけど」

「獅子《しし》身中《しんちゅう》の虫めが！　わしらを虚仮《こけ》にした報いは受けてもらわずばなるまい」

そう吐き捨てたドーガは、ここで不意に顔色をかえて立ち上がった。

「いかん！　我らが裏切りに気づいたことを知れば、連中は本殿におもむいたハクロを狙うであろう。西都にいる兄者も狙われるやもしれん！」

「ああ、それについては大丈夫。少なくとも、アズマ兄《にい》はもう知ってる」

「なに──ああ、先の報告で符牒《ふちょう》を用いたのだな？」

符牒《ふちょう》とは隠語、ようするに合言葉のことである。ドーガの言うとおり、カガリは書状に符牒を仕込んでアズマに事の次第を伝えていた。

これは中山の王族、つまり四兄弟しか知らないものであり、仮に他者が盗み見ても気づくことはない。くわえて、カガリは大輿山から立ち去った蔚塁《うつるい》が使者を襲う可能性を考え、複数の配下にそれぞれ違う経路で西都に向かうよう指示を出していた。兄王に光神教の裏切りを伝えるためにカガリは細心の注意を払ったのである。

「こうしてドーガ兄《にい》を寄こしたってことは、アズマ兄《にい》に何か考えがあるんだろう。ハクロ兄《にい》については、まだ裏切りのことは知らないはずだけど——」

そこまで言って、カガリは軽く肩をすくめる。

「相手が誰であれ、あのハクロ兄《にい》が不意をつかれるとは思えないな。だいたい崋山と門番、それに光神教が裏でつながっているかもしれないって最初に言い出したのはハクロ兄《にい》だぜ？　ドーガ兄《にい》もおぼえてるだろ？」

「む、たしかにそうであったな」

出陣に先立って西都でおこなわれた話し合いのことを思い出し、ドーガは自身を落ち着かせるようにゆっくりとうなずいた。

その兄を見ながらカガリは内心で今後の動きを検討する。

真っ先に考えるべきは、ドーガがアズマから何も伝えられずに大興山にやってきたことである。おそらくアズマは自身を囮《おとり》にして光神教の動きを引き出すつもりなのだろう。そのことを知れば、ドーガは間違いなく西都に残ろうとする。だから、アズマはあえてドーガに詳しいことを伝えずに大興山に送り出したに違いない。

「となると、ここで俺とドーガ兄《にい》が急いで西都に戻ったら、アズマ兄《にい》の計画が狂ってしまうかもしれないな」

カガリはドーガに聞こえないよう内心で独りごちる。

この推測が当たっていれば、遠からず西都で異変が起こる。カガリたちが西都に戻るのはその異変が起きてからにするべきだろう。

ただ、蔚塁とじかに対峙したカガリはアズマの身を案じた。書状の中で儺儺式《ななしき》使いのことは伝えてあるので、アズマが不意を打たれるようなことはないだろう。だが、光神教徒は王府の中にもいる。暗殺の危険はいたるところに存在するのである。

と、そのときだった。

カンカンカン!!　と甲高い警鐘の音が砦の内外に響きわたる。

間を置かずに「敵襲！」の声がカガリたちの部屋まで飛び込んできた。敵といっても崋山兵はすでに降伏しており、門番たちは門を守って動かないのだから、残るは魔物、魔獣の類《たぐい》しかいない。

カガリの推測どおり、このとき大興山に押し寄せてきたのは魔物の群れだった。玄蜂《げんほう》と呼ばれる獰猛《どうもう》な飛翔型の魔物である。

その玄蜂《げんほう》に追われるように、あるいは引き連れるように、鬼面をかぶった人物が孟極《もうきょく》――白豹に似た魔獣――に乗って一路《いちろ》大興山を目指していたのだが、見張りの目は空を飛ぶ魔物に向けられており、この時点で鬼面の人物の存在に気づいた者は誰もいなかった。

魔物の襲撃が報じられ、山砦《さんさい》全体が騒然とした空気に包まれていく。

玄《げん》とは黒を指す言葉であり、玄蜂《げんほう》はその名のとおり黒一色の甲殻に覆われている。黒光りする甲殻から透き通った翅《はね》を伸ばして飛翔する姿は、蜂というより羽付き蟻《あり》を連想させた。

強靱《きようじん》な顎《あご》は人の四肢をたやすく食い破り、壺のように膨れあがった腹部には致死性の毒が充満している。玄蜂は針によって毒液を敵の体内に注入する他、時には針から毒液を噴射して敵に直接浴びせかけることもある。

一度《ひとたび》浴びれば皮膚を焼き、肉を溶かし、骨を腐らせる猛毒。そんな攻撃手段を持つ魔物が群れを成して襲って来たのだから、中山軍が驚き騒ぐのも無理はなかった。

なお、玄蜂は殺した敵を噛み砕き、押しつぶし、丸めて肉団子にした後、巣に持ち帰って子供のエサにする習性を持っている。営巣期には積極的に他の生き物を狙い、辺境の村が一夜にして無人になった例もある。その恐ろしさを知らない中山兵はおらず、砦の兵士たちの視線はそろって空に向いていた。

そんな兵士たちの隙間を縫うように砦の中を潜行する影がある。玄蜂を引き連れて戻ってきた蔚塁だ。玄蜂は危機におちいった際、臭気を発する体液を分泌《ぶんぴつ》して仲間を呼ぶ習性がある。方相氏はこの体液を分析し、これに酷似した液体をつくることに成功しており、蔚塁は今回これを使用したのである。

「場合によっては振斗《しんと》が集めた大興山の崋山兵を皆殺しにする必要がある。そう思って用意したものだったが……」

思わぬ形で役に立った、と蔚塁は物陰で皮肉っぽく笑う。

蔚塁は本殿の外に出るときは孟極《もうきょく》という魔獣に乗っており、この魔獣の機動力をいかして液体を広範囲に振りまき、大量の玄蜂を集めることに成功した。

すでにカガリは西都のアズマ王に光神教の裏切りを伝えているだろうが、ここで証人であるカガリ、ラン、ヤマト、クリムト、そして反乱に加担した崋山の将兵をまとめて始末してしまえば、アズマ王も光神教の裏切りを立証できない。蔚塁としてはその可能性に賭けるしかなかった。

本来、方相氏は光神教を陰で支える実行部隊であり、魔物を利用して事を荒立てるようなやり方は下策である。

だが、今ばかりは仕方ない。このままでは光神教は中山に潰されてしまう。それだけは断じて避けなければならないのだ。

蔚塁は再び砦の中を移動しはじめる。途中、数名の指揮官を斬り倒して中山軍を混乱させせつつ、方相氏の長はより深く影に沈んだ。

3

砦が多数の魔物に襲われ、警鐘が鳴り響いています。この状況で俺とウルスラは何をしているでしょうか？

答え――椅子に座ってお茶を飲んでます。

「閉じ込めるような真似をして申し訳ありませぬ、皆様」

俺たちに向かって申し訳なさそうに口をひらいたのはソザイだった。白髪の老鬼人はまっすぐに俺の目を見て言葉を続ける。

「光神教徒に扮《ふん》した貴殿らが心装を抜いて魔物と戦えば、兵たちも貴殿らの正体に気づいてしまいましょう。そうなれば、陛下やドーガ様のなさりように不満を抱く者もあらわれるはず。僕《やつがれ》といたしましては、そのような事態は避けたいのです」

だからここで大人しくしていてくれ、ということらしい。ちなみに、ここはクリムトの病室のすぐ隣であり、クライアは壁一枚を隔てた隣室で弟の看病をしている。

俺はソザイの言葉に黙然とうなずいた。

正直に言えば、魂喰いの機会を奪われるのは面白くない。だが、ソザイの言うとおり、ここで心装を抜けば厄介なことになるのは目に見えている。クリムトの一件で力を貸してくれた返礼だと思えば多少の不自由は許容できた。別段、縄で縛られたわけでもないしな。

それに、ソザイがこうして俺たちと同じ部屋にいるのは人質のためである、ということも分かっていた。中山はこの機に乗じて俺たちを騙し打ちするつもりはなく、また、魔物への囮《おとり》に利用する気もない。もしドーガらがそのような振る舞いに及んだら自分を斬れ、とソザイは言っているのだ。

これも俺が相手の言い分を呑んだ理由のひとつだった。

――さて、相手の要望に従うと決めたのはいいが、これからどうしたものか。ソザイが手ずから作ったという蕎麦《そば》茶はうまかったが、ここで延々とお茶を飲んでいても仕方ない。

しばし考えた末、俺はソザイに一つの質問を放った。クリムトの右腕は再びつながるのかどうか。

問われたソザイは難しい顔で天井を見上げた。

「傷口の膿《うみ》は取り除きましたし、断たれた腕はカガリ様が腐らぬよう処置してくださっておりました。ですので、単につなげるだけなら可能でござる。問題はつなげた腕が再び動くようになるのかですが――これればかりはやってみないことには何とも。申し訳ありませんが、僕《やつがれ》の腕では『必ず治してさしあげる』と請け合うことはできませぬ」

自身の力不足を詫びるようにソザイは頭を下げたが、俺は眼前の鬼人を責めるつもりはなかった。一度《ひとたび》切り落とされた腕を元通りにするのが難しいことくらい俺にもわかる。

クリムトは命が助かっただけ儲けものというべきだろう。まあ、クライアの気持ちを考えると、何とかできるものなら何とかしてやりたいという気持ちもあるのだが。

俺がそんな風にあれこれ考えていると、その沈黙をどう受け取ったのか、ソザイが神妙な顔で言葉を続けた。

「完治を望むのであれば、人の技術ではなく神の御業《みわざ》にすがる他ありますまい」

「それは神官の奇跡、ということですか？」

「さよう。光神教の本殿におわす教皇聖下であれば、一度は切り離された腕を再びつなぐことも叶うかもしれません。仮に接合に失敗したとしても、聖下は『復元』の奇跡を行使できますので、失った手足を元に戻すことは可能です。むろん簡単にお会いできる方ではございませぬし、仮に会えたとしても相応の対価が必要になりますが……」

ソザイが言いにくそうに言う。その顔を見るに、相当に高額の寄進を求められるのだろう。地獄の沙汰も金次第というが、神の奇跡も同様のようである。

まあこのあたりは鬼門の中も外も変わらない。俺は腕を組んで考え込んだ。

――『復元』か。

失った四肢さえ蘇らせる『復元』の奇跡は、大陸では法神教の教皇ノア・カーネリアスしか使えないとされている神域の神聖魔法である。ソザイの言葉が事実だとすれば、光神教の教皇はあの隻《せき》眼《がん》の神子《みこ》に匹敵する奇跡の使い手ということになる。これを知れば、クライアは間違いなく光神教の教皇に会いに行こうとするだろう。

たしか、西都でドーガから聞いた話によれば、ハクロという中山の王弟は光神教の司教であるとのことだった。であれば、中山経由で教皇にクリムトの治療を頼むという手もあるかもしれない。

俺としても光神教の教皇には興味があるのだ。三百年前にいったい何があったのか。それをもっともよく知っているのは当事者である光神教であり、さらには光神教の頂点に立つ教皇であろうから。

そう考えた俺が、ソザイに向けて口をひらこうとしたときだった。

「あ、あの……！」

横合いから緊張した声を投げかけられ、そちらに顔を向ける。

そこにいたのは、これまでずっと押し黙って話を聞いていたヤマトという鬼人の子供である。

この少年、崋山の王子だという話だが、偉ぶったところはまるでなく、人間である俺に対しても丁寧な言葉づかいを崩さない。どうやらクリムトのことをとても慕っているようで、その仲間である（と思っている）俺に対しても好意的だった。

俺とクリムトの本当の関係を知ったら逆の感情を向けられるだろうな、などと思いつつヤマトの呼びかけに応じる。

「どうかしたかい？」

「あの、クルト……いえ、クリムト殿《どの》を光神教に診《み》せるのは、止めた方がいいと思います！」

「んん？　それはどうして？」

ヤマトの唐突な物言いに驚いて問い返す。

すると、鬼人の少年は何かをためらうように俺とソザイ、それに先刻から黙ったままのウルスラの顔をうかがった。ややあって、その口がゆっくりとひらかれる。

「あの、皆さんはカガリ殿から何も聞いていないのですか？　光神教について」

「光神教について？　いや、これといって何も聞いていないけど」

ソザイを見やると、こちらも怪訝そうに首をかしげていた。

「僕《やつがれ》も何もうかがってはおりません、ヤマト殿。察するに、光神教についてカガリ様から口止めされている事がおありのようですな？」

この問いにヤマトは「はい」とも「いいえ」とも答えず、困り顔で押し黙ってしまう。

その反応を見たソザイは眉間にしわを寄せ、問いを重ねようとする。子供に険しい顔を向けるなど、いつも悠揚迫らぬ態度をとるソザイにしてはめずらしいことである。カガリが光神教徒である自分をはばかって伝えなかった事実があると知って、虚心ではいられないようだった。

自分よりはるかに年上の相手に険しい顔で問いただされ、ヤマトが怯《おび》えたように肩を縮める。姉のランがいれば柳眉《りゅうび》を逆立てたに違いないが、ランはクライアと共にクリムトの看病中であるため、この部屋にはいない。

ウルスラは先刻から傍観を決め込んでいる。

ここは俺が制止するしかあるまいと考えて口をひらきかけたとき、不意に部屋の扉が音もなくひらかれた。

——大輿山の砦は反乱のために急遽つくられたものであり、いたるところに急造の粗《あら》が見て取れる。扉は開閉するたびにギィギィと耳障りな音をたて、床は歩くたびにミシミシと軋《きし》むのが常だった。

にもかかわらず、侵入者は幽鬼《ゆうき》のように物音をたてずに室内に入ってきた。

冴え冴えとした白刃を携《たずさ》えた鬼面の剣士が視界に立っている。生皮を剝いだかのような精巧な鬼の面には四つの目が刻まれていた。

驚くべきは、その気配の薄さである。室内にいる者たちに声をかけず、刀を抜いて踏み入ってきた時点で敵意を持っているのは明白なのに何も感じないのだ。

人であれ、魔物であれ、これから敵に襲いかかろうというときは敵意や戦意を発するものだ。戦いを生業《なりわい》にする者はそれを鋭敏に感じ取り、ときには敵の姿を見る前に襲撃に気づくこともある。隠れた敵の殺気を感じとり、身体が勝手に反応する、なんてことは戦士であれば珍しくないだろう。

このときの俺はそれと正反対の状態だった。

頭では危険だとわかっている。だが、身体がその危険を認識してくれない。結果、侵入者に対する反応がわずかに遅れた。時間にすればほんのわずか、それこそ瞬きひとつの遅れに過ぎなかったが、抜刀した敵を前にしたとき、その遅れはあまりにも致命的だ。

次の瞬間、こちらの首を断ち切るべく振るわれた敵の一刀が視界を真っ白に染め上げる。

もし、この場にいるのが俺ひとりであったなら、俺はここで命を落としていたかもしれない。

致命的な失態が俺の命を奪うに至らなかったのは、ただひとり、敵の動きに反応した者がいたからである。

ガキン！　と。

水晶を砕いたかのような澄んだ音が室内に鳴り響き、今まさに俺の首を断ち切ろうとしていた敵の刀が軌道を変えた。横合いから進み出たウルスラが目にも留まらぬ速さで佩刀《はいとう》を振るい、俺を守ってくれたのである。

ただ、とっさに振るった一刀だったせいか、敵の刀がくるりと弧を描いてウルスラの刀を絡めとろうとしたとき、ウルスラはそれに対応することができなかった。

鈍い音をたててウルスラの刀が宙を舞う。

しかし、ウルスラは慌てない。むしろ計算どおりと言わんばかりに佩刀を無視し、侵入者との距離を詰める。

「心装励起《しんそうれいき》」

ウルスラが低く押し殺した声で心装を顕現させる。寸前までの穏やかな傍観者の顔はすでになく、その顔には再会してから初めて見る——いや、過去の記憶も含め、俺が生まれて初めて見るウルスラの激情が渦を巻いていた。

「咲け、雷花《らいか》ッ」

抜刀と斬撃はほぼ同時。ウルスラは床を蹴り砕かんばかりの勢いで踏み込み、敵に必殺の斬撃を浴びせかける。

その目は四ツ目の鬼面に据えられ、微動だにしなかった。

4

耳を焦がすような擦過音《さっかおん》は鬼面の剣士がウルスラの一刀を受け流した音だった。

必殺を期して放った一撃をあっさりと防がれ、ウルスラは心装を握る手に力を込める。

敵の刀は鏡のごとき光沢を放つ業物《わざもの》であったが、それでも心装と真っ向から打ち合えば耐えられるものではない。それがわかっていたから、鬼面の剣士はウルスラの攻撃を受けとめるのではなく受け流したのだろう。

一瞬の判断力と、その判断を正確に実行に移せる技量は凡人の持ち得るものではない。達人と呼ばれる者でもそうそう同じことはできまい。単純に技量だけを見れば、自分はこの敵に及ばない
——ウルスラはただ一度の打ち合いで彼我の力量差を正確に判断した。

しかし、その事実がウルスラの動きを鈍らせることはなかった。四ツ目の鬼面が視界に映し出された瞬間に、ウルスラの脳裏から「退く」という選択肢は失われている。

ウルスラの視線は依然、射抜くような鋭さで敵の鬼面に据えられている。本物の鬼人と見まがう精巧な仮面は、おそらく鬼人の生皮を剥いでつくられたものだろう。その鬼面が、倒れ伏す父のかたわらに立っていた仇の記憶とピタリと重なっていた。

ウルスラは、ギリ、と嚙み砕かんばかりの勢いで奥歯を嚙む。

他の者たちは侵入者の気配の薄さで反応が遅れたが、ウルスラにとって戦意や敵意の有無は関係ない。四ツ目の鬼人がそこにいれば、たとえそれが仮面であっても身体が動く。仇を討つために積み重ねてきた年月が、ウルスラの身体をそのようにつくりあげた。

逆に言えば侵入者――蔚塁《うつるい》が鬼面をかぶっていなければ、ウルスラの反応も遅れていたに違いない。

蔚塁にしてみれば、こんな相手が大興山にいることを予想できるはずもない。完璧に不意をついたはずの転《まろばし》を防がれ、のみならず即座に反撃された時点で蔚塁の奇襲は失敗に終わった。

奇襲が失敗したのなら即座に逃走するべきだったが、目に勁烈な光を満たしたウルスラがそれを許さない。

凜とした声が蔚塁の耳朶を打った。

「幻想一刀流 中伝 閃耀《せんよう》！」

次の瞬間、光を思わせる神速の斬撃が蔚塁に襲いかかった。蔚塁はこれを再度受け流すが、ただそれだけで刀が軋《きし》む嫌な感触が伝わってくる。

父の仇を前にしたウルスラの剣はいつも以上に冴えわたり、蔚塁に礙牢《げろう》を展開させる隙を与えない。しかも、その後ろでは体勢を立て直した黒髪の青年と白髪の老鬼人がそれぞれ剣を抜こうとしている。

広くもない室内ゆえに三人が同時に斬りかかってくることはないだろうが、この三人を相手にしながら部屋の隅で震えているヤマトを殺すことは難しい。初撃でひとりでも減らせていたら話は違っていたのだが、それは言っても詮無《せんな》いことであった。

「はあああッ！」

「――――ッ！」

咆哮《ほうこう》と共に斬りかかってくるウルスラの猛攻に抗《あらが》いきれず、蔚塁はじりじりと後退する。

このままでは追いつめられるばかりだと判断した蔚塁は、ウルスラの一瞬の隙をついて懐に入れておいた小瓶を投擲《とうてき》した。ウルスラに向けて、ではなく、自分があけた扉から部屋の外に投げつけたのだ。

ガシャン、と音を立てて小瓶が割れ、中に詰まっていた液体が砦の床に飛散する。

途端、奇妙に甘酸っぱい匂いがあたり一帯に立ち込めた。それは室内にいるウルスラたちも嗅ぎ取れるくらい強烈な香りだった。

一瞬、ウルスラは毒の類《たぐい》かと疑ったが、すぐにそうではないことが明らかになる。

ヴヴヴヴヴ！　と鼓膜をかきむしるような飛翔音と共に、二十体以上の玄蜂《げんほう》が殺到してきたのだ。

もともと玄蜂は蔚塁を狙って大興山までやってきたのだが、魔物に個々の人間の区別などつくはずもない。ましてや、今のウルスラたちは玄蜂が敵と認識する臭いの真っ只中にいる。すでに玄蜂にとってはウルスラたちも敵であり、戦いはたちまち三《み》つ巴《どもえ》の様相を呈《てい》した。

蔚塁にとっては狙いどおりである。

　直後、頭上からドシンガシンと激しい音が降ってきた。見れば、木造りの屋根が外からの圧力を受けて、めきめきと軋《きし》んでいる。どうやら一部の玄蜂が屋根を打ち壊して中に入ってこようとしているらしい。

　急造の砦の建造物では魔物の勢いに抗《こう》しきれないだろう。事実、屋根の一部はすぐに破られ、黒光りする甲殻が中に入り込もうとしている。

　そのとき、部屋の奥の扉がひらき、中から二人の少女が飛び出してきた。

「ヤマト！」

「空殿《そら》、何事ですか!?」

　異変に気付いたランとクライアが緊張した面持ちでそれぞれ別の相手に呼びかける。

　それを見た蔚塁は滑《すべ》るような足取りで外に出ようとした。いったんウルスラたちから離れ、玄蜂と戦っている彼女らの背後を突こうと考えたのである。

　そうすれば礙牢《げろう》を展開させることも難しくない。

　その動きに気づいたウルスラは蔚塁を追うべく動きかけた。しかし、蔚塁を追うということは室内に入り込んできた玄蜂に背を見せるということである。

　ウルスラはやむをえず足を止め、蔚塁の狙いは奏功するかに見えた。

　しかし。

「心装励起――喰らい尽くせ、ソウルイーター」

黒髪の青年がその力を解き放った途端、形勢が一変する。

夜のように黒い心装を顕現させた青年が頭上に向けて得物を一振りするや、生木でつくられた屋根は取りついていた複数の玄蜂ごと爆散した。

「ぬうッ!?」

轟音と共に砕け散る屋根と、恐るべき勁《けい》の奔流に呑まれて身体を引き千切られていく玄蜂の群れ。

木材と魔物が木の葉のように宙を舞う様を目の当たりにした蔚塁は仮面の下で顔をしかめる。

蔚塁は黒髪の青年——空《そら》の力量をカガリに迫るものと観《み》た。光神教の秘密を知った者の中で警戒すべきはカガリのみと判断していた蔚塁にとって、ウルスラと空の存在は予期せぬ障害だった。

「魔物《こちら》は任せろ」

空はウルスラに向けて短く言い置くと、自らが打ち壊した屋根の穴から外に飛び出していった。

これを受けて、ウルスラはあらためて蔚塁と向かい合う。

この時点で蔚塁は魔物を利用する計画が水泡に帰したことを認めざるをえなかった。

——やはり拙速であったか。

方相氏の長は内心でうめく。だが、玄蜂を利用した襲撃が拙速であるとわかっていても蔚塁には選択の余地がなかったのだ。

もともと方相氏の数は少なく、その中でも儺儺式《ななしき》使いの数はさらに限られている。大輿山にやってきたのも蔚塁だけだ。

蔚曇が増援を呼ぶためには、西都よりもさらに東にある本殿に帰還する必要があった。そこで教皇に事情を説明し、他の儺儺式使いを率いて大興山まで取って返そうと思えば、かかる日数は五日や六日ではとても足りない。

そして、それだけの時間があれば光神教の裏切りはカガリからアズマへ、さらには中山全土に広まってしまうだろう。そうなれば光神教はかつてない苦境におちいり、方相氏はその責任を問われて壊滅の憂き目を見るに違いない。

それを避けるためにも、蔚曇は独力で事に当たらねばならなかったのである。その結果、玄蜂と中山軍を嚙み合わせることに成功し、混乱に乗じて山砦に潜入することができた。

後はカガリと崋山の姉弟、それに虜囚となったカササギら秘密を知る者たちを探し出し、討ち取っていくだけ――そのはずだったのだが。

「幻想一刀流 中伝 赫夜《かぐや》！」

それを阻んだのが、今も激しく蔚曇に斬りかかってくる眼前の女剣士である。

蔚曇の切り札である転《まろばし》に寸毫《すんごう》の遅れもなく反応しただけで驚嘆に値するのに、その後、続けざまに繰り出してくる勁技はすべて中伝だ。これほどの猛攻をしのぎつつ礙牢《げろう》を展開することは蔚曇にも不可能である。

蔚曇は幻想一刀流を扱うことはできないが、知識としては知っている。その知識から判断するに、この相手は平旗士ではありえない。間違いなく上位旗士、それも青林八旗を率いる旗将《きしょう》、副将クラスであってもおかしくない凄腕の使い手である。

方相氏の長は小さく呼気を吐き出して刀を握る手に力を込めた。

なるほど、眼前の旗士は確かに強い。だが、いつまでもやられっぱなしでは方相氏の名が廃《すた》ると
いうもの。それに、相手がどれだけ強くとも剣聖には――御剣式部には及ばない。

それはつまり、蔚塁にとって恐れるべき何物もないということだ。

蔚塁の双眸《そうぼう》に爛々《らんらん》たる輝きが満ち、射るような眼差しが眼前の敵手に向けられる。

儺儺式使いはただの人間。礙牢《げろう》なしでは同源存在《アニマ》を宿した心装使い相手に後れを取ってしまう。

それは否定できない事実である。

しかし、まったく戦えないわけではない。少なくとも、蔚塁は礙牢《げろう》が効かない心装使いとの戦いを常に想定し、技を磨いてきた。

――儺儺式絶刀《ななしきぜつとう》 聖喰《ひじりばみ》
それは方相氏の技ではない。剣の聖《ひじり》を打ち破るために編み出した蔚塁の技だ。転《まろばし》を陽とすれば、聖喰《ひじりばみ》は陰の奥義。

青林旗士の頂点に立つ剣聖を討つための剣が、剣聖以下の旗士に通じぬ道理はない。その信念と共に蔚塁は刀を振るう。

「終《しゅ》ッ！」

文字通り目にも留まらぬ速さで放たれた斬撃は、確実にウルスラの身体を捉《とら》え、斬り裂いた。

白刃を通して伝わる確かな手ごたえ。肉を裂き、骨を断つ会心の感触に蔚塁は勝利を確信する。

だが、勝利を確信したのは蔚塁だけではなかった。

次の瞬間、蔚塁の耳をやさしく撫ぜるように、ウルスラのささやき声が耳の奥にすべりこんでくる。

——空装励起《くうそうれいき》　葉見ず花見ず

その声は確かにそう言っていた。

5

蔚塁《うつるい》が繰り出した聖喰《ひじりばみ》は、勁《けい》を封じる礙牢《げろう》の効果を刀に込める剣技である。

本来は術者を基点として周囲一帯に展開させる結界を、武器を基点として刀身の周囲に展開させる魔法剣。

これを用いれば、敵が放つ勁技《けいぎ》を斬り裂くことも、勁による防御《シールド》を打ち破ることもたやすい。効果が限定的である分、礙牢《げろう》よりも短時間で発動できるという利点もあった。

抜く手も見せずに繰り出された聖喰《ひじりばみ》は、正確にウルスラの左肩をとらえた。勁による防壁《シールド》を斬り裂き、肩肉を断ち割り、鎖骨を打ち砕いて、さらに心臓めがけて身体をえぐっていく。

百戦錬磨の蔚塁をして「勝った」と確信させる会心の一刀。

だが、蔚塁は勝利を確信してはいても、油断してはいなかった。それゆえ、空装を励起させたウルスラの動きに即座に反応することができた。

蔚塁めがけて振るわれたウルスラの紅い刀身。右腕のみで振るわれた反撃は、重傷を負った直後とは思えないほど鋭かったが、それでも蔚塁は十分な余裕をもって後方に飛びすさり、相手の攻撃に空《くう》を斬らせた。

斬らせた、はずだったのだが。

直後、蔚塁の左肩から右腰にかけて焼けるような熱が走った。

「ぐ――ごふ!?」

不審をおぼえる間もなく激痛が弾け、蔚塁の口から鮮血があふれ出る。

自身が斬られたことを悟った蔚塁は、ばかな、と内心でうめいた。相手の反撃は確かに躱《かわ》したはずだった。

幻想一刀流には颯《はやて》のように斬撃を飛ばす勁技もあるが、今のはその類《たぐい》の攻撃ではなかったと断言できる。

なぜ断言できるかと言えば、蔚塁の防具や衣服はまったく傷ついていないからである。ウルスラの攻撃は武器の間合いの外から、防具も衣服も透過して蔚塁の身体だけを斬り裂いたのである。

事実上、回避不可能の斬撃を浴びせられ、蔚塁は再度内心でうめく。

空装は同源存在《アニマ》の力を限界まで引き出した心装使いの最終奥義。今日まで多くの心装使いと戦ってきた蔚塁はそのことを知っていた。実際に空装を励起させた敵と対峙したこともある。

ある者は山をひとつ吹き飛ばし、ある者は街をひとつ灰燼に帰し、ある者は大地に消えることのない大穴をえぐった。

それらに比べれば、ウルスラの技は威力において及ばない。

しかし、だからといって脅威ではない、という図式は成り立たない。むしろ、空装の莫大《ばくだい》な力を斬ることにのみ特化させ、必中の斬撃に昇華せしめたウルスラの技は、これまで蔚塁が対峙してきたどの空装よりも危険だった。直前の攻撃で深手を負わせていなければ、今の一刀で心の臓を断ち斬られていたかもしれない。

蔚塁は鬼面の下の顔を歪めながら考える。

即座に次撃を放ってこないところを見るに、何の制約もなしに放てる技ではないのだろう。過去に空装を励起させた者の中にも、蔚塁が斬るまでもなく命を落とした者もいた。

ウルスラは見るからに若く、おそらくまだ二十歳に届いていない。そんな年齢の剣士が同源存在《アニマ》を完璧に統御できるとは思えないから、おそらく相当の無理をして放った一刀だったと思われる。

言葉をかえれば、これからウルスラが年齢を重ね、力をつけていくに従って、今の攻撃はより精度を高めて完璧なものに近づいていくということである。

武器の間合いの外から、相手の防御を無視し、的確に身体を――否、心の臓を断ち斬ることのできる必殺の剣。それは剣聖にも手が届く究極の一刀だ。

蔚塁はぶるりと背を震わせた。それが類《たぐい》まれな才能を持つ若者への賛嘆によるものか、あるいはそんな敵と巡り合い、戦うことのできる喜悦によるものかは分からない。

ただ、この旗士は必ずここで仕留めなければならない。そのことだけははっきりと理解できた。さもなくば、眼前の敵は必ず浄世《じょうせい》の大願を妨げる障害になるだろう。

蔚塁はその一念をもって全身をかけめぐる激痛を押さえ込み、喉の奥から込み上げてくる血を飲み下す。そして、ともすれば震えそうになる足を叱咤《しった》しながら、死人のように顔を蒼白にしているウルスラに歩み寄っていった。


彼岸花《ひがんばな》と呼ばれる植物には奇妙な特徴がある。

通常、植物には種《たね》から芽吹き、葉を茂らせ、花を咲かせ、実をつけるという成長周期《サイクル》がある。

これはすべての植物に当てはまるものではなく、異なる周期を持つ種《しゅ》も存在するのだが、彼岸花はそういった例外的な種《しゅ》の中でもさらに特異な周期を持つことで知られていた。

その特徴とは「葉が茂るより先に花が咲き、花が散った後に葉が茂る」というもの。花は葉を見ることができず、葉は花を見ることができない――葉見ず花見ずとは、この特徴からつけられた彼岸花の別称である。

ウルスラの同源存在《アニマ》である雷花《らいか》はこの彼岸花の化身であり、必然的に空装も彼岸花の在り方に色濃い影響を受けていた。

通常、植物が葉を茂らせるのは陽光によって栄養をたくわえるためだ。このたくわえられた栄養をもとにして花が咲き、実をつける。

しかし、彼岸花はこの順序が逆になる。「葉によって栄養をたくわえる」という原因より先に「花が咲く」という結果が生じるのだ。

この特異な成長の仕方を斬撃に転化したのがウルスラの空装だった。

すなわち「刀を振るう」という原因より先に「刀で斬られた」という結果を生じさせる反転剣技《リバーサリー》。それがウルスラの空装の正体である。

一度《ひとたび》放てば相手の防御を無視して敵を斬り裂く必中剣技の恐ろしさは、あえて細かく説明する必要はないだろう。それは文字通りの意味で必殺技だった。

しかし蔚塁が推測したとおり、ウルスラの空装は何の制約もなしに放てるものではなかった。

同源存在《アニマ》が空装の代価に求めるものは使い手の血である。死者の血を吸って咲くという俗説そのままに、雷花は使い手の血を吸って妖《あやか》しの斬撃を放つ。

雷花が欲する血の量は全身の血液の二割を超え、これは人間にとって致死量に近い。青林旗士といえども人間であるには違いなく、短時間で大量の血を失えば死に至る。一度《ひとたび》空装を行使したウルスラは、良くて半死半生、悪ければその場で命を落とす。運よく生き残ったとしても戦闘継続は困難であり、二度目の使用に至っては必ず死ぬと断言できる。

ウルスラにとって空装は、これも文字通りの意味で最後の切り札なのである。

今のウルスラの力では空装の有効範囲はせいぜい刀身二本分。確実に敵を捉《とら》えるためには限界まで敵を引きつける必要がある。それゆえ、ウルスラはあえて蔚塁の聖喰《ひじりばみ》を我が身で受けとめた。

そうして相打ち覚悟で放った決死の一刀は、狙いあやまたず父の仇をとらえ、深々と斬り裂いた。

ウルスラの計算通りに。

——だが、敵の命を奪うには至らなかった。

こふ、とウルスラは口から血を吐き出す。

視線の先では蔚塁がゆっくりとこちらに近づいてくるところだった。その足取りは重く、かなりの手傷を負わせたことは間違いなかったが、それでも致命傷には至っていない。

ウルスラは無念そうに顔を歪める。この遭遇があと三年、いや、二年遅ければ、敵の心臓を直接斬りつけてやったのに、と口惜しく思った。残念ながら、今のウルスラではそこまでの精度は望めない。

そうしている間にも敵は距離を詰めてくる。

どうやらウルスラの次撃を警戒しているらしく、歩みはひどく慎重だったが、それに乗じるだけの余力はすでに身体のどこにも残っていなかった。視界は霧が出たようにかすみ、身体は板金鎧《プレートメイル》を着せられたように重く、左肩からは焼けた鉄串を突き立てられているような激痛が繰り返し襲ってくる。今のウルスラは心装を手放さずに立っているだけで精一杯だった。

無言で立ち尽くすウルスラ。血の気を失ったその顔と、かすかな身体のふらつきを見てとって、敵もウルスラが戦闘力を失ったことを悟ったようだった。

それで余裕を取り戻したのか、あるいはウルスラが口をきけるうちに尋ねたいことがあったのか、はじめて蔚塁はウルスラに向けて名乗りを挙げた。

「見事な一刀であった、若き旗士よ。我が名は蔚塁《うつるい》。そちらも名乗るがよい。言い残すことがあれば聞き届けてつかわす」

その声にはいささかの乱れもなかった。ウルスラには及ばないまでも、かなりの手傷を負っているはずなのだが、声音からそのことを読み取るのは難しい。

驚くべき胆力と言えた。達人と評するに足る剣技といい、常のウルスラであれば、たとえ敵であっても最低限の敬意は示したであろう。

だが、眼前にいるのは父の仇だ。確たる証拠はなかったが、ウルスラはここまでの敵の剣を見てそのことを確信していた。当然のようにウルスラは相手の問いを無視しようとしたが、不意にある衝動に駆られて反射的に口をひらいていた。

「……ウルスラ・ウトガルザ。かつて貴様が殺したウルリヒ・ウトガルザの娘だ」

その返答はたしかに相手の意表を突いたようだった。蔚塁と名乗った剣士の言葉が止まり、驚きとも戸惑いともつかない気配が鬼面の向こうから伝わってくる。

ややあって発された蔚塁の言葉は、奇妙に平坦な響きを帯びていた。

「――そうか、あのときの幼子か。この身を父の仇と恨み、仇討ちのために長き年月を剣の研鑽《けんさん》に費やしたのだとすれば、転《まろばし》に反応できたことも得心がいく」

「認めるのか、自分が仇だと」

「認めよう。この身のみを仇と信じ、父の後を追うがよい。それが仇討ちのために生涯を費やした汝への、せめてもの手向《たむ》けである」

それを聞いたウルスラは相手の言葉に違和感をおぼえたが、蔚塁はそれ以上言葉を続けようとはしなかった。

次の瞬間、もはや問答は無用とばかりに蔚塁が動く。

踏み込みと斬撃はほぼ同時。ウルスラ自身の血に塗《まみ》れた敵の刀身が視界一杯に迫り、避けようのない死の気配が全身をわしづかみにする。

瞬きひとつの時間が過ぎた後、自分の頭と胴は泣き別れしているに違いない。ウルスラはなんとか抗《あらが》おうとしたが、身体はぴくりとも動かない。

――ならば、せめて目だけはそらすまい。最後の瞬間まで仇の顔を睨み続けよう。

ウルスラはそう思い、実際にそのとおりにした。

だから、見逃すことはなかった。黒衣をまとった同期生が自分と蔚塁の間に割って入ってくる、その瞬間を。

6

突然、目の前に城壁がそびえたった——その瞬間、蔚塁《うつるい》が抱いた感覚を強《し》いて言葉にすればそういうものになる。

それほどに黒髪の青年から放たれる戦意は重厚だった。

先ほど玄蜂《げんほう》を討つために外に飛び出していったもうひとりの心装使い。向かい合っているだけで肌がひりつく重圧《プレッシャー》。今も滾々《こんこん》とあふれ出ている勁《けい》は濃密でその底を知らず、勁の量も質もウルスラをしのいでいる。

この青年は先に戦った中山の王弟カガリに優るとも劣らない武威の持ち主だ。蔚塁はあらためてそう思った。それはつまり、蔚塁の生涯で五指に入る強敵であることを意味する。

何者だ、などと問うたりはしない。そんな悠長な真似が許される相手ではない。

カガリと同等ということは、蔚塁の礙牢《げろう》が効かない相手ということを意味する。先手を取る以外に勝ち目はない。

蔚塁は瞬きひとつにも満たない時間でそれだけの思考を働かせ、青年めがけて聖喰《ひじりばみ》を叩き込んだ。

並の旗士なら反応すらできない紫電の一閃を前に、青年は左手に握った心装ではなく、己の右手で斬撃を受けとめようとする。蔚塁を斬るよりウルスラをかばうことを優先した結果、心装での防御は間に合わないと踏んだのだろう。

あるいは、素手で十分に防げると判断したのかもしれない。これほどの勁の使い手だ。身体を覆う防壁《シールド》強度は金剛石《アダマント》に匹敵しよう。鉄を鍛えてつくった刀を防ぐなど造作もあるまい。

もし青年がそう考えたのであれば、それは蔚塁にとって得難い幸運、相手にとっては致命的な誤断と言えた。どれだけ分厚い勁で身体を鎧《よろ》おうとも、聖喰《ひじりばみ》を防ぐことはできないからだ。

事実、蔚塁の一刀は濃密な勁で覆われた青年の右手をたやすく斬り裂き、白刃が親指と人差し指の間にめりこんだ。刃はそのまま肉をえぐり、骨を割り、神経を切り裂いて手のひらから手首へ、手首から肘へと青年の右腕を断ち割っていく。

今や青年の右腕はほとんど両断されている状態だった。むろん、剣を振るうことなど出来るはずもなく、剣士としての力は半減したと見ていいだろう。

少なくとも蔚塁はそう考え――相手の目を見て、己の考えが誤っていたことを悟る。

青年の双眸《そうぼう》には驚愕も苦痛も憤怒もない。そこにあるのは、ぞっとするほどに研ぎ澄まされた戦意だけだった。

同時に、蔚塁は間近で見た青年の顔に無視しえぬ特徴を見出す。その口からかすかに「式部」という声がもれた。蔚塁はこのとき、確かに目の前の青年に御剣式部の面影を見出したのである。

そのことが何を意味するのか、蔚塁が思い至る前に青年の口がぱかりとひらかれた。

そして砲声《ほうせい》のごとき大喝が発される。

「喝《カア》ッ!!」

「ぐ――ッ！」

それは勁砲《けいほう》と呼ばれる勁技だった。

蔚塁の刀が自由に動けば、聖喰《ひじりばみ》で不可視の砲撃を斬り裂くこともできただろう。しかし、敵の右腕を断ち割っている最中に勁技を浴びせられては防ぎようがない。

鋼鉄の塊《かたまり》を叩きつけられたような衝撃と共に、蔚塁の身体が床から引き剝がされる。ひらかれていた扉から室外に吹き飛ばされた蔚塁は、そのまま砦の防柵に叩きつけられた。その衝撃で顔を覆っていた鬼面が剝がれ、はじめて蔚塁の素顔があらわになる。

白髪白髯《はくはつはくぜん》、人生の年輪が深々と刻まれた威厳ある顔が激しい苦痛によって歪んでいる。

わずかな間をおいて、蔚塁は口から大量の血を吐き出した。血は口からだけでなく、ウルスラによって切り裂かれた傷口からもあふれ出している。

大量の出血は意識の混濁《こんだく》を招き、蔚塁はそのまま意識を失いそうになる。だが、完全に意識を失う寸前、不甲斐ない己に活を入れて無理やり顔をあげた。

方相氏の長として、こんなところで無様をさらすわけにはいかない。その一念が蔚塁の意識をぎりぎりのところで支えていた。

そうやって何とか顔をあげた蔚塁は、そこで信じがたい光景を目の当たりにする。

今、蔚塁の視線の先には右手で心装を握った青年の姿が映し出されている。左手ではない。青年は今しがた蔚墨が半ばまで両断したはずの右手で心装を握っているのである。

傷跡さえ見えない青年の右腕を見た蔚墨は、ばかな、と内心でうめく。

だが、それで現実が変わるわけでもない。青年はどのような手段を用いたのか、致命傷になってもおかしくない負傷を一瞬で完治させたのである。

その事実は蔚墨に己の誤りを気づかせた。

先ほどの攻防において、青年が聖喰《ひじりばみ》を素手で受けとめたのは己の勁を過信したからではない。聖《ひじり》喰《ばみ》の威力を認識した上で、あえて素手で受けとめたのである。

そうして己の身体を使って蔚墨の武器を封じ込み、至近距離から勁砲《けいほう》を浴びせる。

蔚墨は初めから青年の手のひらの上で踊らされていたのだ。

そのことに思い至った瞬間、蔚墨の頭上で陽《ひ》が陰《かげ》った。

耳障りな飛翔音を響かせながら複数の玄蜂《げんほう》が殺到してくる。その口元は赤い血で濡れており、どうやら別の場所で獲物を平らげた群れが、新たな獲物を求めて移動してきたらしい。

すでに蔚墨に魔物を討つ余力は残されていなかった。魔物もそのことに気づいているらしく、警戒する素振りも見せずに猛然と襲いかかってくる。

そのとき。

「幻葬《げんそう》一刀流　颶《つむじかぜ》」

部屋の外に出てきた青年の声と共に、勁の奔流が空中を駆け抜けた。

蔚塁に襲いかかろうとしていた五体の玄蜂の甲殻が同時に断ち割られ、魔物たちは体液をまき散らしながら木の葉のように宙を舞う。

その威力は深手を負った者のそれではなく、蔚塁は青年の治癒が見せかけのものではないと認めざるをえなかった。

蔚塁が勁砲を浴びせられ、防柵に叩きつけられるごく短時間のうちに、青年はあの深手を癒してのけたのである。おそらくは同源存在《アニマ》の能力によるものだろうが、だとしても何という出鱈目《でたらめ》さか。蔚塁はそう思って血にまみれた唇を笑みの形に歪めた。

――それにしても、式部め。

蔚塁は思う。

カガリといい、ウルスラといい、青年といい、いずれも年齢に見合わない使い手たちだ。問題はどうしてこの時期、この場所にこれだけ才能ある若者たちが集まったのか、である。

もちろん偶然では決してない。

蔚塁は振斗との会話を思い起こした。

『し、しかし、現にクルトはここにおりまする！　崋山が反乱を起こしたこの時期に、青林旗士がたまさか大興山にやってくるなど偶然にしては度がすぎておりましょう。式部の命令以外に考えられませぬ！』

そう言い募る振斗に対し、蔚塁は次のように応じた。

まったくの偶然とは言わぬ。おそらく、何らかの形で式部の意思がからんでいよう、と。

あのときは推測だったが、今の蔚塁は確信をもって断言できる。式部に良く似た青年の存在が蔚塁の推測を確信へと昇華させていた。

——すべては貴様が描いた絵図面どおりというわけか。

事の裏面に思い至った蔚塁は、最後の力をふりしぼってその場から立ち上がった。これまで山のごとく動かなかった剣聖が動いたのだ。この事実は必ず本殿の教皇に伝えなければならない。

直後、蔚塁は落ちていた鬼面を拾い上げると、床を蹴って防柵を乗り越え、急斜面に身を躍らせる。

重力に引かれるまま断崖《だんがい》を転がり落ちる蔚塁の脳裏にあったのは、三十年前から変わらず己の前に立ちはだかり続ける御剣式部の姿だった。

7

身体から血が流れ出ていくたび、己の中から熱が失われていくのがわかった。

かわりに身体を押しつつむのは冷たい痺《しび》れである。冬場に長時間の水垢離《みずごり》をすれば、あるいは氷室《ひむろ》の中に閉じこもれば、こんな感覚になるのかもしれない。

手足の先端から這いのぼってくるこの痺れが心臓に達したとき、自分は死ぬのだろう——ウルスラはどこか他人事のようにそう考えていた。

ゆっくりと忍び寄ってくる死に対して恐怖をおぼえないのは、自分の状態がすでに手遅れであることを理解しているからである。

五体満足の状態で放っても瀕死になる大技を、左肩を砕かれた状態で放ったのだ。これで未練や恨み言を述べるようでは士道不覚悟というものである。

むしろ、ウルスラは自分がまだ生きていることを不思議に思っていた。

――空がかばってくれたとはいえ、空装の代価で即死していてもおかしくなかったんだけど……もしかしたら君が何かしてくれたの、雷花《らいか》？

心の中で同源存在《アニマ》に問いかけたが、同源存在《アニマ》から答えは返ってこなかった。答える意思がないのか、答える余力がないのかはわからない。だが、疑問の答えがいずれであるにせよ、それで結末が変わるわけではない。

ウルスラは小さく息を吐いた。

繰り返すが、ウルスラに未練や恨み言を述べるつもりはない。空装を行使したことへの後悔もない。

そもそも、あのとき空装を使わなかったら、向こうの刀がウルスラを斬っていただけのことである。その意味でウルスラは最善の選択肢を選んだのだ。強《し》いて悔いを挙げるとすれば、それは空装を行使した決断に対してではなく、空装をもってしても仇の命に届かなかった己の未熟さに対してだった。

不幸中の幸いと言えるのは、父の仇はおそらく空の手にかかって果てたはず、ということである。蔚塁《うつるい》と名乗った剣士は恐るべき手練《てだれ》だったが、それでも深手を負った状態で空とまともに戦えるとは思えない。その確信が死を間近にしたウルスラに大きな安堵をもたらしていた。

最後に身を挺《てい》してかばってくれたことも含め、空には一言なりと礼を述べたかったが、それはかないそうもない。

そのことを申し訳なく思いながら、ウルスラはいよいよ迫ってきた死の気配に己を委ねようとして——

「むぶ!?」

次の瞬間、遠慮も躊躇もなしに口内に異物を差し込まれ、くぐもった悲鳴をもらした。

その異物は焼けるように熱く、それでいてひどく柔らかく、かつて感じたことのない感触をウルスラに与えてきた。突然のことに、ウルスラは寸前までの覚悟を忘れて混乱する。

そのせいだろう。続けて流し込まれてきた得体の知れない液体を、ウルスラは反射的に飲み込んでしまった。その直後。

「——ッ!!」

あたかも炎を飲み込んだかのように、ウルスラの体内で熱が弾けた。

今まさに心臓に手をかけようとしていた冷たい痺れは、胸奥《きようおう》で弾けた熱によって一瞬で焼却される。息を吹き返したように心臓が早鐘を打ち、生み出された熱い血潮が痺れを打ち払いながら身体中を駆けめぐっていく。

我知らず、ウルスラは四肢に力を込めていた。そして、先ほどまでは凍りついたように動かなかった手足が、指の一本にいたるまでしっかり動くことを確認する。

かっかと胸が熱くなり、みるみるうちに心身が活力を取り戻していくのがわかった。

死の淵から生の盛りへ導かれる心地よさは羽化登仙《うかとうせん》のそれであり、ウルスラは歓喜に身を震わせる。

自身を蘇生させたのが、直前に流し込まれた液体であることは明らかだった。ウルスラは己を救った甘露《かんろ》が再び流し込まれるのを待ちきれず、自ら乞うように舌を動かす。

そして、ほどなくして流れ込んできたそれを、今度は自分の意思でしっかりと嚥下《えんか》した。何度も、何度も。

ウルスラがはっきりと意識を覚醒させたのは、それを五度ほど繰り返した後のことだった。

「蔚塁が消えた？　本当か、空？」

様々なことが同時に起きた襲撃が一段落した後、空の前に姿をあらわしたカガリは襲撃の首謀者である鬼面の剣士――蔚塁の所在を問うてきた。

カガリにとっては光神教の裏切りを証明する貴重な生き証人だ。ぜひとも捕らえたかったのだろう。

空にしても、あの人物には問いただしたいことが山ほどある。ウルスラの父のことはもちろん、剣を交えていた際に父の名を口にした理由はぜひとも知りたいところだった。だからこそ、魔物に襲われそうになっていたところをとっさに助けもしたのだが――

「玄蜂《げんほう》と言ったか、あの魔物が襲ってきたどさくさにまぎれて柵の外に身を投げたんだ。で、崖を転がり落ちていった。戦いが終わった後に下に降りて調べてみたんだが」

どこにもいなかった、と空は両手をあげてお手上げの仕草をした。

ウルスラによって重傷を負わされ、おまけに空の勁砲《けいほう》を食らった上で崖を転がり落ちたのだ。自力で逃げ出したとは考えにくい。隠れていた仲間がいたのか、あるいは玄蜂なり他の魔物なりに襲われた可能性もある。

空の話を聞いたカガリは残念そうにチッと舌打ちしたが、いないものは仕方ないと考えたのか、すぐに話を転じた。

「そうか。ま、何事もそうそう都合よくは運ばないってことだな。それはそうと、さっきずいぶんけったいな女の悲鳴が聞こえてきたけど、あれは何だったんだ？」

「……傷が深くて、少々意識が混濁していたらしい。特に問題はなかったから気にしないでくれ」

空はそう言いながらつつっと視線をそらし、相手の興味を遮断する。

カガリはそんな空を面白そうな顔で眺めていたが、へたにつついても益はないと判断したのか、悲鳴についてそれ以上問おうとはしなかった。

第四章　過去の残影

1

大興山にトンテンカンテンと補修作業の音が鳴り響く。

作業にとりかかっているのは言うまでもなく中山兵なのだが、俺も俺で彼らに交じって建物の修復作業に従事していた。

最初に言っておくと、ドーガやカガリはここを本格的な拠点に作り替えようとしているわけではない。玄蜂《げんほう》による襲撃で負傷した兵たちが回復するまでの仮の拠点として、最低限の補修をしているだけである。

聞けば、もともと大興山やその周辺には魔物が多く棲息しているそうで、実際にあれから二度ばかり玄蜂とは別種の魔物の襲撃があった。

これに関しては俺が出るまでもなく――というか兵が混乱するので出ないでくれと言われた――

中山軍のみで撃退していたが、その戦いでも少数ながら負傷者が出ている。遠からず打ち捨てることになる砦とはいえ、最低限の備えはしておかねばとドーガたちが考えたのは当然のことだった。

べつに頼まれたわけではなかったが、俺もこれに協力している。こちらもクリムトやウルスラという負傷者がいるから砦の強化はありがたい。

まあ負傷者といっても、ウルスラはすでに立って歩ける程度には回復している。さすがに剣をとって戦うのは厳しいが、補修作業にいそしむ俺の手助けをすることはできた。襲撃時の負傷の状態を思えば、奇跡的な回復速度と言えるだろう。

「空の血はすごいね。これ、回復薬《ポーション》というより変若水《おちみず》とか九転丹《きゅうてんたん》とか、そういった神話に出てくる薬の効果なんじゃないかな」

そう言いながら、材木に穴をあける錐《きり》を手渡してくるウルスラ。

礼を言ってそれを受け取った俺は軽く肩をすくめた。

「俺の仲間――回復薬《ポーション》をつくった魔術師の言葉を借りれば、俺の血は劇薬なんだそうだ。あまりにも強力すぎて、かえって病人や怪我人の状態を悪化させかねないらしい」

だから、衰弱していたクリムトに直接血《ち》を飲ませることは避けた。逆に、ウルスラは傷が深すぎて、とおりいっぺんの治療をほどこしても意味がないことは明白だった。傷が肩だったこともあり、止血もろくにできない。あのままでは間違いなく死んでいただろう。

それで一か八かの賭けに出たのである。

ゴズたちに襲われたミロスラフにそうしたように、自分で腕の肉を喰いちぎり、そこからすすった血をウルスラの口に流し込んだ。

ウルスラの負傷はあの時のミロスラフよりもはるかに深く、正直なところ、手遅れかもしれないと考えた。しかし、あの時と違うのは俺のレベルも同様だった。あれから幾度も幻想種を喰って大幅にレベルが上がったことにより、血の効果も大幅に上がっていたらしい。

目の前にいるウルスラがその証だった。

「もっとも、いつでも誰にでも同じくらい効くとは思えない。あの時は、運とか相性とか、そういうものも良かったんだろうさ。次も同じ結果になるとは思わないでくれよ」

釘を刺す意味も込めてウルスラに告げる。自分の血が万能薬の代わりになるからといって、いつでもすすんで他者を助けるつもりはない。

昔、母さんから聞いた昔話の中に、自分の持っている宝石や毛皮を貧しい人たちに与え続け、最後には何もなくなって凍え死ぬ王子様の話があったが、そんな自己犠牲の心は俺にはない。

いつだって優先するのは他人より自分だ。身をけずって他人を救うとしても、それは俺がそうしたいと思ったときだけである。俺に対して自己犠牲を強要してくる相手が現れれば、躊躇なく心装を振るって叩き斬るだろう。

俺の言わんとすることを察したのか、ウルスラはその場で居住まいを正し、真剣な表情で俺を見た。

「もちろん承知してる。言うまでもないことだけど、今回の一件は決して口外しない。仮に僕がこの先、大きな怪我を負って命が危うくなったとしても、君の血にすがったりはしないよ。ウルスラ・ウトガルザの名に懸けて誓う」

「うむ、百点満点の返答だ。そういう相手なら、俺もまた助けてやろうって気になるかもな。まあ、次はしっかり対価をいただくことになるがね」

そう言ってけらけらと軽薄に笑う。俺としては今しがたのやり取りを冗談ぽく流して、それでしまいというつもりだったのだが、ウルスラは真剣な表情を崩さずに言葉を続けた。

「僕としては、次は、と言わずに今回も対価を要求してほしいところなんだけど。命を救ってもらったんだ、たいていのことには応じるよ？　あ、もちろん言われないでもお礼はするつもりだけど、どうせなら恩人の望みに沿いたい」

「その気持ちだけ受け取っておこう。なにせ命を救ってもらったのはこっちも同じだからな。あのとき、ウルスラがいなかったら今ごろ俺は蔚塁に斬られていた」

敵意もなく、戦意もなく、わずかな勁《けい》すら感じさせずに室内に入り込み、振るわれたあの一刀。向こうは転《まろばし》と呼んでいたそうだが、あの一連の流れを思い起こすと、こうしている今も背筋に寒気が走る。

いくらソウルイーターに復元能力があるとはいえ、頭と胴を切り離されてしまえばおしまいだ。

俺にとってウルスラは間違いなく命の恩人だった。間違っても命を助けてやった礼に魂を喰わせろ、なんて言えない。心装込みの全力稽古に付き合ってほしい、くらいは言ってもいいような気もするけれど。

まあそれはさておき、実は今、ひとつ困っていることがある。

俺は眼前のウルスラの目をじっと見る。俺と目が合うと、ウルスラは戸惑ったように目を瞬かせた後、つつっと視線をそらしてしまった。

これである。俺の恩人さんは先ほどから――というか、目を覚ましてからずっとなのだが、俺と話すときになかなか目を合わせてくれない。あと、俺と話しているとちょいちょい早口になる。

これは襲撃前のウルスラにはなかったことだ。

理由を推測するのは難しいことではない。血を与えた際、俺と唇を合わせたことを気にしているのだろう。目覚めた瞬間、カガリいわく「けったいな悲鳴」を盛大にあげていたからな。

というわけでウルスラの態度の原因はわかっているのだが、解決策となるとなかなか浮かんでこなかった。

勝手に唇を重ねてごめんなさい、と謝るのも変な話である。あれは純然たる救命行為であり、色めいた気持ちなど欠片《かけら》もなかったのだから。

かといって「川でおぼれた人間を助けたようなものだから俺は気にしていない。そちらも気にするな」と男の側から口にするのも無神経だろう。以前、クラウディア・ドラグノートにまったく同じことを口にしたが、あのときは口付けを実行に移す前だったからなあ……と、そんな風にあれこれ考えた末、俺は向こうの動揺に気づかないふりをして時間が解決するのを待つことにした。問題から逃げ出した、ともいう。

俺とウルスラの間に微妙に気まずい空気がたちこめる。

そのとき、視界の端に小走りで駆け寄ってくるクライアの姿が映った。それを見て内心で安堵したのはきっと俺だけではなかっただろう。

こちらに来るクライアの顔には隠しきれない喜びが浮かんでいる。それだけで俺はクライアの用件を察した。今の状況でクライアが喜びをあらわにする理由はひとつしかない。

「空殿《そら》！」

息せき切って駆けつけたクライアは、喜びの表情をそのままに口をひらく。

予想どおり、それはクリムトが目を覚ましたという知らせだった。

2

俺がクライアに引っ張られるようにして病室に入ったとき、クリムトは上半身を起こして水を飲んでいる最中だった。

右手を失い、左手一本で木椀《コップ》を持つクリムトの隣では、木椀《コップ》から水がこぼれないようにランがクリムトの身体を支えている。

宿敵である鬼人への嫌悪感からか、それとも単なる気恥ずかしさからか、クリムトは若干《じゃっかん》顔をしかめていたが、ランを振り払おうとはしていない。

一方のランはと言えば、クリムトの態度に気づいていないわけではないだろうに、全身で喜びをあらわにしていた。もともと、この鬼人の少女は甲斐甲斐しくクリムトの世話をしていたが、その努力が報われたことを心底喜んでいるようである。

たぶん、クリムトもそれを感じ取っているから、ランのことを邪険にできないのだろう。それでも居心地の悪さはあるようで、俺たちの姿に気づいたクリムトはどことなく安堵しているように見えた。

それを見た俺は、さて何と声をかけようかと言葉に迷う。なにせ俺とクリムトが最後に顔を合わせたのは、ティティスの森で俺が向こうの腕をへし折って姉を人質にとったときだ。

あの後、鬼ヶ島に帰郷した際にちらっとクリムトの姿を見かけてはいたが、まともに言葉を交わしたのはあのとき以来になる。クリムトが五体満足であれば、この場で殺し合いが始まってもおかしくない関係なのだ。

——まあ、俺を見て驚かないということは、クライアから大体の経緯《いきさつ》は聞いているのだろうけど。

そんなことを考えていると、クリムトが持っていた木椀《コップ》をランにあずけ、ゆっくりと口をひらく。

クリムトの声は衰弱のためにしばしば途切れたが、言葉自体は明晰《めいせき》だった。

「……世話になったみたいだな。いちおう、礼は言っておく」

「はえ？」

思わず間の抜けた声がもれた。まさかあのクリムトの第一声が俺への感謝の言葉とは、いったい誰に予測できるだろう。

本気で意表を突かれて目を瞬かせていると、クリムトが舌打ちしそうな顔で俺を見た。

「なんだ、その間の抜けた顔は……？」

「ああ、すまん。お前に礼を言われたのが意外だったもんで」

包み隠さず本心を述べる俺。

それを聞いたクリムトは、今度ははっきり舌打ちの音をたてた。

「お前に言いたいことは、山ほどあるが……それでも、姉さんはお前に救われたと言った。なら、感謝くらいするさ……もちろん、お前にやられた借りは、いずれ返すけどな……ッ」

そう言うと、クリムトは苦し気にけふけふと咳《せ》き込んだ。

ランが慌てたようにクリムトの背をさする。クリムトは一瞬その手を払いのけようとしたようだったが、心配そうに己を見やるランを見て、渋々という感じで相手のしたいようにさせた。

そんなふたりのやり取りを内心で微笑ましく思いながら眺めていると、クリムトが険のある目つきで睨んでくる。

「……なんだよ？」

「いいや、別に何も？」

「……ふん」

クリムトは俺の態度に何か言いたげだったが、忌々しそうに鼻から息を吐き出すだけで、それ以上の追及はしてこなかった。

余計なことで体力を使いたくないと考えたのだろう。まだまだ体力が戻っていないことは、誰よりも本人が自覚しているだろうし。

「……姉さんから、いちおうの経緯は聞いてる……今のうちに、俺が知っていることを……伝えておく……」

そう前置きしてから、クリムトは鬼界での出来事を話し始めた。

今のクリムトは長話ができる体調ではなく、伝えられた内容はかなり端折《はしょ》られたものだったが、それでもクリムトの身に何が起きたかはおおよそ把握することができた。

俺が知っていたこともあれば、知らなかったこともあるが、やはり特筆すべきは光神教と御剣家が裏でつながっていた事実だろう。

方相氏《ほうそうし》という存在も初耳だ。あの蔚塁《うつるい》という鬼面の剣士が方相氏の長である、というのも驚いた。

ただ、驚く一方で納得している自分もいる。方相氏は光神教の実行部隊であり、その光神教が御剣家とつながっていたのなら、俺と対峙した蔚塁が「式部」と口走ったことも辻褄《つじつま》が合う。蔚塁は御剣家と接触したときに父の顔を見て、その面影を俺の顔に見つけたのだろう。

そんな風にクリムトから聞いた情報を頭の中でまとめていると、不意にクリムトの上半身がぐらりと揺れた。

どうやら今の説明だけでかなり体力を使ったらしく、疲弊《ひへい》が色濃く顔にあらわれている。

ランとクライアがクリムトを寝かせにかかったので、俺とウルスラは病室から出ていくことにした。クリムトの容態についてはあまり心配していない。どうあれ、意識は取り戻したのだ。ここからの回復は早いだろう、と予想がついたからである。

親身になって看病してくれる人もいるようだしな、などと考えていると、病室の扉がひらいてクライアが外に出てきた。俺たちの姿を見つけて歩み寄ってくるクライアに声をかける。

「クリムトについていなくていいのか？」

「ラン殿がいますので、大丈夫でしょう」

さして考える風もなくクライアは応じる。

ランは俺たちが大興山に来る前から深手を負ったクリムトの面倒をみていた少女だ。クリムトへの害意を持っていないことは明白であり、クライアとしても安心して弟を託せるのだろう。

とはいえ、それでも鬼人は鬼人である。御剣家の掟に従い、盲目的に鬼人《スズメ》に斬りかかった頃のクライアであれば、弟の身を鬼人に任せるようなことはしなかったに違いない。その意味ではクライアの価値観にもだいぶ変化が出てきているようである。

なお、俺とクライアが話をしている間、ウルスラはずっと黙ったままだった。もっと言えば、クリムトの話を聞いているときからずっと、ウルスラはうつむきがちに何かを考え続けている。

その沈黙は見る者に凄みを感じさせるもので、俺にせよ、クライアにせよ、ウルスラに声をかけることができず、黙って見ていることしかできなかった。

ウルスラの沈思《ちんし》の内容は、間違いなく光神教に関することだろう。

父の仇である蔚塁は方相氏の長であり、光神教の一員だった。そして、その光神教は裏で御剣家とつながっていた。

一口に「つながっている」と言っても、両者にどの程度の結びつきがあったかまでは分かっていない。クリムトの情報はそこまで詳細なものではなかった。

ただ、光神教と御剣家がそれなりの頻度《ひんど》で接触していたことは確実であるように思われる。

鬼人族と共存し、鬼界で暮らしている光神教。その光神教と接触していたからには、御剣家は鬼界と鬼人族についてもっと多くの情報をつかんでいたはずである。

だが、その情報は公《おおやけ》にされていない。クリムトによれば、蔚塁は光神教と御剣家のつながりを「御剣家の一子相伝の秘事」と言っていたそうだから、へたをすると父式部しか知らなかったことになる。

——問題はここなのだ。

いかなる理由があって両者の間につながりができ、また、そのつながりが一子相伝の秘事になったのかは知らない。

だが、滅鬼封神《めっきほうしん》の掟を掲げる御剣家において、鬼界との結びつきを隠し続けてきた御剣家当主の行いは、それを知らない旗士から見れば背信行為に他ならない。

当主、剣聖といえども青林旗士のひとりには違いない。青林旗士が鬼人族と通じるのは大きな罪であり、厳罰に処すべき犯罪だ。

そして、青林旗士による犯罪が発覚したのなら、それを取り締まるのは司寇《しこう》の役目である。

そう。亡くなったウルスラの父親が就いていた司寇《しこう》の役目なのだ。

仮借《かしゃく》ない取り調べで同輩の旗士に恨まれるくらい役目に熱心だったウルスラの父親が、もし御剣家と光神教のつながりを知ったならどのように行動しただろうか？

我知らず、俺は眉間にしわを寄せていた。

ウルスラの父はまず主君に事の真偽を問いただしたに違いない。そして、疑惑が事実と知り、司《し》寇《こう》の役割に従って行動しようとした。

その結果、柊都《しゅうと》の中で蔚塁に斬られたのだとすれば、その死には御剣家も深く関与していたことになる。俺が気付いたくらいだ、ウルスラもとっくに気づいているだろう。

俺は小さくため息を吐く。

ウルスラになんと声をかけるべきか、さっぱりわからなかった。

3

陽炎《かげろう》のように頼りない鬼界の太陽が沈み、夜の帳《とばり》に包まれた大輿山。砦の一角で夜風に吹かれながら、ウルスラ・ウトガルザはひとり自分の悩みと向かい合っていた。

クリムトの口から聞かされた光神教と御剣家の結びつき。方相氏の長である蔚塁が父の仇であった事実。そういったものをまとめていくと、否応《いやおう》なしに父の死に隠された真相が見えてくる。

父を死に追いやったのは得体の知れない四ツ目の鬼人などではなく方相氏、ひいては光神教だった。であれば、光神教と裏でつながっていた御剣家が無関係だったとは考えにくい。

直接的な指示か、あるいは間接的な黙認か。いずれにせよ、蔚塁による司寇《しこう》殺害に対し、当主の式部が何らかの許可を与えたのは間違いない。

ウルスラの脳裏に、先の戦闘における蔚塁の言葉がよぎった。

『この身のみを仇と信じ、父の後を追うがよい。それが仇討ちのために生涯を費やした汝への、せめてもの手向けである』

あらためて考えてみると、あの言葉は蔚塁以外に父の死に関与していた者の存在を示唆《しさ》していた。

このことに思い至ったとき、真っ先にウルスラが考えたのは、今すぐ鬼ヶ島に取って返して主君に事の真偽を問いただすことである。

だが、クリムトの話には証拠がない。式部が否《いな》と言えば、ウルスラには追及する術《すべ》がないのだ。真相を究明しようと思えば、光神教についてくわしく調べる必要があった。

その結果、御剣家とのつながりが見つかればそれでよし。仮に見つからなかったとしても、それはそれで蔚塁の話が偽りだったと判断する根拠になる。

ウルスラはそうやって自分が採るべき行動を明確化したが、問題はそれを実行に移すことができるか否かだった。

服の上から左肩にそっと触れた途端、肩から胸にかけてピリッと鋭い痛みが走り、ウルスラは顔をしかめる。それはつい先日、蔚塁によって斬り裂かれた傷痕だった。空《そら》のおかげで傷は塞がっていたが、痛みの残滓《ざんし》はこうして身体に刻まれている。

本来であれば致命傷になっていた深手だ。それがこの程度の痛みで済んでいるのだから有難いかぎりなのだが、それでも戦闘となればまだまだ厳しい。

空装を使用したせいで多くの血を失い、ときおり身体がふらつくこともある。こんな体調で鬼界に留《とど》まり、光神教について調べたところで成果が出せるとは思えなかった。

それに、ウルスラの任務は鬼界に入った空とクライアに同行することである。ふたりを放って鬼界を歩き回るわけにはいかなかった。

この点、ウルスラは生真面目な性格をしている。いかに御剣家への疑念があるとはいえ、何の確証もなしに青林旗士としての責務を投げ捨てることはできなかった。今日までウルスラの目的意識の大半は父の仇討ちに割かれていたが、それでも御剣家への忠誠の念や、鬼門を守る青林旗士としての誇りは持ち合わせているのである。

あれやこれやと考えた末、ウルスラは、はふ、と気の抜けた息を吐いた。

本音を言えば空たちに鬼界に残ってもらい、光神教の調査に協力してほしい。そうすれば、ウルスラは御剣家の命令に反することなく目的を遂げることができるからである。

しかし。

「そんな自分勝手なことは言えないよね。ただでさえ命を助けてもらったばかりなのに」

御剣家がいかなる謎を抱えていようとも、鬼ヶ島を追放された空にとってはどうでもいいことだろう。

自分の個人的な事情のために空に無理を強《し》いることはできない。ウルスラはそう思ったが、その一方で空に助力を求める方法について考えがないわけでもなかった。

ただ頭を下げて頼むだけでは自分勝手のそしりを免れない。であれば、きちんと対価を払って依頼するという形をとればよい。

空に労を強《し》いるかわりに、ウルスラからもきちんと利を提供するのだ。

空はクライアを助けた理由について「友情や親切心のためではない。対価はきちんといただく」と言っていた。クリムトを助けたことでクライアの望みはかなったわけだから、ここでウルスラがクライアと同等の対価を提示することができれば、空の協力を得ることができるかもしれない。

――問題があるとすれば、ウルスラが空の納得する対価を提示できるかどうかである。

ウルスラは右手で前髪をいじる。

クライアが空の助力を得るためにいかなる対価を示したのか、ウルスラははっきり聞いたわけではない。だが、クライアの置かれた立場や、空に対する言動などを見ていれば、おおよその見当はつく。

端的に言えば、全て、であろう。

剣士としての全て。

女性としての全て。

島抜けという最大級の罪を犯し、誰ひとり頼れる者のいない状況で、クライアは己の全てを捧げるかわりに空の助力を求め、空はそれに応じた。少なくとも、ウルスラはそのように判断していた。

膝枕をしたり、常に一歩後ろに控えていたり、空に心を許しきったクライアを見ていると、そうとしか思えない。空の方からそれを強要したというなら、ウルスラとしても思うところはあるのだが、クライアの言動を見るかぎり、弟のために心ならずも我が身を捧げたという悲愴感《ひそうかん》は感じられない。それはもう欠片《かけら》も感じられない。

クライアは明らかに空に想いを寄せていた。

ウルスラはクライアの代わりに空に対価を払うことも考えていたのだが、今となっては余計なお世話だったと理解している。

「僕の全て、か」

ウルスラは髪をいじっていた手を頬にあてた。空装使用の影響で身体に血が不足しているはずなのに、ウルスラの頬はそれとわかるくらい熱を帯びている。

きっと今の自分は林檎《りんご》のように顔を赤くしているのだろう。ウルスラはそう思いながら無意識のうちに指先で唇をなぞり――

「わっ!?」

自分の指の感触で我に返った。

慌てて唇から指を離したウルスラは、周囲に誰もいない夜の山砦《さんさい》でひとり羞恥《しゅうち》に駆られ、首筋まで赤く染める。

「我ながら単純だね。唇を重ねただけで相手を意識するなんて。向こうはただ僕を助けようとしてくれただけなのに」

ウルスラは自分に言い聞かせるようにそう言ったが、記憶は勝手に空と唇を重ねたときの感触を呼び覚まそうとする。半ば夢の中の出来事だったとはいえ、自身を死の淵から救いあげてくれたあの熱と、舌を交わしながら貪《むさぼ》り飲んだ甘露の味は忘れられるものではなかった。

「っと、いけないいけないッ」

ともすれば空のことを考えてしまう己に活を入れるため、ウルスラはパチンと頬を叩く。

空に礼をするのは当然。空に対価を示して協力を求めるのも良い。だが、そのことと自身の気持ちを混同してはならない。

ウルスラは自分にそう言い聞かせながら夜空を見上げる。そして、星も月も浮かんでいない闇色の空を見つめながら思った。

思うに自分は現実逃避をしているのだろう、と。

父の仇は四ツ目の鬼人などではなく、鬼面をかぶった方相氏だった。そして、その方相氏は御剣家と裏でつながっていた。おそらく父はそのことに気づき、主君を問い詰めたのだろう。方相氏や光神教のことを表沙汰にしようともしたかもしれない。

だから殺された。当主である式部の命令ないしは黙認を受けた蔚塁によって。

自分はこの十年、仇の片割れを主君と仰いでいたのである。そのことを思うと、ウルスラの心は嵐の海に漕ぎ出した小舟のように激しく揺れる。怒り、悲しみ、憎しみがせめぎ合って気が狂いそうになる。

そんなウルスラにとって、空への気持ちは壊れかけた心を守るための鎧だった。空のことを想っている間は、心が千切れてしまいそうな苦悶に苛《さいな》まれずに済むのである。

そもそも自分は本当に空に想いを寄せているのだろうか、とウルスラは自問する。自分を守るために好きになったつもりでいるだけではないのか。だとしたら、それは命がけで自分を助けてくれた空に対して失礼きわまりないことである。

「……はぁ」

ウルスラは内心の錯雑《さくざつ》とした思いを吐き出すように寂しく息を吐く。

湖水色の双眸《そうぼう》を伏せ、心細げに身体を震わせる姿は、はぐれた親を捜し求める幼子《おさなご》のようであった。

4

明けて翌日。

「ウルスラ。俺はもう少し鬼界にとどまって色々調べてまわるけど、そちらはどうするつもりだ？　これからも同行するということでいいのか？」

「……え？」

「……ん？」

特に含むところのない問いを投げかけたら、鳩が豆鉄砲を食ったような顔を返されたので、俺ははてと首をかしげた。

「どうかしたのか？」

ウルスラに問いかけると、向こうは何やら慌てたようにあわあわと手を左右に振る。

「どうかしたというわけじゃないんだけど……えっと、空はクリムトを見つけたら鬼ヶ島に戻るつもりじゃなかったの？」

「何もなければそれも選択肢のひとつだったけどな。クリムトの話を聞いた今となっては、そういうわけにもいかない」

クリムトの口から明かされた光神教や方相氏のこと。そこから推測したウルスラの父が殺された理由。それに皇帝アマデウス二世が語った三百年の怨讐《おんしゅう》。鬼界に秘められた謎は枚挙《まいきょ》に暇《いとま》がない。

別段、それらの謎を解き明かす義務など俺にはないが、かといって「御剣家を追放された自分には関係ないこと」と無関係を決め込むわけにもいかなかった。

俺はベルカの一件でノア教皇やラスカリスと間近で接した。その経験から無知であることの危険性は十分に認識している。

それに、俺自身が御剣家と無関係だと思っていても、他者がそう見てくれるとはかぎらないことも教皇から指摘されている。御剣家にまつわる謎が俺の身に害を及ぼす可能性がある以上、これについて調べるのは必要なことだった。

くわえてクライアたち姉弟のこともある。

本来、片腕を失ったクリムトの治療は柊都《しゅうと》でおこなうべきだった。少なくとも、何の設備もない鬼界の辺境でおこなうべきではない。

だが、クリムトはアズマ王を討つ密命を帯びながら、それにしくじった身であり、柊都《しゅうと》に戻っても治療を受けられるかどうかわからない。それこそギルモアあたりが「腕を失った旗士などベルヒ家には不要である」と言って、戻ってきたクリムトを処断することもありえた。

その懸念がある以上、クリムトを柊都《しゅうと》に連れ帰ってはいおしまい、というわけにはいかない。姉から一連の経緯を聞いたクリムト自身が柊都《しゅうと》に戻るのを望まなかったこともあり、治療は鬼界で行わざるをえない状況となっている。

当然、弟を看病するクライアも鬼界に留まることになる。そんな中、俺ひとりイシュカに帰るわけにもいかないではないか。

ウルスラもウルスラで父の死の真相を探りたいはずだから、鬼界に留まるという選択は渡りに船のはず。そう踏んでいた俺にとって、今のウルスラの反応はかなり予想外だった。

「なにか同行できない理由でもあるのか？」

不思議に思って問いかけると、ウルスラはまた慌てたように胸の前で両手をわたわたと振る。

「あ、や、そんなことはないよ。ちょっと、その、意外だったんだ。空は御剣家とか、光神教とか、そういったことにあまり関心はないと思っていたから」

「ああ、そういうことか。まあ正直、関心があるかないかで言ったらないんだが――」

「ないんだ」

「うむ。御剣家の裏っかわなんて、汚泥《おでい》みたいにドロドロしているに決まってるからな。触りたくもない」

だが、必要か不要かで言ったら必要なのだ。であれば、選《え》り好《ごの》みなどしていられない。

――それに、命の恩人であるウルスラに対する気遣いもあった。

もし俺の推測どおり、ウルスラの父の死に御剣家が関わっていたとすれば、ウルスラは選択を迫られることになる。

鬼界と結びついていた御剣家の非を表に出して弾劾《だんがい》するのか。

もっと直接的に御剣家を仇の片割れと考え、剣をとって戦いを挑むのか。

あるいはすべてを心に秘め、これまでどおり主家に仕えるのか。

ウルスラが最後の選択肢を選ぶのなら俺の出る幕はない。だが、他のふたつを選んだ場合、ウルスラの身は間違いなく危険にさらされる。

これは俺の推測だが、先代司寇《しこう》ウルリヒ・ウトガルザは御剣家と光神教の結びつきを知り、これを弾劾しようとしたのだろう。同輩に恐れられるくらい任務に忠実だったウルリヒの性格を思うと、そうとしか考えられない。

そして、ウルリヒは口封じされた。ウルリヒの命を奪った者がウルスラのみを例外とする理由はない。ウルスラは間違いなく人生の岐路《きろ》に立たされている。

俺は鬼界に留まっている時間を利用して、そのあたりをウルスラと話し合うつもりだった。ウルスラが望むなら俺が護衛を務めることもできるし、いざとなればイシュカに連れ帰ることもできるのだ。

もちろん、今の段階でそこまでウルスラに言うつもりはない。恩着せがましい恩返しなんて洒落《しゃれ》にもならん。ただ、助けが欲しいならいつでも応じますよ、という気持ちは絶えず伝えておくべきだった。

そんなこちらの内心を読み取ったわけでもあるまいが、ここでウルスラはちょっとびっくりするくらい綺麗な微笑みを浮かべ、静かに口をひらいた。

「それなら僕も同行させてもらおうかな。ありがとう、空」

「ああ、了解だ。礼を言われるようなことをした覚えはないけどな」

「なら、そういうことにしておくよ」

そう言うと、ウルスラは耳に心地よい声でくすくすと笑う。

妙に気恥ずかしくなった俺は、ウルスラから視線をそらしてがしがしと頭をかく。そんな俺を見つめる湖水色の双眸《そうぼう》はどこまでも優しく、穏やかだった。


当面の行動指針を決めた俺が次に訪ねた相手は、中山《ちゅうざん》の典医であるソザイだった。

ソザイは医者として多忙を極めていたが、俺が訪ねると快く話に応じてくれた。

「光神教について、もう少し詳しく知りたいと思いまして」

「ふむ、なるほど」

俺の求めを聞いたソザイが難しい顔でうなずく。そして、少し間を置いて確認をとるように尋ねてきた。

「僕《やつがれ》でよろしいので?」

かつては大司教に擬《ぎ》されたこともあるというソザイだ。御剣家や方相氏のことを知っていた可能性はある。

だが、ソザイが中山のために尽力してきた過去を思うと、その可能性は低いと言わざるをえなかった。実際、カガリやドーガはソザイに対する信頼を変えていない。

俺はふたりほどソザイのことを知らないが、ソザイが光神教と裏でつながっていたのなら、クリムトをあれほど真剣に治そうとはしなかっただろう。カガリの不意をつくことも、ランやヤマトを斬ることもたやすかったはずだ。

それをしなかった以上、あえてソザイを疑う理由はなかった。

その気持ちが通じたのかどうか、ソザイはこちらの求めに応じて話を聞かせてくれた。

「空殿は西都で経典《きょうてん》をお読みになられた。すでに教団についておおよそのところは知っておられよう。されば、僕《やつがれ》からは聖女ソフィアについてお伝えいたす。鬼界において光神教が今日《こんにち》まで存続し得たのは、ひとえに聖女の功績なのでござる」

「ソフィア・アズライト、ですね」

「さよう。氾濫する幻想種から世界を守らんと幻葬《げんそう》の志士に加わり、蛇を封じ込めた救世主。忌まわしき裏切り者御剣一真《みつるぎかずま》によって鬼界に封じられた全ての命を救うため、我が身に神を降ろした無私の乙女。ソフィア・アズライトを知らずして光神の教えは語れない——それほどの御方とお考えくだされ」

5

御剣家の始祖。幻想一刀流の創始者。三百年の昔、鬼神を封じて世界を救った英雄。

初代剣聖　御剣一真《かずま》。

その名を、もちろん俺は知っていた。小さい頃から耳にたこができるくらい聞かされた名前である。

ゆえに、その名が鬼界において語り継がれていることを不思議には思わなかった。鬼人族から見れば、鬼神を封じた初代剣聖は忌まわしい存在に違いない。

問題があるとすれば、それは「裏切り者」という表現だ。裏切りという言葉は、ただ敗北した相手には使わない。一度は同じ陣営に属した相手にのみ向けられる言葉である。

鬼人族であるソザイが御剣一真を裏切り者と罵《ののし》ったということは、初代剣聖はどこかで鬼人族と力を合わせて戦ったことがあったのだろう。

その相手はおそらく幻想種。つまり、初代剣聖もまた、光神教の経典で述べられていた幻葬《げんそう》の志士のひとりであったと思われる。

経典では幻葬《げんそう》の志士について「幻想種に挑み、元凶たる蛇を葬って世を救わんと志した者たち」と記されていた。してみると、初代剣聖と光神教の聖女ソフィアはかなり近しい間柄だったのではあるまいか。

もっとも、皇帝アマデウス二世によれば、光神教は幻想種を生み出す大地を神と崇めた者たちとのことだった。その聖女であるところのソフィア・アズライトが幻想種を封じた、という伝説は明らかに皇帝の話と矛盾している。

皇帝が間違っているのか、それとも聖女の伝説の方が間違っているのか。あるいは両者とも間違っており、まったく違う真実が隠されているのか。

この謎が解き明かされたとき、三百年前の真相も明らかになるのだろう。そんな考えが脳裏をよぎった、そのとき。

『いつまで寝転がっているつもりだ』

不意に聞きおぼえのない、それでいて何故か耳に馴染んだ声が聞こえてきた。同時に、ひとりの剣士の姿が自然と頭の中に浮かびあがってくる。

若く精悍《せいかん》な顔つき。鋭く怜悧《れいり》な眼差し。立ち居振る舞いに隙はなく、見ているだけで人の上に立つ者の威厳と品格が伝わってきた。

年の頃は二十歳前後だろう。髪と目の色は大陸東部の血を思わせる黒。良く見れば端整といってよい顔立ちをしているが、眉間にきざまれた深いしわが剣士の印象を気難しいものにしていた。

好悪《こうお》は別として、一目見れば忘れることはないだろう印象的な姿である。

だが、俺の記憶にこの人物は存在しない。もちろん声をかけられたこともない。

それなのに、確かに知っているると思えるこの感覚にはおぼえがあった。これはカタラン砂漠でベヒモスと対峙した際、ソウルイーターの記憶を垣間見《かいまみ》たときと同じ現象だった。

「……兄上。鳩尾《みぞおち》にこれ以上ない一撃を叩き込んで地に這わせた相手に対し、そのおっしゃりようはあまりに無体ではありませぬか？」

砂まみれになって地面に倒れ込んだ少年があわれっぽい声をあげる。

これに対し、少年に兄上と呼ばれた人物は淡々とした口調で応じた。

「愚か者。その気になればたやすく躱《かわ》せたのに、稽古が長引くのを厭《いと》うてわざと打たせたであろう。私が気づかぬと思ったか」

「滅相もない！　兄上相手にそのような小細工を弄《ろう》するはずがありましょうか！　そもそも、兄上の鋭き鋒鋩《ほうぼう》をたやすく躱《かわ》せる者など、青林島《せいりんとう》広しといえども何処《どこ》にもおりませぬ！」

少年は兄の腕をさかんに褒めたたえた。そこには少しばかり兄の機嫌を取ろうという下心が含まれていたが、内容自体はまごうかたなき少年の本心である。

だが、世辞を言われた側はまったく意に介さず、やはり淡々と応じた。

「それだけ力を込めて語れる余力があるのなら、鍛錬を続けるのに支障はあるまい。構えるがいい」

「……は。かしこまりました」

少年はしぶしぶ立ち上がる。これ以上ねばっても無駄だ、と長年の兄弟付き合いから察したのである。

そんな少年を見て、兄はかすかに嘆息した。

「剣才だけで言えば、私よりそなたの方がずっと上だ。それが実力に反映されていないのは、鍛錬に費やした時間と熱意の差にすぎぬ」

自分と同じ時間、同じ熱意で鍛錬すれば、弟は軽々と自分を超えていくだろう。兄はそのことをごく当然のこととして受け入れていた。

天賦《てんぷ》の才。弟が秘めているのはそう呼ばれる類《たぐい》のものである。

だが、どれだけ偉大な才能でも、秘めているだけでは泥だらけの原石とかわらない。宝石のごとき才能を発揮するためには、泥を払い落とし、原石を磨き上げなければならないのだ。

「父上と叔父上が幻想種に討たれてはや三月《みつき》。今や御剣家の男《おのこ》は私とそなたのふたりのみだ。我らはこれからふたりで御剣家を盛り立てていかねばならぬのだぞ」

「そして、父上たちと同じように儺儺式《なないしき》使いどもに捨て駒にされるのですか？」

少年の反問を聞くや、兄の眉間のしわがぴくりと揺れた。

少年は兄の返事を待たずに言葉を続ける。その口調は嫌悪に満ち、吐き捨てるように荒々しかった。むろん、それは眼前の兄に向けた感情ではない。

「人の身で悪鬼妖魔を打ち払うことこそ方相氏の理念？　それを実現する者こそ儺儺式使いである？　は！　おためごかしも甚《はなは》だしい！　儺儺式を修めていない者たちを盾として利用し、最後のとどめだけをかっさらうのが儺儺式使いどものやり方ではないですか！　一将功成《いっしょうこうな》りて万骨枯《ばんこつか》るとは、けだし名言です！」

溜まった不満を吐き出したことで、かえって感情が高ぶったのか、少年の口はなおも止まらなかった。

「そも、儺儺式は鬼人を殺すことに特化した剣です。幻想種を相手にしてはそこらの野良剣術と大して違いはありますまい。その証拠に、先の戦いで儺儺式使いどもの礙牢《げろう》はまったく効果がなく、連中も幻想種によって手ひどく痛めつけられております。次に幻想種が出現したとき、方相氏の使命を果たすことができるかどうか怪しいものです」

そのような状況下で、修得に二十年、三十年とかかる儺儺式の鍛錬をすることにどれだけの意味があるのだろう。少年はそう思うのである。

もっとも、ではどうすればいいのかと問われても確たる答えは出せない。

儺儺式では頻発《ひんぱつ》する幻想災害に対処できないとわかっているが、代わりとなる力も存在しないのだ。

当然といえば当然である。人の身で幻想種と渡り合えるような力など、この世にあるはずがないのだから。

「――落ち着いたか？」

少年が言葉を途切れさせてからゆっくり十を数えた後、兄は静かに問いかけた。

少年はこくりとうなずき、申し訳なさそうに頭を下げる。

「申し訳ございません、兄上。繰《く》り言《ごと》を申しました」

自分が考える程度のこと、兄はとうの昔にわきまえているに違いない、と少年は思う。

すべてを承知して、その上で兄は鍛錬を続けているのだ。それがどれだけ小さな可能性であっても、ありもしない『力』を夢想するよりは意味があると信じて。

父と叔父の死以来、眉間からしわが消えなくなってしまった兄 御剣一真の苦衷《くちゅう》を思い、少年は真剣な眼差しで木刀を構える。

ただでさえ双肩に重責を担っている兄に対し、己まで寄りかかってしまうわけにはいかない。

方相氏のためではなく、兄のためだと思えば、意味がないと思える鍛錬にも本気になれるというものだった……。

6

陽炎《かげろう》のような太陽が大興山の空に力なく浮かび上がっている。

月よりも頼りない光源を見上げながら、俺は先ほど見た情景を思い出していた。

御剣家を名乗るふたりの兄弟。父と叔父が幻想種に殺されたという会話の内容。今ではほとんど使われなくなった鬼ヶ島の古称　青林島《せいりんとう》という言葉を用いていたこと。さらには、方相氏や儺儺式使いという秘事をごく当たり前のように口にしていたこと。

なにより、弟が兄を指して御剣一真と呼んでいたことから考えるに、あの兄弟は御剣家の初代とその弟だろう。俺にとっては三百年前のご先祖様だ。

これについては間違いないと思うのだが、疑問は残る。

ひとつはなぜソウルイーターが俺の先祖の記憶を持っているのか、という点。

もうひとつは、初代剣聖に弟がいたなんてまったく聞いたことがない、という点だった。

実の兄弟ではなく養子か何かだったのだろうか？　あるいは、早くに戦死なり病死なりしてしまって記録が埋もれてしまった可能性もある。

しかし、初代剣聖に「私よりそなたの方がずっと上」と称えられるような人物が、歴史にまったく名を残していないというのも妙な話だ。仮に弟が早世したのだとしても、初代剣聖に弟がいた、という事実くらいは伝わっていそうなものである。

そんなことをあれこれ考えていると、横合いから聞きおぼえのある声が聞こえてきた。

「空《そら》殿？　いかがなさいました、そのように難しい顔をなさって」

声のしてきた方を向くと、クライア・ベルヒが不思議そうな表情を浮かべながら近づいてくる。

相手の心配に「何でもない」と応じようとした俺は、ふと思い立ってクライアに直前の疑問を投げかけてみることにした。

「ちょっと気になることがあってな」

「気になること、と申しますと？」

「初代剣聖に弟がいたかどうか、だ。クライアは何か知っているか？」

ソウルイーターの記憶云々《うんぬん》は省《はぶ》いた問いかけだったので、クライアにとっては唐突に感じられたに違いない。それでも白髪《はくはつ》の青林旗士は反問することなく真剣に考え込む。

「初代様の弟御《おとうとご》……いえ、申し訳ありませんが、そのような方がいらしたという話は聞いたことがありません」

「ふむ、正規の旗士でも知らないか。となると、俺の勉強不足が原因というわけでもなさそうだな」

小さく独りごちた後、俺はクライアに質問に答えてくれたことへの礼を述べる。

クライアは、何でもないことです、と言うように軽くかぶりを振った後、やや戸惑ったように俺を見た。

「初代様のことで、鬼人の方々から何かお聞きになったのですか？」

「いや、そうじゃない。ちょっと夢を見たというか、時の河をさかのぼったというか、そんな感じだ」

「は、はあ」

まったく要領を得ない俺の返答を受け、クライアの顔に無数の疑問符が浮かび上がる。だが、この件については俺に話す気がないことを察したらしく、それ以上問いを重ねようとはしなかった。

かわりにクライアはこれから先のことを口にする。

「ウルスラから聞きました。空《そら》殿は今しばらく鬼界に留まるつもりである、と」

「ん？　ああ、たしかにウルスラにはそう言ったな」

「そうする理由のひとつは、クリムトと私のため、ですよね？」

問いかけてくるクライアの紅い目がかすかに潤んでいる。俺は一瞬の半分の間、どのように返答するか迷ったが、ここでとぼけても白々しいだけだろうと思い、軽く肩をすくめてうなずいた。

「ま、そうだな。クリムトをこのままベルヒ家に連れていくわけにはいかないだろう」

当人に言えば、余計なお世話だと顔をしかめられたに違いないが、クライアは深々と頭を垂れて感謝の言葉を述べてきた。

「ありがとうございます」

「なに、乗りかかった舟だ。気にするな」

俺はなるべく爽やかに見える笑みを浮かべつつ、ひらひらと手を振る。実際、俺は鬼界に残ることについてクライアに恩を売るつもりはなかった。クライアから聞かれなければ、わざわざ「お前たちのためでもある」なんて話すこともなかっただろう。

そんなことより、俺が心配なのはクリムトが回復した後のことである。

姉であるクライアは島抜けをして御剣家に戻れない身だ。俺はそれを利用してクライアを懐《ふところ》に抱《かか》え込むつもりだが、それをクリムトが黙って見ているとは思えない。

まず間違いなく面倒なことになるだろう。まあ、あいつが邪魔をするなら力ずくで排除するだけなのだが、それをすればクライアとの関係にひびが入ってしまう。

せっかくここまで穏便に恩を売り続け、向こうからも好意的な反応を引き出せているのだ。それをクリムトのせいで台無しにされるのはごめんである。

クライアから言い含めさせることも考えたが、さすがに事が事なだけに、クリムトも素直に姉の言葉を聞き入れたりはしないだろう。

ふむ、と腕を組んで考え込む。

クリムトはあの鬼人の姉弟を気にかけていたようだし、ふたりの護衛役として鬼界に残るよう誘導してみるか。なんなら姉弟の方と話をつけてもいい。ふたりがクリムトを信頼しているのは傍目にも明らかなので、積極的に協力してくれるに違いない――そんな愚にもつかないことをあれこれ考えていると、クライアが真剣な表情で語りかけてきた。

「空《そら》殿――いえ、空《そら》様」

「……ん？」

不意にこちらへの呼びかけを切り替えるクライア。俺は聞きなれない呼びかけに戸惑って目を瞬かせる。

こちらの困惑に気づいていないわけでもないだろうに、クライアはいささか大げさなくらい姿勢を正して言葉を続けた。

「遅まきながら、此度《こたび》の深甚《しんじん》たるご助力に心からの感謝を捧げます。この身が生きて弟と再会できたのは、ひとえに御身《おんみ》のお力添えがあったればこそ。この御恩は終生忘れるものではございません」

急にかしこまった物言いをはじめたクライアに戸惑ったが、ひたとこちらを見つめる相手の目を見ているうちに自然と戸惑いは消えていった。

クライアの眼差しは真剣そのもので、悪ふざけとかお芝居とか、そういった気振《けぶ》りは微塵も感じられない。

そんな俺の推測を肯定するように、クライアはゆっくりとその場に膝をつき、御剣家当主に対してそうするように臣下の礼をとった。

こうして大輿山での戦いを終えた俺たちは、それぞれの決断のもと、新たな関係を築いていくことになる。

そしてその夜、俺はまた過去の記憶を夢に見た。

とても長い夢だった。

7

「島を出る……本気で言っておるのか、仁《じん》？」

「はい、兄上。このようなこと、たわむれで申し上げたりはいたしませぬ」

少年――御剣仁はすでに覚悟を定めた者の目で兄一真《かずま》に応じる。

一真はその目を見て小さく息を吐く。本気か、と問うたのは形式的なものだった。弟が「話がある」と真剣な顔で部屋を訪れたときから、相手の用件も、本気であることも察していたからである。

仁は真剣な表情を保ったまま言葉を重ねる。

「兄上もお聞き及びと存じますが、大陸にて幻想種が立て続けに三体討伐されたそうです。わずか一月の間に」

「うむ、聞いている。倒したのは幻想種を討つために種族の垣根を越えて集った戦士たち。巷《ちまた》では幻葬《げんそう》の志士などと呼ばれているそうだな」

「儺儺式使いどもは、数だけ集まった烏合《うごう》の衆よとあざ笑っておりましたが、こたびの戦果を見れば、彼《か》の者たちの実力は疑いようがございません。この身も大陸に馳《は》せ参じ、幻想種討伐のために一臂《いっぴ》の力を尽くしたく存じます。そして、幻想種を討ち果たした武の正体を見極めてくる所存」

叶うならその武を我が物にする。仁があえて口にしなかった本音を、一真の耳ははっきりと聞き取っていた。

一真は再び小さく息を吐く。

「そこまで知っているのなら、このことも聞き及んでいよう。彼らの主力は鬼人族だ」

鬼人族、という言葉を一真が口にした瞬間、兄弟の間に緊張が走った。

悪鬼妖魔を調伏《ちようぶく》することを生業《なりわい》とする方相氏。そして、その方相氏の端に連なる御剣家にとって、鬼人族は不倶戴天《ふぐたいてん》の敵である。

方相氏の剣である儺儺式は、まさに鬼人を斬るために編み出された剣であった。

当然のように鬼人族も方相氏、ひいては人間を敵視している。本来なら鬼人族が人間に協力することなどありえないのだが、大陸では幻想種が各地を跋扈《ばっこ》していると聞く。鬼人族も背に腹はかえられないと考え、人間と共闘することにしたのだろう。

仁はこの状況を好機と見た。すなわち、いま幻葬《げんそう》の志士に加われば、鬼人族の切り札である心装の秘密を間近で観察することができるのである。

仁はずずいっと膝を進め、兄に近づいた。

「兄上、これは御剣家にとっても千載一遇の好機と心得ます。我らが心装の力を手にし、幻想種を打ち果たしてみせれば、御剣家は方相氏の中でも尤《ゆう》なる地位を得ることができまする。父上たちのように、儺儺式使いどもの盾として使い捨てられることもなくなります！」

「確かにな。だが、長老や儺儺式使いが鬼人族との共闘を肯《うべな》うはずもない。あの者たちの意向に背けば、御剣家は方相氏から排斥《はいせき》され、私もそなたも野辺《のべ》に屍をさらすことになる」

「承知しております。それゆえ、それがしは出奔《しゅっぽん》の体《てい》を装い——いえ、弟が出奔したなどと知れば、彼奴《きゃつ》らは当主としての兄上の責任を問うてきますね……」

仁はそう言うと、妙案はないかと首をひねる。

ややあって、仁はぽんと手を叩き、明るい声音で言った。

「ここはひと思いに死人《しびと》となりましょう。それがしは適当な戦で討ち死にしたことにして下され。彼奴《きゃつ》らにとって御剣家はしょせん捨て駒。兄弟のひとりが死んだところで、その死が偽りではないかと疑ったりはいたしますまい」

あっけらかんと言い切る弟を見て、一真は眉間のしわを常以上に深くする。

そして言った。

「わかっておるのか？　それをすれば、そなたはこれから先、二度と御剣の姓を名乗れなくなるのだぞ」

仮に弟が首尾よく心装を会得し、それを兄に伝え、御剣家が方相氏を牛耳る家柄になれたとしても、そこに弟の居場所はない。

一真ひとりであれば、心装に似た力を用いても「自ら編み出した技である」と強弁することができる。実際に一真は青林島から出ておらず、鬼人と接触することはできないからだ。

しかし、そこに一度死んだはずの弟がいて、なおかつ弟も同種の力を振るうと知られれば、方相氏に連なる者たちは必ず裏のからくりに気づくだろう。

そうなれば、彼らは御剣家を「鬼人族と通じた裏切り者」とみなして総力をあげて潰しにくる。

その標的は兄弟のみにかぎらない。御剣家には少数であるが家臣がおり、家臣の家族がいる。一真は当主として彼らの命にも責任を持たねばならないのである。

そういった諸々を、もちろん仁は承知していた。

「すべて承知の上でございます。なに、どのみちこのままでは儺儺式使いの盾となり、幻想種に食われて死ぬのを待つばかり。それに比べれば、死人《しびと》として生きるのはずいぶんマシな選択でございましょう」

こともなげに口にした後、仁は少しだけ申し訳なさそうに目を伏せる。

「ただ、御剣家を担う責任を兄上おひとりに押しつけてしまうことは、申し訳なく思っております」

それを聞いた一真は三度《みたび》息を吐き出した。申し訳ないと言うのであれば、一真こそ弟に対してそれを言わねばならない。

結局のところ、弟が大陸に渡ろうとしているのは、今のままではいずれ御剣家が立ち行かなくなると分かっているからなのだ。つまりは当主としての一真の器量不足が原因である。

だが、それを言っても弟は否定するだろうし、こちらの謝罪を受け取ろうともしないだろう。そう思った一真は「少し待っておれ」と言い残し、一度自室に戻った。

　ややあって戻ってきたとき、一真の手には一本の長刀が握られていた。それを見て仁は目を見開く。

「兄上、それは……ッ」

「御剣家に伝わる二振りの宝刀『笹露《ささのつゆ》』と『笹雪《ささのゆき》』。そのうちの一振り、笹露だ。持っていくがよい」

　そう言って一真は小さく微笑む。当人は気づいていなかったが、それは父たちが死んで以来、はじめて見せた一真の笑みであった。

「いずれそなたの剣が私を超えたときに譲ろうと思っていた。こういう形になるとは思っていなかったが――今のそなたならば、泉下の父上もお認め下さるであろう」

　それを聞いた仁は、ここではじめて顔に狼狽《ろうばい》の色を浮かべた。

「あ、兄上。お志はありがたく存じますが、笹露は父上の、御剣家当主の佩刀《はいとう》ではございませんか。これは兄上が佩《は》くべき刀です。それがしは叔父上が佩《は》いていた笹雪の方で……いえ、もちろん笹雪とてもそれがしの腕には過ぎた業物《わざもの》でございますが！」

「よい、持っていけ。これが私からそなたへのせめてもの誠心である」

　そう言って差し出された宝刀を、仁はわずかにためらった後、かしこまって受け取る。

　ずしりと手に響く重い感触に、仁は我知らず唇を嚙みしめていた。

8

仁は一心不乱に手を動かしていた。

むせるような熱気に長時間さらされているせいで、額には玉のような汗が浮かんでいる。が、押し寄せる敵の物量は膨大であり、仁に汗をぬぐう暇さえ与えなかった。

「新入り、追加だ！　もたもたすんなよ！」

「はい、親方！」

どん！　と乱暴に置かれた笊《ざる》の上には、仁の視界を塞ぐように大量の芋《いも》が積み上げられていた。

蒸《ふ》かしたばかりの芋の山。この大量の芋の皮むきをすることが仁に与えられた任務である。

大陸にわたって早一月《はやひとつき》。東奔西走の末にようやくもぐりこんだ幻葬の志士の中で、仁はもっぱら芋の皮ばかりむいていた。

当然というか何というか、幻想種討伐や心装奪取という目的は一向に進んでいなかったが、仁に焦りはない。もとより一月二月で何とかなるなどと考えてはいなかった。

なによりも——

「儺儺式使いどもの顔を見ずに済む。この一点だけであらゆる不満が消えてなくなるってもんだ」

くくっと喉《のど》を震わせるようにして仁は笑う。その笑みは少しばかり偽悪的ではあったが、口にした内容に嘘はない。仁は自分自身の立場をきちんと受けいれた上で、島外の生活を楽しんでいた。御剣家を離れたこと、兄と道を違《たが》えたこと、それらについて思うところは多々あれど、だからといって過去を懐かしんで涙するような繊細さは持ち合わせていない。過去は過去として胸に収めつつ、今を楽しむ余裕も失わない。御剣仁はごく自然にそれができる人間だった。

それに、と仁は思う。

どれだけむいても一向に減らない芋の処理は難儀ではあるが、志士たちも伊達や酔狂でやらせているわけではないだろう。

皮むき作業に従事しているのは仁だけでなく、仁と同時期、もしくは仁より後に志士に加わった新入りばかり。いずれも幻葬《げんそう》の志士の評判を聞きつけて駆けつけた者たちである。

幻想種を討って名をあげようという者、幻想種に家族を殺されて復讐を望む者、ただ食うに困って流れてきただけの者、様々だ。中には仁のように幻葬の志士の内情を探るためにもぐりこんだ者もいるに違いない。

そういった種々雑多な新入りたちに対し、気が滅入る上に体力的にもきつい雑務《かわむき》を課すことは、ある種のふるいになる。

事実、来る日も来る日も皮むきばかりの生活に耐えきれず、不満の声をあげる者も少なくなかった。「早く幻想種と戦わせろ！」と古参の志士たちに食ってかかる者もいた。

どれだけ戦意や能力が高かろうと、我慢のきかない者たちは集団行動に不利益をもたらす。急造の戦闘集団である幻葬の志士は、こういった者たちをあぶり出すために終わりのない皮むきを課しているのだ——少なくとも仁はそう考えており、だからこそ文句のひとつも言わず、日々芋《いも》の皮をむきまくっていた。

もちろん、わずかな時間を見つけては周囲の人間と言葉を交わし、陣内を渡り歩いて情報を集めることも忘れていない。志士たちの主力である鬼人、特に心装を使える鬼人の姿も三人ばかり確認している。

仁としてはすぐにも話しかけたいところであったが、心装使いは志士たちの頂点に立つ存在であり、新入りが気安く声をかけられる相手ではない。あえてそれをすれば悪目立ちしてしまう。

仁は鬼人族を目の仇にしてきた方相氏に連なる者。仁自身は御剣家を出た時点で方相氏との縁は切ったものと考えているが、その理屈が相手に通じると考えるほど楽観的ではない。鬼人族から見れば、仁は今も方相氏の人間であり、正体が知られれば排除される可能性が高い。

ゆえに目立つ真似は極力避ける必要がある。仁はそう考えて現時点での心装使いとの接触を自重していた。

ただ、この自重にはもうひとつ理由があって、仁は三人の力量に感心しなかったのである。

仁は一度、陣営に攻めてきた魔物を撃退する心装使いの戦いを目の当たりにしている。そのときの心装使いはたしかに強かった。今の仁では逆立ちしてもかなわないだろう。

だが、その強さは心装の力を用いた力押しにすぎず、剣技の妙を感じさせるものではなかった。

儺儺式を超える剣技を望む仁にとって、この陣営にいる心装使いは危険を冒してまで接触したい相手ではなかったのである。

ちなみに、力押し一辺倒という意味では心装使い以外の鬼人族にも同じことがいえた。もしや鬼人族には系統だった剣技というものが存在しないのだろうか、と仁は首をひねる。

だとしたら、期待外れもいいところだ。もちろん、その事実を差し引いても心装という力は魅力的ではあるのだが。

「まあ、まだ決めつけるのは早計だ。親方の話だと、一口に幻葬の志士と言ってもいくつかの集団に分かれているみたいだし、そちらを見てからでも遅くないだろう」

今仁《いま》がいる陣営が幻葬の志士のすべてではない。聞けば、次に合流する予定の者たちは志士の中でも猛者が多く、先ごろ討伐された三体の幻想種のうち二体を仕留めたのは彼らであるという。

そちらには仁が尊敬できる本物の剣士がいるかもしれない。

「少なくとも、兄上を超える剣士でなければ話にならない。そう考えると、ちょっと理想が高すぎる気もするが、幻想種を二体も討伐したという実績に期待させてもらおうか」

そう言って仁はニヒルにふっと笑う。

頭巾をかぶり、包丁片手に芋の皮をむいている姿ではまったく様になっていなかった。

それから三日後、仁が身を寄せている部隊――幻葬の志士　皐《さつき》の氏族は魔物の襲撃を受ける。それは見張りの隙を縫っておこなわれた完璧な奇襲だった。

見張りの兵士を擁護《ようご》するなら、彼らは決して怠《なま》けていたわけではない。ただ、敵が襲って来たのは日の出直後だった。それまで夜襲を警戒して気を張っていた兵士たちが「無事に夜を越すことができた」と我知らず気を緩めてしまう時刻。

敵はその一瞬の隙を突いて襲ってきたのである。人間にとって死角となる方向、すなわち真上から。

「敵襲ッ!!　グリフォンだ!!」

悲鳴じみた報告の声で跳ね起きた仁は、就寝中も肌身離さず抱えていた笹露《ささのつゆ》の鞘をがっしと握りしめるや、素早く天幕の外へ飛び出した。

直後、グリフォンの爪によって引き裂かれた見張りの絶叫が仁の鼓膜を激しく叩く。

とっさにそちらへ向かおうとした仁は、しかし、傷口から腸《はらわた》が飛び出した兵士を見て手遅れであることを悟った。

獲物をしとめたグリフォンは巨大な翼をはためかせると、優美ささえ感じさせる動きで高々と飛翔する。つられて空を見上げた仁の目に映ったのは、とっさに数をかぞえることもできないグリフォンの群れだった。

東から差し込む陽光に照らされ、体毛を黄金《こがね》色に輝かせた魔獣たちが悠々と頭上を飛び交っている。

「……なんて数だ」

どこか呆れたようにつぶやいた後、仁は喉《のど》の奥でくっと小さく笑う。

グリフォンは山岳地帯の高峰に棲みつくのが常であり、滅多なことでは人里に降りてこない。仁も遠目に姿を見たことはあったが、実際に戦ったことはなかった。

それでもグリフォンが強大な魔獣であることは知っている。鷲《わし》の頭と翼を持ち、獅子の胴と爪を備え、大空を自在に駆けて地上を這いずる獲物を屠《ほふ》る鳥獣の王。

その王クラスの魔獣が、どれだけ少なく見積もっても五十頭以上、仁の視界に映っているのだ。

今の仁ではその中の一頭を相手どることさえ難しい。

「笑うしかない、とはこのことだな」

志士の中には上空の群れに矢を射かける者、魔法を浴びせる者もいたが、そのほとんどはグリフォンに届かず、届いた攻撃も魔獣の強靭な体躯に阻まれて傷を負わせるには至らない。

そして、攻撃をしのいだグリフォンたちは威圧的な叫び声を響かせながら急降下し、己を攻撃した者に爪牙《そうが》を振るった。

立て続けにわきおこる絶叫を聞いた仁はチッと舌打ちする。

「地面にひきずり落とさないと、上から一方的に狩られるだけか」

仁の言葉はグリフォンと戦っているすべての志士の内心を代弁したものだった。

もっとも、仁にははるか上空を飛び交う魔獣を地に落とす術はないし、仮にすべてのグリフォンを地面に叩き落としたとしても、魔獣の爪牙はなお多くの犠牲を強《し》いるに違いない。

こういう時こそ心装使いの出番なのだが――と仁が考えたときだった。

「おい、新入り！　なにぼやぼやしてんだ、死にてえのか！」

怒鳴るように話しかけてきたのは仁が「親方」と呼んでいる厨房の責任者だった。常は白い頭巾をかぶっている頭部に、今は鈍色《にびいろ》に光る鉄兜《てつかぶと》をつけている。

「あ、親方、無事でしたか」

「おうともよ、こんなところでくたばってたまるかい！　お前もさっさと東の森に逃げ込め。あそこならあの化け物も俺たちを見つけられん！」

そう告げた親方だったが、当人は東とは逆の方向に向けて駆け出していく。どうやら仁をはじめとした新入りたちに逃げる場所を伝えてまわっているらしい。

それを見た仁は、言われるがままに森に逃げるべきか、味方を逃がすために親方を手伝うべきか、束の間逡巡《しゅんじゅん》する。

心装を修得するという目的のため、こんなところで死ぬわけにはいかない。そう思う一方で、これは芋《いも》の皮むきから卒業する絶好の機会ではないか、という思いもあった。ここで味方のために尽力すれば、上も仁の功績を認めざるをえないだろう。

仁が悩んだのはごくわずかな時間だけだったが、切迫した状況は仁が答えを出すまで待ってはくれなかった。

上空のグリフォンの一頭がひときわ甲高い叫喚《きょうかん》を発して降下を開始する。

向かう先は仁――ではなく親方だった。正確に言えば朝日を浴びて光る親方の鉄兜。グリフォンはそれに反応したのである。

そういえばグリフォンには光り物を集める習性があったな、と仁はやや暢気《のんき》に考える。

もっとも、暢気《のんき》だったのは思考だけで、身体の反応はきわめて迅速だった。

素早く笹露《ささのつゆ》の柄を握りしめ、居合《いあい》の構えをとる仁。

親方はグリフォンの動きに気づかず走り続けている。ここで仁が声を張り上げても、頭上からの攻撃をかわすことはできないだろう。無論、刀を振るっても届く距離ではなかった。

仁はそのことを理解していたが、それでも居合の構えを解こうとはしない。

「――ッ」

小さく、深く、すぅっと息を吸う。

直後、仁の体内で魔力《オド》が渦を巻いた。儺儺式においても礙牢《げろう》をはじめとした魔力《オド》を用いる術式は存在する。

方相氏の中にあって稀代の才をうたわれる兄　御剣一真をして「己より上」と言わしめた仁の才能は、魔力という面においても正しく開花していた。

仁は今、その魔力を儺儺式とは異なる形で放出しようとしている。

それは御剣仁が独りで編み出した我流の剣。父兄からあたえられた儺儺式の鍛錬を放り出し、鬼人を斬る剣ではなく幻想種を斬る剣を求めた仁の創意工夫の結晶だ。

儺儺式のように流派としての名はまだつけていないが、一個の技としての名はつけた。

すなわち。

「――颯《はやて》」

仁がその言葉を紡いだのと、笹露《ささのつゆ》が鞘から解き放たれたのは同時。

次の瞬間、風を裂いて宙を駆けた魔力の刀身が、獲物に襲いかかろうとしていたグリフォンの翼を正確に捉え――

「グルゥオオオオ!?」

そら恐ろしいほどの鋭さで深々と斬り裂いた。

9

仁《じん》によって翼を断ち切られたグリフォンは空中で姿勢を崩し、そのままの勢いで地面に激突した。

魔獣の存在に気づいていなかった親方は、目と鼻の先に墜落したグリフォンを見て「うおお!?」と驚きの声をあげている。

そんな親方に向けて仁は鋭い声で呼びかけた。

「親方、そいつから離れてください!」

仁が斬ったのは翼のみ。今の仁にグリフォンを一刀両断する力は望むべくもなく、魔獣はいまだ健在だった。

「お、おう、わかった！」

仁の声を聞いて我に返った親方は、あわててグリフォンと距離をとる。

直後、翼をもがれたグリフォンが憤怒の咆哮をあげながら身体を起こした。傷口から流れ出る血で胴体を赤く染めた魔獣は、両の眼《まなこ》を爛々《らんらん》と光らせながら自らの翼を奪った敵を睨みすえる。

今にも躍りかからんばかりに猛《たけ》りたっているグリフォンを見れば、戦闘意欲を失っていないことは火を見るより明らかだった。

空を飛ぶ手段を奪ったとはいえ、グリフォンの爪牙《そうが》にかかれば人間などたやすく引き裂かれてしまう。おまけに、上空にはいつこちらに向かってくるか分からないグリフォンの群れが飛び交っている。

この状況で手負いのグリフォンを倒そう、と考えるほど仁は無謀ではない。

幸い、翼を失ったばかりの敵の動きは鈍い。ここは自分が注意を引きつけ、その間に親方を逃がすべきだろう。そう考えた仁が、自分の考えを実行に移そうとしたときだった。

「燃やせ、禍斗《かと》！」

荒々しいかけ声と共に横合いから放たれた炎の渦がグリフォンを呑み込んだ。炎に包まれた魔獣が甲高い叫び声をあげ、猛火にあらがうようにのた打ち回る。

しかし、それも長くは続かなかった。燃え盛る炎は魔獣の抵抗を叫び声ごと押しつぶし、焼き尽くし、消し炭へと変えていく。

王クラスの魔獣がただ一度の攻撃で屠《ほふ》られる光景を目の当たりにした仁は、とっさに炎が放たれた方向に目を向ける。

視線の先にいたのは、仁より二十は年上と思われる壮年の鬼人だった。

「ふん、他愛もない！　グリフォンごとき、俺にかかれば鶏《にわとり》と変わらぬわ！」

口角をあげて傲然とうそぶく顔には見覚えがあった。皐《さつき》の氏族が擁《よう》する三人の心装使いのひとりである。

どうやら直前まで寝こけていたらしく、髪は寝ぐせで跳ね、衣服もだらしなく乱れている。見れば、男の後ろには同じように衣服が乱れた女性が二人いて、おそるおそるあたりの様子をうかがっていた。

どうやら同衾《どうきん》していたところに襲撃を受けて、おっとり刀で外に出てきたらしい。

いつ幻想種に襲われるともしれない状況で、部隊の核となる戦力が女色にふけっているとは、と仁は眉をひそめたが、内心の思いを口に出すことはなかった。

向こうの意図はどうあれ、仁たちが助けられたことは間違いないのだ。それに、グリフォンを一蹴した男の武威に気圧《けお》されてもいた。

「おい、お前たち！」

仁と親方の姿に気づいた男が呼びかけてくる。

仁はとっさに口をひらき、親方より早く相手の呼びかけに応じた。これから先、幻葬の志士として活動するにおいて、心装使いとのつながりがあって困ることはない。そんな下心あっての行動だった。

「はい、なんでしょうか！」

「俺はこれから魔獣を片付けてまわる。お前らは女たちを逃がせ。こいつらに傷のひとつでも付けたら承知せぬぞ！」

頭ごなしな物言いだったが、仁は素直に「かしこまりました」とうなずく。

下心うんぬんもあったが、逃げ遅れた者たちを逃がすという意味では、男の指示と仁の目的は一致していたからである。親方も同意見だったようで大きくうなずいている。

このとき、仁は東の森へ向かう前に一度頭上を振り仰いだ。

何かを感じたわけではない、ほとんど無意識の動作だった。しかし次の瞬間、仁は喉《のど》が干上がるほどの重圧《プレッシャー》を受けてその場に立ち尽くすことになる。

――それはいつの間にかそこにいた。

高々と空を舞う巨影は間違いなくグリフォンだ。しかし、ただのグリフォンではありえなかった。

別段、翼が四枚生えているわけでもなければ、脚が八本生えているわけでもない。鷲《わし》の頭と翼、獅子の胴と爪。グリフォンとしての特徴はかわらない。

だが、その個体は他のグリフォンと異なる三つの特徴を有していた。

ひとつは色。東から陽光を浴びて輝く体毛の色は、漆《うるし》を塗ったように黒々としている。

ひとつは大きさ。遠目に見てもわかるほどの巨軀は、他のグリフォンの倍、いや、三倍に達していよう。

最後のひとつはすでに述べた。はるか上空を飛翔しているにもかかわらず、眼下の仁にまで届く重圧《プレッシャー》。上空から迸《ほとばし》る敵意は、この地にいるすべての志士を殺し尽くして余りある。

いかにグリフォンが王クラスの魔獣といえど、これほどの威圧感を発揮できるものではない。今、仁が目にしているのは人を狩るために生まれた天災だった。そのことが本能的に理解できる――理解させられてしまう。

仁が知るかぎり、そんな存在はひとつしかなかった。

「幻想種……！」

口からうめき声が漏れる。と、仁の言葉が聞こえたかのように漆黒のグリフォンが動いた。

大きく翼を羽ばたかせるや、眼下の標的めがけて急降下を開始する。咆哮をあげることなどせず、流星のごとき速さと勢いで地上へ迫る。

向かう先にいるのは心装使いだ。そのことを悟った仁は相手の動きを妨げようとしたが、先ほどのように颯《はやて》を浴びせることはできなかった。幻想種の速度は神速の域に達しており、とうてい仁の能力のおよぶところではなかったのである。

「あぶ――」

危《あぶ》ない、というたった四字の警告さえ言い切ることができなかった。

仁の視界の中で、夜そのものが形をとったような黒影が心装使いの上半身を覆い隠す。心装使いも上空の気配に気づいてはいたようで、とっさに持っていた槍型の心装を掲げて迎撃しようとしたが、影は心装ごと使い手を呑み込んでしまう。

次の瞬間、漆黒のグリフォンは再び上空へと舞いあがった。その場には心装使いのみが残される――上半身を食いちぎられた、心装使いの下半身のみが残される。

それを見たふたりの女性が絹を裂くような悲鳴をあげた。その悲鳴に刺激されたのか、上空のグリフォンたちの動きがひときわ激しくなる。

仁たちにとって受難の時間が始まろうとしていた。

同時刻。

「姫様《ひいさま》、お呼びでございますか？」

幻葬の志士の一翼を担う神無《かむな》の氏族。その本陣で白髪白髯《はくはつはくぜん》の老鬼人がひとりの女性に声をかけていた。

腰まで届く黒髪を直《す》ぐに垂らした女性が、老人の声に応じて振り返る。老人と同じく、女性もまた額から角を生やした鬼人族だった。

姫という呼び掛けからもわかるとおり、女性は神無《かむな》の氏族の中でも尊貴な地位におり、同時に武勇にも秀でている。腰に差している刀は実戦用の業物であり、この部隊の指揮官は事実上この女性――アトリだった。

「爺《じい》、行軍開始の時刻を半刻早めます。急ぎ皆に出立の準備をさせてください」

アトリの急な物言いに老人はわずかに右の眉をあげる。先の幻想種との戦いをはじめとして、最近の神無《かむな》の氏族は激戦続きであり、戦士たちにも疲労がたまっている。たかが半刻《一時間》とはいえ、行軍予定を早めればそれだけ疲労も募《つの》る。アトリに非難の声を向ける者もあらわれるかもしれない。老人はそのことを案じたのである。

もっとも、幼少期よりアトリの傅役《もりやく》を務めていた老人は、眼前の女性が根拠もなしに予定を変えたりしないことを知っていた。そのため、異論を唱えることなくアトリの命令に応じる。

「かしこまりました。ただちに触れをまわします――何か感じ取られたのですな？」

「はい」

顔を曇らせたアトリは黒髪を揺らしてうなずいた。

「今しがた、東の方角に悪しき気が立ちのぼりました。おそらく蛇の使徒――幻想種です。皐《さつき》の氏族が襲われているのであれば助けなければなりませんし、そうでないのであれば、早急に合流して敵に備える必要があります」

それを聞いた老人は表情を引き締める。老人自身はアトリが言う「悪しき気」を感じ取ってはいなかったが、アトリの言葉を疑うことはしない。

アトリは代々蛇鎮《へびしず》めの儀をつかさどる巫女《みこ》の家系。その類《たぐい》まれなる才能は傅役《もりやく》である老人が誰よりも知っていた。

「それは一大事。ただちに命令を遂行いたします」

「お願いします」

老人は踵《きびす》を返してその場を立ち去ろうとしたが、不意に何事か思い至ったように足を止めた。

それを見たアトリが不思議そうに首をかしげる。老人は振り返ることなく声だけをアトリに向けた。

「姫様《ひいさま》。念のために申し上げておきますが、『後の指揮は爺にお任せします』などと書き置きを残し、おひとりで東へ向かわれるのはおやめくださいますよう」

それを聞いたアトリがぎくりと身体を強張らせるのを、視線によらず見抜いた老人は、やはり振り返ることなくその場を後にする。

ひとり残ったアトリは、しばしの間、童女のようにぷくっと頬をふくらませていた。

10

鋭い叫び声をあげて上空から襲ってくるグリフォンに対し、仁は笹露《ささのつゆ》を振るって颯《はやて》を浴びせる。

見えざる刃は疾風となって敵を斬り裂き、グリフォンは苦悶の咆哮をあげて空へと舞い戻っていった。

仁は額の汗をぬぐい、いまいましげに口をひらく。

「ええい、きりがない！」

戦いが始まってからどれだけの時間が過ぎただろう。半刻《一時間》か、一刻《二時間》か。さすがに二刻《四時間》は経っていないと思うが。

そう思って太陽の位置を確かめようとした仁は、頭上を飛び交うグリフォンの数が先刻から一向に減っていないことに気づき、音高く舌打ちする。

幻想種——黒いグリフォンが姿をあらわしてからというもの、皐《さつき》の氏族は一方的にやられっぱなしだった。三人しかいない心装使いのひとりを失い、戦況は打開の糸口さえ見いだせない。

仁としては、自分たちが敵の攻撃をしのいでいる間に残りのふたりの心装使いが幻想種を討ってくれることを期待していたのだが、その気配は今のところまったくなかった。

他のふたりも黒いグリフォンに手出しできずにいるのか、あるいは、あまり考えたくないがとっくの昔に幻想種に食われてしまったのか。

実際、皐《さつき》の氏族による反撃は目立って少なくなっていた。たまにおこなわれる反撃も散発的なもので効果はほとんど出ていない。

もともと幻葬の志士は軍隊のように組織化された武装集団ではなく、心装使いという絶大な個を中心として寄り集まった者たちである。要《かなめ》となる個がいなくなれば、まとまりが失われるのは必然だった。

「逃げる、にしてもなあ……」

仁は天幕の陰に身を隠しながら困ったように後ろをうかがう。そこには気を失った女性がふたり、地面の上に横たえられていた。先ほど落命した心装使いに託された者たちである。

彼女たちは心装使いの無残な死に様に衝撃を受けて意識を失い、今に至るも目覚めていない。仁と親方はふたりを半壊した天幕に運び込むと、あえて目覚めさせずにそのままにしておいた。無理に起こして暴れられても困ると判断したのだ。

仁にとっては名前さえ知らぬ他人であるが、戦死した者に託された相手である。見捨てて逃げるのは気がとがめた。

当初、仁と親方はふたりを背負って東の森に逃げ込もうとしたのだが、上空のグリフォンがそういった者たちを優先的に標的にしていることに気づき、かえって陣内に留まることを選んだ。

じっと息をひそめて敵の様子をうかがい、相手に気づかれたら仁が攻撃して敵を退けて天幕を移動する。そうしてグリフォンたちが退却するのを、あるいは心装使いによって戦況が好転するのを待つ。それがここに至るまでの仁たちの行動だった。

しかし、残念ながらどちらも叶いそうにない。これ以上陣《じん》に留まり続けるのは無謀であろう、と仁は判断した。

「親方」

「おう、なんだ、新入り」

皐《さつき》の氏族の厨房を一手に任されている大男は、右の腋《わき》に丸太《まるた》を抱え込みながら仁の呼びかけに応じた。

仁は親方に自分の考えを披露《ひろう》する。

「私が囮《おとり》になって西に逃げます。親方はその間に、この人たちをかついで東の森に逃げこんでください」

それを聞いた親方が血相を変えて何か言おうとするのを制し、仁は冷静に言葉を重ねた。

「私ではひとりを担ぐだけで精一杯ですが、親方ならそのふたりを抱えて走ることもできるでしょう？　親方がいつも運んでくる何十何百という芋《いも》の山に比べれば軽いものですからね。身軽な者が走り、力持ちが担ぐ。適材適所というやつです」

そう言ってパチリと片目を閉じる仁を見て、親方は毒気を抜かれたように口を閉ざす。

状況が悪化する一方であることは親方もわかっていた。このままでは死を待つばかりである、ということも。

親方は、ふう、と大きな息を吐いた。

「たいした肝《きも》の据わりようだ、新入り――いや、仁、だったか。さっきからの妙な剣技といい、お前さんには包丁より剣を持たせるべきだったな」

生き延びたら戦士として推挙する、と親方は言った。だから死ぬなよ、とも。

ようやく皮むきを卒業し、志士としての第一歩を踏み出せることになった仁だったが、それもこれもこの危急を乗り越えてこそである。

仁は親方から鉄兜を借り受けると、それをかぶって天幕の外に出た。

森が広がる東側と異なり、西側は平原が広がっており、少し進むと小高い丘が見えてくる。丘上にはまばらに木が生えており、あそこまで逃げ切ることができれば、多少なりとも上空の敵の目から逃《のが》れることができるだろう。

――心装の力を我が物にするためにも、ここで死ぬわけにはいかない。単純に生き残ることだけを考えるなら、囮《おとり》になるふりをして姿を隠し、親方たちを囮《おとり》にして自分だけ逃げるという手もあるけど……

仁はわずかにその考えを検討したが、すぐに肩をすくめて下らない思案を打ち捨てた。別段、正義感やら良心やらが仕事をしたわけではない。このとき、仁の行動を支えたのはもっと単純で、もっと切実な感情だった。

「ここで親方たちを囮《おとり》にして逃げたら、父上たちを盾にした儺儺式使いどもと何もかわらない」

あいつらの同類になるのは死んでもごめんだ。そんな思いと共に、仁は西の平原に向かって走り出す。

魔力を用いた高速歩法を用いながら空を見上げれば、何体かのグリフォンが仁に注意を向けているのがわかった。狙いどおり、陽光を浴びた鉄兜が良い目印になっているようである。

つけくわえれば、グリフォンたちはすぐに襲いかかろうとはせず、互いを牽制するように仁の頭上で旋回行動を繰り返している。これも仁の狙いどおりだった。

先刻からの襲撃を振り返ってみると、グリフォンは上空から容赦なく志士たちに襲いかかっていたが、複数でひとりを襲うことはなかった。

もともとグリフォンに多数で群れる習性はない。必然的に多数で獲物を狩る習性もないわけだ。今、頭上にいる群れは幻想種によって集められたに過ぎず、個々のグリフォンの習性に変化はない。となれば、目立つ的を放り込むことで混乱を招くこともできるはず。魔獣たちが牽制しあっている間に逃げ切ってしまえれば言うことはない。そこまでいかずとも時間をかせぐ程度のことはできるだろう。

問題があるとすれば、それは他の牽制を歯牙にもかけない上位種が動いたときだ。仁はそう考えていた。

結論から言えば、仁の狙いは図に当たり、同時に危惧も的中した。

牽制しあうばかりの同族に業を煮やしたのか、それまで悠然と同族たちの上を飛んでいた黒いグリフォンが遠雷を思わせる咆哮をあげる。

すると、仁を狙っていたグリフォンたちが怖《お》じたように動きを乱し、仁の頭上から散った。

黒いグリフォンの視界に、地上を走る仁の姿が映し出される。丘上までの道のりはまだ半ば。あたりには身を隠せるような場所はない。

上空からの無音の圧力に気づいた仁が頭上を振り仰ぎ、此方《こなた》を見下ろす幻想種を目にして表情をひきつらせる。

直後、黒いグリフォンは大きく翼をはばたかせると、仁めがけて降下を開始した。先刻、心装使いをその心装ごと食らった攻撃だ。あのときまったく反応できなかった仁には、迎え撃つことはおろか避けることも出来はしない。

幻想種に狙われた時点で仁の命は終わりなのだ。

仁にかぎった話ではない。それは人間であれ、鬼人であれ、あるいは心装使いであれ、変わることのない絶対の真理だった。何故といって、幻想種はそのために生み出された存在だからである。

分かっているつもりだった。幻想種がそういう存在《もの》であるということは。

だが、それが「つもり」にすぎないことを、仁は今痛切《つうせつ》なまでに感じとっていた。

どうしようもないほどの『死』に晒されて、初めてわかるものもある。それは幻想種の意思とでもいうべきもの。

——貴様らはただ在《あ》ることさえ許されぬ。

物理的な圧迫感さえともなった瞋恚《しんい》の思念。気の弱い者ならそれだけで気死するであろう鏖殺《おうさつ》の意思。

先刻、何もできずに殺されたように見えた心装使いも、これとまったく同じものを浴びせられたに違いない。

殺意とも敵意とも違う。まるで生きていること自体が罪だと言わんばかりの否定の具現《げんそうしゅ》を前に、仁はその場で膝をつきそうになる。

自分ごときがあらがえるわけがない。そう諦めてしまいそうになる。

……それでも。

「――ッ！」

砕けんばかりに奥歯を噛みしめて、仁は踏みとどまった。たとえ瞬きひとつの後に命を失うとしても、ここで膝をつくことだけはすまい。そう思う。

ちっぽけな意地だ。幻想種は何の痛痒《つうよう》も感じまい。

だが、それでもかまわない。仁は頭上に目を向けて腰の笹露《ささのつゆ》に手をかける。意地を張るついでに、せめて一太刀なりと浴びせてくれようと思ったのである。

――鈴を転がすような可憐な声が仁の耳朶を揺さぶったのは、そのときだった。

「心装励起《しんそうれいき》」

迫りくる幻想種が疾風ならば、駆け抜けた人影は迅雷だった。

目にも留まらぬ速さで交差するふたつの影。

「――叛《そむ》け、蚩尤《しゆう》」

その人影が何をしたのか、仁にはさっぱりわからなかった。そもそもいつ現れたのかすらわからなかった。

ただ呆然とする仁の前で幻想種が咆哮をあげる。

「グルゥオアアアアアア!!」

絶対的な死の象徴であったはずの黒いグリフォンが、血煙をあげて地面に叩きつけられる。身体が浮き上がるほどの衝撃に襲われ、仁はわずかによろめいた。

激しい土煙が舞い上がり、幻想種がもがいているのが伝わってくる。すぐにも立ち上がって攻撃してくるかと思われたが、黒いグリフォンは立ちあがることも、ふたたび空に飛び立つこともしない。

いや、しないというより出来ないのだろう。

直前の交差によって、幻想種は致命的な一撃を浴びせられていたのだ。

――あの一瞬で、幻想種を。

仁は幻想種を討った者を探す。相手はすぐに見つかった。仁からさして離れていない場所に立ち、倒れた幻想種に鋭い視線を浴びせている女性。

長く黒い髪、額から伸びる二本の角、白い小袖に緋色の袴。

その姿を見て、はじめに仁の脳裏に浮かんだのは巫女という言葉だった。巫女が前線に立って戦うなど聞いたこともないが、女性の手に握られた長刀は幻想種を討った者の所在を如実に示している。

仁の視線に気づいたのだろう、女性が仁の方を振り向いた。もう幻想種に反撃の余力はないと見定めたらしく、上空のグリフォンに注意しながら仁に歩み寄ってくる。

「私は神無《かむな》の氏族のアトリと申します。皐《さつき》の氏族に属する方と見受けますが、お怪我はありませんか？」

丁寧で穏やかな問いかけだった。今しがた幻想種を討った剛の者とはとても思えない。

その姿を見た仁は雷に打たれたような衝撃を受け、その場に立ち尽くした。そして直感する。

この人こそ自分が教えを乞うに足る人物である、と。もっと言えば、自分はこの人と出会うために御剣家を離れたのだ、と確信した。

仁は深々と頭を下げると、自らの思いを余すところなく声に乗せる。いまだ頭上を飛び交うグリフォンのことは脳裏から消えていた。

「師匠と呼ばせてください！」

熱意にあふれた仁の言葉を受けて、アトリはぱちぱちと目を瞬かせる。

ややあって、その首がこてんとかたむき、桜色の唇から「…………はい？」と戸惑ったような声がもれた。

第五章　教皇ソフィア・アズライト

1

鬼界東部に位置する光神教の本拠地。世に本殿《ほんでん》と呼ばれる都市の最奥部で今、ひとつの報告がおこなわれていた。

床に額《ぬか》ずき、深謝《しんしゃ》の姿勢をとっているのは大興山で深手を負った蔚塁《うつるい》である。

彼の地《か》でウルスラと空に退けられた蔚塁は、手負いの身を孟極《もうきょく》に乗せて大興山を離れた。その後、かろうじて西都にたどりついた蔚塁は、西都の光神教神殿をあずかる司教の治療を受けてから本殿に帰還した。

そして今、蔚塁は自らの失態をつつみかくさず教皇に報告し終えたところだった。

「――以上が大興山で起こったすべてでございます。此度《こたび》の反乱の裏に光神教がいたことはすでに中山王の耳にも届いておりましょう。油断から秘事をもらし、聞いた者の口をふさぐこともかなわず、教団の権威を貶《おとし》めた罪は万死に値します。なにとぞ聖下の御聖断をもって我が罪を裁いてくださいますよう、この蔚塁《うつるい》、伏してお願い申し上げます」

蔚塁の言葉が終わると、その場に沈黙が満ちた。

ここは本殿の最奥部、高位聖職者たちが起居する大聖堂のさらに奥。教皇が日々蛇《へび》を鎮める祈禱《きとう》をとりおこなう祈りの間である。

光神教団を差配する四人の大司教でも滅多に立ち入りを許されないこの場所は、いわば教皇の私室であった。方相氏の長である蔚塁とてここに足を踏み入れた経験は数えるほどしかない。

本殿に戻るやこの場に通されたことで、蔚塁は教皇の怒りが深甚《しんじん》たるものであることを悟っていた。おそらく——いや、間違いなく自分は処刑されるだろう。

だが、それは当然のことだ、と蔚塁は思う。それくらい今回の失態は光神教にとって致命的であった。

崋山の反乱を陰で使嗾《しそう》し、門の外の御剣家とのつながりさえ知られてしまった。中山は国を挙げて光神教を潰しに来るだろう。

その責任を誰よりも痛感している蔚塁は、とうの昔に死を覚悟していた。

負傷の身をおして本殿まで急行してきたのは、せめて自らの口で教皇に正確な情報を伝えなければと考えたからであり、命惜しさに逃げ帰ってきたわけではない。

その蔚塁に対し、教皇は静かに語りかける。

「大興山に青林旗士がいた、というのは真なのですね、蔚塁？」

それは銀の鈴を転がすような声だった。蔚塁が予想もし、覚悟もしていた怒りは込められておらず、むしろ過去に聞いたどの声よりも楽しげに弾んでいる。

蔚塁は思わず伏せていた顔を上げ、教皇の様子をうかがった。

蔚塁の前に立つ人物は清麗《せいれい》な法衣をまとい、面紗《ヴェール》で顔を覆っている。そのため容姿や年齢は判然としない。ただ、神官服を下から押し上げる胸の膨らみが教皇の性別を言外に物語っていた。

「は、間違いございません。少なくとも三名の旗士を確認いたしました。剣を交えてはおりませぬが、その三名以外にも旗士とおぼしき者を見ております」

「御剣家は今代当主になってから門を守ることに専念し、南天砦《なんてんさい》から動きません。にもかかわらず、大興山に複数の旗士がいた。とうてい偶然とは思えません」

「御意。間違いなく式部の意思が絡んでおりましょう」

そうでなければ、自分と因縁のある旗士が大興山にいるなどという事態が起こるはずはない、と蔚塁は断言した。

報告の中でその因縁についても聞いていた教皇は、法衣を揺らしておとがいに手をあてる。

「……ウルリヒ・ウトガルザでしたか。あのとき、あなたが討った相手は」

「は。我が氏族の未熟者が柊都《しゅうと》で気配を察知され、姿隠しの神器の存在が暴かれました。それゆえ式部と謀《はか》って討ち取りましてございます」

蔚塁はそう言ったが、実際にウルリヒを討つために動いたのは蔚塁だけであり、式部はこれを黙認しただけである。

蔚塁はこれに不満だったが、失態を犯したのは方相氏であろうと言われてしまえば返す言葉がなかった。

もしウルリヒが蔚塁を返り討ちにし、御剣家と光神教の結びつきを明らかにしてしまえば、御剣家もただでは済まない。間違いなく家を割る大騒動が起こるに違いなかったが、それでも式部は微塵も動じる様子がなかった。

当時のことを思い出した蔚塁は舌打ちしそうな顔で告げる。

「式部と初めて顔を合わせてから三十年になりますが、いまだにあれが動じた姿を見たことがありませぬ。人の血が流れているのかさえ疑問でございます」

「そうですね。御剣家当主としてすべての真実を知り、いかようにも事態を動かせる力を持ちながら、あの者は動こうとしない。浄世《じょうせい》を妨げることなく、さりとて浄世に力を貸すことなく、ただ鬼ヶ島に在り続ける。まるで人の世を鎮める要石《かなめいし》のように」

「要石、でございますか？」

蔚塁が怪訝そうに問いかけると、教皇は面紗《ヴェール》の向こうでくすりと微笑んだようだった。

「そうです。そして、その要石が動いたことがあなたの報告で明らかになりました。御剣家が動いたのであれば、私《わたくし》も動かなければなりません。三百年前の過ちを繰り返さないために、まずはそう、神殿の掃除から始めなければなりませんね。過去の埃《ほこり》が積もった場所に仁様《じん》をお招きするわけにはいきませんから」

「……聖下？」

歌うように告げる教皇と、意味がわからずに戸惑う蔚塁。

教皇は蔚塁に構わず、おとがいに当てていた手をまっすぐ前に突き出すと、そこに漆黒の鎌を顕《けん》現《げん》させた。死神のそれを思わせる鋭利で禍々《まがまが》しい鎌は、まるで初めからそこにあったかのような自然さで教皇の手に握られていた。

次の瞬間、鎌を持つ教皇の手が右から左へ一閃する。いまだ傷が癒えきっていなかった蔚塁はそれに反応することができなかった。もっとも、仮に傷が完治していたとしても反応できなかったかもしれない。教皇の斬撃はそれほど容易ならぬ域に達していた。

蔚塁の首に赤い線が真一文字に刻まれる。蔚塁は大きく目を見開き、少しの間を置いて震える手でその線をなぞった。

「……せ……か……」

「方相氏の長として長きにわたる奉公、大儀でした。望みどおりあなたの罪を裁き、あなたの罪を赦《ゆる》しましょう。心置きなく浄世《じようせい》の先駆けとなりなさい、蔚塁」

教皇の言葉が終わるや、まるでそれを待っていたかのように蔚塁の首から血が噴き出す。

そして、鎌で両断された傷口がぱっくりとひらき、蔚塁の頭部がごろりと床に転がり落ちた。

2

「いったい何がどうなっておるのだ!?」

叫んだ男性は本殿に四人しか存在しない大司教のひとりだった。方相氏に属し、教皇の側近として権勢を振るってきた過去を持つ。

常は冷静沈着をもって知られる人物であるが、いま大司教の顔を覆っているのは色濃い動揺と狼《ろう》狽《ばい》だった。

大司教の平静を乱す原因は窓の外から響いてくる剣戟《けんげき》の音である。一つや二つではない。十や二十でもない。少なくとも百を超える金属音が四方から迫っている。それはこの場にいる者たちが完全に包囲されていることを意味していた。

と、円形の卓《テーブル》を挟んで大司教の対面に座していた禿頭《とくとう》の老人が、こちらも動揺をあらわにしながら声を張り上げる。

「どうなっているかを聞きたいのはわしらの方だ！　なぜ教会騎士が方相氏に剣を向ける!?　余の者は知らず、教会騎士を動かせるのは聖下のみ！　そして、聖下の補佐をするのが大司教たるおぬしの役割ではないか！　教会騎士が動いているのに、大司教が何も知らぬことなどありえぬわ！」

卓には大司教と禿頭の老人以外に十人近い人間が座っている。いずれも方相氏の有力者だ。老人の主張を聞いた彼らは一斉にうなずき、疑いの眼差しで大司教を見やった。

この場にいる者の多くは六十歳を超えており、中には七十歳、八十歳に達している者もいる。一方、大司教はまだ五十代にとどまっており、にもかかわらずこの場の首座に座っている。その事実が大司教の過去の暗躍ぶりを如実に物語っていた。

端的に言えば、大司教は周囲の人間から「策が多い人物」と見なされ、疑われていたのである。大司教自身、自覚があるだけに疑いの目を向けられても反論に窮《ろう》してしまう。

ただ、今回の一件にかぎっていえば、大司教はいかなる策も弄《ろう》していなかった。先ほどの叫び声は間違いなく本心からのもの。大司教は周囲の視線を振り払うように、バンッ、と卓を叩くと内心の苛立ちを声に乗せた。

「知らぬものは知らぬとしか言いようがない！」

「知らぬですむことか！」

ふたたび禿頭の老人が声を高める。この老人もまた有力者のひとりであり、もっといえば儺儺式《ななしき》使いのひとりだった。

齢《よわい》八十を超えているため、さすがに現役ではなかったが、蔚塁《うつるい》の相談役として氏族内で大きな発言力を有している。

老いてなお脂ぎった相貌《そうぼう》は権勢欲に満ち、両の目は疑念と敵意を湛《たた》えて大司教を睨みつけていた。その表情のまま、老人は舌鋒《ぜっぽう》鋭く大司教を難詰《なんきつ》する。

「蔚塁様亡き後、氏族の混乱をまとめられるのは己しかおらぬと高言したのはつい昨日のことではないか！　この危急のときに動けずして何が長か！」

「それはわしを長と認めた者が言うことだ！　たしかにわしは蔚塁様の後を継ぐことを望んだが、おぬしら儺儺式使いどもはそれを真っ向から否定したではないか！　そのおぬしらに長としての責任を問われる筋合いはない！」

大司教はそう言い返すと、老人と、老人の左右に座る者たちを憎々しげに睨みつける。

方相氏の内部勢力は大別してふたつに分けられる。儺儺式を修めた武官と、儺儺式を修めていない文官だ。前述したように老人は前者に属しており、大司教は後者に属していた。

この場にいる者たちの武官と文官の割合もおおよそ半々である。

大司教はさらに言葉を重ねた。

「そもそも、聖下のお怒りの原因は間違いなく此度《こたび》の失態にある。あれだけの手間と金をかけた反乱を中山の小僧《カガリ》にあっさり潰され、あまつさえ光神教が関与していた事実を知られてしまった。おぬしら儺儺式使いの怠慢《たいまん》が今日の危機を招いたのだ！　己らの失態を棚にあげて吼えるでないわ！」

この大司教の激語にのせられたように、それまで大司教に集中していた視線が儺儺式使いたちに向けられはじめる。

それを受けた儺儺式使いたちの表情は様々で、ある者は顔をしかめ、ある者は視線をさまよわせ、ある者は目をつむり、ある者は薄笑いを浮かべた。反応は様々であるが、ひとつ彼らの共通点を挙げるとすれば、それは大司教の言葉に共感をおぼえた者はひとりもいない、という点であろう。

ここで禿頭の老人が三度口《みたび》をひらく。

「見当違いも甚《はなは》だしいわい。失態を犯した振斗《しんと》めは討たれた。蔚塁様はすべての責任を一身に負い、聖下に首を差し出された。その潔《いさぎよ》い進退を諒《りょう》とされたからこそ、聖下は蔚塁様以外の者を処罰しようとはなさらなかったのだ！」

それが今になってにわかに教会騎士を動かし、方相氏を排除しようとするなど、どう考えても合《が》点《てん》がいかない。教皇が理由もなく変心したと考えるよりは、方相氏の長になりたい何者かが、この機に乗じて邪魔者を除くべく策を弄したと考えた方が得心がいくというものだ――老人は大司教を睨みながらそう告げた。

これに対して大司教は憤然と言い返す。

「たわごとだ！　だいたい、おぬしらは儺儺式を修めたことを鼻にかけ、常日頃傲然《ごうぜん》と他者をあごで使っているではないか。であれば、このような時に率先して責任をとるのが当然であろう！　それをせず、振斗と蔚塁様の二人に罪をなすりつけて平然としておるなど言語道断！　ただちに蔚塁様を見習って聖下に首を差し出すがよいわ！」

日頃の鬱憤《うっぷん》を吐き出すように声を高める大司教。

方相氏において儺儺式を修めた者と修めていない者との確執は根深い。

前者は後者を「安全な本殿から指図《さしず》ばかりしたがる臆病者」とあざけり、後者は前者を「剣を振るうばかりで大局を見る目を持たぬ猪武者」と軽んじる。

振斗や蔚罍が大興山で失態を犯したと知ったとき、大司教は内心で手をうって喜んだ。教皇が失態の罰として蔚罍に死をさずけたときも、これで自分が方相氏の頂点に立つことができる、とほくそ笑んだものである。

当然、残りの儺儺式使いを自害に追い込んだところで胸が痛むことはない。それで教皇の怒りが解けるなら願ったりだ——そんな大司教の意を察したか、他の文官からも賛同の声がもれはじめる。

しかし、むろんと言うべきか、儺儺式使いたちは大司教の言葉に従おうとはしなかった。

「馬鹿も休み休み言うがよい。己が失態を犯したというならともかく、同輩の失態にまでいちいち責任を負わされてたまるものか」

「同意する。そも、聖下は大司教に何もおっしゃらずに教会騎士を動かしたのであろう？　つまり大司教は聖下に無視されたのだ。そんな人間が賢《さか》しらぶってわしらを非難することこそ滑稽である」

「カッカッカ！　そのとおり、そのとおり！　だいたい連座する者が必要というのなら、わしらよりもおぬしこそ適任ではないか、大司教。おぬしら文官は常日頃、わしらに外での汚れ仕事を押しつけて、自分たちは安全な本殿でふんぞり返っておるのだ。このような時にこそ、その肥えた身体を動かして事態を収拾するべきであろう。違うかや？」

この儺儺式使いたちの言い分に大司教は即座に反駁《はんばく》し、またそれに対して儺儺式使いが言葉を返す。

口論が文官対《たい》武官の様相を帯びてきたこともあり、双方が双方を贄《にえ》にせんと声を嗄《か》らし、唾を飛ばして責任を押しつけあう。議論は瞬く間に熱を帯びていき、それに反比例して内容は空疎《くうそ》になっていった。

今このときも兵刃が迫っているというのに、日頃の不満、憤懣《ふんまん》をぶつけあうばかりで誰も建設的な対策を打ち出さない。打ち出せない。

端的に言って、それは迫りくる破局から目を背ける現実逃避にすぎなかった。

ただ、それも仕方ないといえば仕方ないこと。方相氏は光神教の傘の下で鬼界における三百年を過ごしてきた。光神教の暗部をつかさどり、鬼人、人間を問わず光神教の邪魔者を葬り去る教皇の懐刀《ふところがたな》。

三百年前の真実を知り、教皇の正体を知る唯一無二の股肱《ここう》の臣。

自分たちは他の配下とは格が違う、と方相氏は信じていた。事実、光神教は方相氏を重用し、多くの特権を与えてきた。そうして三百年の年月を閲《けみ》した今このときになって、突如として刃を向けられたからといって、即座に昨日までの認識を改められるものではない。

――これは何かの間違いではないか。

――誰かが自分を謀《たばか》っているのではないか。

――ここで教皇に歯向かうような言動をすれば、それを理由として裁かれてしまうのではないか。そんな疑念とも希望ともつかない思いが、口論をさらなる泥沼にひきずりこもうとしたとき、その声は聞こえてきた。

「百家争鳴とはこのことですね。姦《かしま》しいこと」

声高に言い争いを続ける者たちの耳に、その言葉はひどく場違いに響いた。

冷たくも清らかな声音はあたかも詩を吟《ぎん》じているかのようで、殺気だった場の空気にはいかにもそぐわない。

双方を揶揄《やゆ》するような内容だったこともあり、本来であれば発言者に対して周囲から罵声と叱責が浴びせられたであろう。

だが、この場で発言者を非難する者はいなかった。全員が声の主を知っていたからである。

「教皇聖下！」

「おお……よくぞお越しくださいました、聖下！」

「やはり此度の一件は聖下の深慮遠謀があってのことだったのですな！」

それらの声に応えるように、教皇はまるで宙から滲み出るように姿を現した。

光神教最高指導者の、あまりにも唐突な出現。高速歩法か、瞬間移動《テレポート》か、あるいはまったく未知の術式なのか。儺儺式使いたちでさえ教皇の気配を感じ取ることはできなかったが、そのことに驚く者はここにはいない。

教皇はそれができる存在なのだということを、方相氏に連なる者たちは知っているからである。

慌てて膝をつく面々に対し、教皇は厳《おごそ》かに告げた。

「先の大戦から三百年。アトリが施した結界は日に日に強度を弱めており、まもなく我らが神は忌まわしき縛鎖《ばくさ》から解き放たれるでしょう。浄世の刻《とき》です」

それを聞いた方相氏の間から、おお、と感嘆の声がわきおこる。

もっとも、その声は多分に追従《ついしょう》の響きを帯びていた。今このときにも教会騎士の攻撃は止まっておらず、そのことは外から響いてくる剣戟の音が物語っている。

兵を差し向けておきながら自ら姿をあらわし、語りかけてくる。教皇の意図は奈辺《なへん》にあるのかと訝《いぶか》りながら、大司教はおそるおそる口をひらいた。

「聖下。我ら方相氏に連なる者ども、来《きた》る再臨の日に備えてこれまで以上に練磨を重ね、聖下のお役に立てるよう努める所存にございます」

「殊勝なことです。それでは望みどおり、あなたがた方相氏は浄世《じょうせい》の先駆けとなりなさい」

「先駆け？　聖下、それはいった――いひ？」

教皇の奇妙な言動に疑問をおぼえた大司教が、相手の真意を尋ねようとする。

途端、すぅ、と音もなく大司教の首に線が走り、その線にそって首がずれた。顔に疑念を浮かべたまま、大司教の頭部は鈍い音をたてて床へ転がり落ちる。

ややあって、頭部を失った大司教の首から音を立てて鮮血が噴き出した。教皇の手にはいつの間にか漆黒の鎌が握られている。

静寂が恐慌《きょうこう》にとってかわるまで、かかった時間はごくわずかだった。

「だ、大司教!?」

「聖下、何をなさいますか!?」

悲鳴じみた疑問に対して答えは返ってこなかった。

言うべきことはすでに言った。そう告げるように教皇は鋭利な大鎌を繰り出して、次々とこの場にいる者たちの首を断ち切っていく。

まだ無事な者たちも、事ここにいたってようやく現実を受けいれた。自分たちは光神教に、教皇に切り捨てられたのだ、と。

その認識は瞬く間に憤激へと転じ、彼らはそろって声を荒らげた。

「三百年の忠誠をただ一度の失態で切り捨てるおつもりか！　それはあまりに不実でありましょう！」

「人の血肉を捨てた者は心まで化生《けしょう》になり果てるとみえる。我らの協力なくして光神教が成り立つとお思いか!?」

「さては蔚塁様は自死なさったのではなく貴様が手にかけたのだな、女狐！　ちょうどよい。ここで貴様を斬って泉下の長への供物《くもつ》にしてくれよう！　儺儺式灼刀《ななしきしやくとう》　赤螺旋《あからせん》！」

声に、あるいは刃に怒りを乗せて教皇に食ってかかる者たちに対し、教皇は言葉ではなく行動で応じる。

「幻葬《げんそう》一刀流　颯《はやて》」

教皇が大鎌を振るうや、轟《ごう》、と風が鳴った。

それだけで口を動かしていた者は口を、武器を抜こうとしていた者は腕を、それぞれ切り裂かれた。

「な――ひぐぅ!?」

「がああああッ」

「ぐ、馬鹿な!?」

この場にいる方相氏の半分は命を失い、半分は重傷を負ってその場に膝をついた。いつの間にか外の戦闘は終結していたらしく、室内に静寂が満ちる。

ややあって教皇の冷厳な声が静寂の帳《とばり》を破った。

「浄世とはまつろわぬ者どもを討ち果たし、世界を浄《きよ》める神の大業。もとより方相氏が力不足であることはわかっていました。これよりは――いえ、三百年の昔から変わらず、私が恃《たの》みとするのは御剣家のみ。私は彼《か》の家と共に大願を果たします。長きにわたる代役、ご苦労でした」

その言葉――特に御剣家の名前を耳にした瞬間、武官文官を問わず、生き残っていた方相氏の目に雷火を思わせる激情が走る。

だが、彼らがそれを言葉にするより早く、教皇がもう一度大鎌を振るった。

その後はもう、いかなる物音が生じることもなかった。


目的を遂げた教皇は、ふう、と小さく息を吐き出すとゆっくり西の方角を向いた。中山の都　西都がある方角だ。

次いで面紗《ヴェール》の下から発された声は、方相氏に向けていた冷ややかなものとはまったく異なる響きを帯びていた。

囁くように小さく、夢見るように甘く、教皇はこの場にいない者に向けて語りかける。

「やっと、やっと三百年前の過ちを正すことができる。もう一度、あなたとお会いすることができる。共に手をたずさえ、あの日、あの時、あの場所で失ったものを取り戻しましょう」

そう言うと、教皇は最後に小さく付け加えた。

——私の仁《じん》様。

3

中山の末弟カガリ率いる中山軍は、ドーガと一部の兵を大興山に残して西都へ帰還した。崋山残党が引き起こした反乱を鎮圧しての堂々たる凱旋《がいせん》である。

勝利の報告はすでに先触れの使者によって伝えられており、帰還した遠征軍は西都住民の歓呼の声に出迎えられた――わけではなかった。

西都はつい先ごろまで崋山の王都だった都市。そこに住む者たちの多くは崋山の遺民である。彼らの多くは中山の支配を受けいれ、反乱に身を投じることはなかったが、だからといってかつての主家の敗北を喜べるものではない。

そのため、カガリの帰還は凱旋の華々しさとは無縁のものとなり、西都の大通りを進む中山の陣列は終始《しゆうし》粛然とした雰囲気に包まれていた。

もっとも、当のカガリはそれを気にした風もなく、角端《かくたん》（黒色の麒麟）の上で堂々と胸を張っている。その姿は颯爽《さつそう》たる気風と英気に満ち、黒狼カガリここにありと無言のうちに謳《うた》いあげていた。

そのおかげかどうかはわからないが、軍の末尾にくっついていた俺たちの姿はほとんど注目を浴びずに済んだようである。

ここでいう俺たちというのは、俺、クライア、ウルスラ、クリムトの四人のことだが、それにくわえて崋山王族の生き残りであるランとヤマトの姉弟も含まれていた。このふたりに関しては、旧崋山の人心に配慮して虜囚という形をとらない、というのが中山の判断である。

もちろん逃亡を許さないために護衛兼《けん》監視の兵が張り付いているのだが、クリムトから離れたがらないランとヤマトを見ていると、護衛はともかく監視の兵は必要ないように思える。

個人的にはあのクリムトが年端もいかない鬼人たちに慕われている光景はなかなかに見物《みもの》だった。ただ、面白がってばかりもいられない。クリムトは大興山から西都までの道のりでもずいぶん苦しそうにしていた。ソザイからできるかぎりの治療を受けたとはいえ、やはり完治にはほど遠いのである。

そんな状態のクリムトを西都に連れてきたのは、このまま辺境の山砦《さんさい》にいても症状が良くなる可能性がないためだった。ソザイの言うとおり、今のクリムトを治すには『復元』レベルの奇跡が必要だろう。

問題は、その奇跡を使える相手が中山と敵対している光神教の教皇しかいないという点なのだが、ソザイいわく、光神教は内部にいくつもの派閥を抱えており、振斗や蔚塁らの方相氏が必ずしも教皇の意を受けて行動しているとはかぎらない、とのことだった。その場合、教皇の助力を得ることは可能であろう。

正直なところ、すべてが方相氏の独断だったという可能性は低いと思うが、どのみち今のままでは手詰まりなのだ。そんなわけで、クリムト自身の意向もあり、俺たちはこうして西都に戻ってきた次第である。

——そして、この判断は幸運にも吉と出る。

カガリらと共に王府の門をくぐった俺たちは、その足で中山王の執務室に向かった。そのように申し渡されたからである。

そこで俺たちを待っていたのは三人の人物だった。

ひとりは執務室の主であるアズマ。

そのアズマを守るように傍らに控えるのは見覚えのない白面の貴公子である。おそらくカガリのすぐ上の兄である三兄ハクロだろう。

そして最後のひとり、中山王家のふたりと向きあうように立っているのは光神教の法衣をまとった老鬼人だった。威厳のある佇《たたず》まいから察するに、光神教の幹部のひとりだと思われる。

この推測はあたり、ガンカイという名の老鬼人は光神教の大司教だった。光神教に帰依《きえ》した鬼人派閥の代表者であり、かつてはソザイもこの派閥に属していたのだという。

そのガンカイは執務室の机を挟んでアズマたちと向かい合っていた。机の上には大きな木箱が置かれており、中身を披露するように蓋《ふた》が開け放たれている。

おそらくガンカイがアズマに献じたものだと思われるが、アズマたちの表情は硬く、とうてい喜んでいるようには見受けられない。

それもそのはずで、木箱におさまっていたのは人間の生首だった。綺麗に清められ、腐らないよう塩漬けにされた白髪首。

その顔には見覚えがあった。顔を見たのは一瞬だけだったが、まだ忘却するほど時間は経っていない。

それは大興山で刃を交えた蔚塁《うつるい》の変わり果てた姿だった。

「中山王陛下。此度《こたび》、教団内の慮外者《りょがいもの》たちが引き起こした愚行により、陛下ならびに臣民の方々に多大なご迷惑をおかけしたこと、本殿を離れられない教皇聖下になりかわり、このガンカイが心よりお詫び申し上げます」

そう言ってガンカイは深々と頭《こうべ》を垂れる。

床に額《ぬか》ずかんばかりの拝跪《はいき》は心底からの慚愧《ざんき》に満ちているように思われたが、むろんと言うべきか、アズマは易々《やすやす》とうなずいたりはしなかった。

「教団内の慮外者。つまり、此度のことは一部の信徒の暴走であり、聖下のあずかりしらぬことであった――そういうことですかな、大司教猊下《げいか》？」

「御意にございます。そこな蔚塁を長とする派閥はもともと血の気が多い者どもでございました。聖下の御意向に沿わぬ振る舞いをすることも多々あったのです。それでも聖下は寛大な御心で彼らを庇護してこられたのですが……蔚塁らが此度の反乱を陰助したことをお知りになった聖下は、これ以上彼らの勝手な振る舞いを許すわけにはいかぬと聖断をおくだしになりました。すでに蔚塁以下、彼《か》の派閥に連なる者どもはことごとく討ち果たされております。この身は聖下の玉声をたまわり、此度の不始末の許しを乞《こ》うべく、本殿にいらしていたハクロ殿を語らって陛下の御前に参じた次第でございます」

ガンカイはその後もあれこれと言葉を重ねていたが、結局のところ、それはとかげの尻尾切りに過ぎなかった。少なくとも俺にはそうとしか聞こえなかった。いっそ清々しいくらいに分かりやすい。

もちろん、それを口に出したりはしない。この場において自分が無関係の第三者であることはわきまえていた。

ところが、次のガンカイの一言で俺たちはたちまち当事者の立場に立たされることになる。

「御剣家の方にも聖下の言伝《ことづて》がございます」

「む?」

思わず戸惑いの声をあげる。まさかこの場で大司教が俺に声をかけ、あまつさえ御剣家の名前を出すとは思っていなかったのだ。

相手はこちらの戸惑いにかまわず言葉を続ける。

「蔚塁および振斗、両名の非礼な振る舞いを心から謝罪いたします。そして、蔚塁が断ち切ったというそちらの若者の右腕は責任をもって治療するゆえ、方々にはぜひとも本殿までお越しいただきたい、というのが聖下たっての願いでございます」

本来であれば、迷惑をかけた光神教《こちら》が治療のために出向くのが筋である、とガンカイは述べる。

しかし『復元』の奇跡を行使できるのは教皇しかおらず、その教皇は蛇の封印を維持するために本殿を離れることができない。そのため、非礼とは知りつつもこうしてお招きする次第である。

ガンカイはそう告げると、先ほどアズマに対してそうしたように、俺たちに対して深々と頭を垂れた。

もちろん俺たちに否やはない。怪しいとは思いつつも、クライアのことを考えればうなずく以外の選択肢はなかった。それに教皇と話ができるのは俺にとっても望むところ。

かくて俺たちは光神教の本拠地に向かうことになったのである。

4

「へえ、そうすると光神教が方相氏を潰したというのは事実だったのか」

黒い麒麟《きりん》に牽《ひ》かれて荒野をひた走る戦車の台上で俺がそう言うと、カガリはどことなく詰まらなそうな顔でこくりとうなずいた。

「ああ。あの後でハクロ兄《にい》に聞いたんだが、ハクロ兄《にい》が西都に来る直前、光神教の派閥のひとつが教会騎士に殲滅されたんだと。まあ『我らこそ方相氏なり』と看板を掲げていたわけじゃないから断言はできないそうだけど、ハクロ兄《にい》はまず間違いないと言ってる」

なぜハクロがそう判断したのかと言えば、潰された派閥というのが人身御供《ひとみごくう》にするにしては大きすぎるからだという。

教団内でも最古の歴史を持っており、代々の教皇に重用されてきた光神教最大派閥。

教皇は蛇を封じる結界を維持するため、ほとんど人前に出てこない。そのため、表だった行事や儀式をとりおこなうときは四人の大司教の中から責任者を選出するのだが、重要な儀式の際は決まってその派閥に属する大司教が選出されていたという。

そんな有力派閥が一夜のうちに消えてしまったものだから、ハクロが西都へ発つ際、本殿はかなり混乱していたらしい。

俺は腕を組んで考え込む。

光神教内部で教皇がどれだけ崇拝されているのか知らないが、昨日まで重用してきた者たちを一夜のうちに皆殺しにしたと知られれば、他の信徒たちは心穏やかではいられないはずだ。

聖下は不要と判断すれば忠実な信徒でも塵芥《ちりあくた》のように捨ててしまう――そんな不安が蔓延《まんえん》すれば、教団運営に支障が出るのは避けられない。少なくとも、粛清前とまったく同じ、というわけにはいくまい。

それを覚悟の上で粛清を断行したのだとすれば、教皇は今回の一件に並々ならぬ覚悟を持って取り組んでいるということになる。

俺の考えを聞いたカガリは同意も否定もせず、むすっとした顔で応じる。

「何を考えているにせよ、身内を切って責任逃れなんて気に食わないやり方だ。それに蔚塁はかなりの使い手だった。再戦を楽しみにしていたのに教皇のせいでパァだ」

そう言ってカガリは小さく舌打ちする。好敵手と目していた相手を討たれたことがご不満らしい。

そんなに気分が乗らないならどうして俺たちに同行して本殿に行こうとしているのか――それを

尋ねるのは恩知らずというものだろう。麒麟《きりん》という高速移動手段を提供してもらえたことで、西都と本殿の移動時間は格段に短くなった。それはつまり、それだけクリムトにかかる負担が小さくなったことを意味する。

俺がそのことに感謝すると、カガリは不満げな表情から一転、けらけらと楽しそうに笑った。

「困ったときはお互い様だ。それに、俺としても崋山王家のふたりを光神教から助けてもらったことには感謝してるんでね。ま、ハクロ兄《にい》よりは不案内だが、そこは勘弁してくれ」

そのカガリの言葉どおり、光神教の司教であるというハクロは今回の本殿行きに同行していない。中山の人間で本殿におもむくのはカガリのみだ。

理由は聞いていないが、おそらくアズマたちは中山が光神教と敵対した場合に備えているのだろう。もし中山と光神教の敵対が明らかになれば、中山内部の光神教徒が動揺するのは間違いない。その際、アズマたちが西都に詰めていれば混乱を最小限におさえることができる。

また、クリムトから聞いた光神教と御剣家のつながりが事実だとすれば、この機に乗じて青林八旗が攻めてくることも考えられる。この場合もアズマたちが西都にいることが大きな意味を持つに違いない。ドーガが大興山に残ったのも御剣家を警戒してのことであろう。

俺がそんなことをあれこれ考えていると、不意にカガリが前方を指さして言う。

「あの丘を越えたら本殿が見える。一見の価値はあると思うぜ」

それはどういう意味か、と尋ねる必要はなかった。カガリの乗騎である角端《かくたん》（黒い麒麟）は素晴らしい速度で斜面を駆けのぼり、ほどなく俺はカガリが言うところの「一見の価値はある」眺望《ちょうぼう》を目の当たりにする。

――それは、一言でいえば光の壁だった。

おそらくは本殿と思われる都市を基点として、白銀色に輝く壁面が北と南の二方向に伸びている。壁の果ては見て取れず、まるで地平の彼方まで続いているように見えた。

光の壁の長さと高さは帝都イニシウムの黄金城壁さえ凌ぎ、壁面には大小無数の術式が付与されている。これを維持するためには莫大な魔力が必要となるだろう。

光神教はずっとこの結界を維持し続けてきたのだ。昨日今日の話ではない。あの壁ができてから三百年もの間、ずっと。この規模の結界をそれだけの年月維持し続けるために費やされた魔力総量はどれほどになるのか、想像もつかなかった。

その後、俺たちが乗った戦車が近づいていくと、本殿の城門が音をたててひらかれ、城内へと続く道があらわれる。ぽっかりとひらいたその入口が得体の知れない怪物の口に見えたのは、たぶん俺の気のせいだったのだろう。

カガリの戦車に乗って本殿に入ると、不意に身体が軽くなるのを感じた。鬼界に来てからこちら、絶えず身体を苛《さいな》んできた瘴気《しょうき》が綺麗にかき消えたのである。

それが本殿に張り巡らされた結界のおかげだということは誰に聞くまでもなく理解できた。西都でも似たような感覚はあったが、西都のそれよりもはるかに効果が高い。

ちらとまわりを見れば、俺以外の面々も目に見えて顔色が良くなっていた。特に負傷しているクリムトは顕著で、それを見たクライアは胸に手をあてて安堵の表情を浮かべている。

もうひとりの同行者であるウルスラはといえば、硬い表情を崩さずにひたと前を見据えていた。父の仇である蔚塁《うつるい》の死、さらに方相氏そのものが滅んだと聞かされてから、ウルスラは難しい顔で考え込むことが増えていた。

気にはなったが、事が事なだけに安易に踏み込むのはためらわれる。話をするにしても、クリムトの治療が終わってからにするべきだろう。

その後、高司祭を名乗る人物に出迎えられた俺たちは、そのまま教皇が起居する大聖堂へ案内された。

途中、都市の大通りとおぼしき場所を通ったが、露店の類《たぐい》は出ておらず、通りを歩く人も数えるほどしかいない。静まり返った街並みはひどく陰気に映る。

この陰気さは方相氏族滅《ぞくめつ》にともなう混乱の影響なのか、それとも本殿という都市の特性なのか、などと考えているうちに大聖堂に到着した。

はじめて目の当たりにした大聖堂は、西都の王府よりもはるかに立派な建物だった。外観もそうだし、内部の造りや調度品も同様で、この一事だけで鬼界における光神教の立ち位置がわかる。

一国をしのぐ財力と権威を抱え持つ教団組織。その最高指導者と対面するとなれば、さぞ煩雑《はんざつ》な手続きや儀礼が必要となるに違いない。

俺はそう予想したのだが、幸か不幸か、この予想はすぐに裏切られることになった。


「皆様、よくお越しくださいました」


案内役の高司祭に導かれるままに足を踏み入れた大聖堂の最奥、祈りの間。

そこで俺たちを出迎えたのは、面紗《ヴェール》で顔を覆った人物だった。

その声にあわせて左右に居並ぶ神官たちがそろって頭を下げる。彼ら彼女らの神官服を見ると、いずれも案内役の高司祭と同等、もしくはそれ以上のものに見える。おそらく教団を支える高位聖職者たちなのだろう。

そういった者たちを従えながら、面紗《ヴェール》の人物は静かに言葉を続けた。

「この度は我が教団の信徒がご迷惑をおかけし、まことに申し訳ございませんでした。本来ならばこちらから出向かねばならないところ、こうして足を運んでいただいて感謝しております」

そう言うと面紗《ヴェール》の人物が深々と頭《こうべ》を垂れる。その動きに合わせて、金糸《きんし》を束ねたような艶《つや》やかな長髪が肩口から流れた。

ここまでの経緯から見て、この人物こそ光神教の教皇であることは明白だった。おそらくは三百年前の真実に最も近い人物。

俺は興味を込めて面紗《ヴェール》に覆われた教皇の顔を見つめる。

すると。

「……ん？」

俺が教皇を見ているように、教皇も俺を見ていることに気づいた。といっても、教皇の顔は面紗《ヴェール》で覆われているために目で確認することはできない。

ただ視線を感じたのである。中山の王族であるカガリではなく、蔚塁《うつるい》に右腕を斬られたクリムトでもなく、ただ俺だけを見つめる眼差し。

敵意を感じたわけではなかった。そういった刺々《とげとげ》しさは感じられない。むしろ、俺が感じたのはまったく逆の感情だ。

面紗《ヴェール》越しでも感じ取れるほどの色濃い好意。それが包み込むように、あるいは絡みつくように全身にまとわりついてくる。

生き別れた恋人と再会したならばこうもなろうか、という濃密な感情を初対面の相手から浴びせられ、俺は戸惑いを禁じえなかった。

5

その後、教皇はすぐにクリムトの治療にとりかかった。

四肢の欠損さえ癒す最高峰の神聖魔法『復元』。俺も話に聞いたことはあるが、実際に見るのは初めてである。

結果から言えば魔法は成功した。上に「あっさりと」と付けてもいいくらいのあっけなさで。

これにより、クリムトは失った右腕を取り戻すことができたのである。

「空様《そら》、本当にありがとうございました！」

もう何度目になるかもわからない礼の言葉を述べたのは、喜びで顔を真っ赤にしたクライア・ベルヒである。

右腕が復元した後、意識を失ったクリムトに付き添っていたのだが——失われたはずの腕が戻ったことによる一時的なショック状態らしい——その役目をウルスラにかわってもらい、俺の部屋に来たのだという。

ちなみに教皇との対面後、俺たちはそれぞれに客室をあてがわれており、今《いま》部屋の中にいるのは俺とクライアだけである。

「ま、色々あったが、頑張りが報われて良かったな」

俺はそう言ってクライアに笑いかける。

クリムトが腕を取り戻したら取り戻したで、姉の今後をめぐって面倒くさいことを言ってくるのは確定している。なので俺自身に喜びはないのだが、それでも喜びをあらわにするクライアに水を差さない程度の心遣いはできた。

クリムトが全快した今、これまでの助力を理由にクライアに魂喰いを迫ることもできたが、これもまた水を差す行為であろうと思って自重する。

正直に言えば、先刻の教皇に対する疑問がわだかまっていて、そういうことをする気になれなかっただけなのだが。

そんな俺の戸惑いに気づいたのか、クライアが喜びの表情を消し、怪訝そうに小首をかしげる。

そのとき、不意に部屋の扉が叩かれた。コンコン、コン、と三度。

カガリか、ウルスラか、あるいは目を覚ましたクリムトか。物静かなノックの音を聞くに、最後の線はなさそうだが。

そんなことを考えながら立ち上がった俺は、動きかけたクライアを制して自分の手で扉をあける。

次の瞬間、俺はふたつの驚きに襲われた。

ひとつは目の前に立っているのが見覚えのある面紗《ヴェール》姿の女性だったこと。

そしてもうひとつは、その女性がためらう様子もなく面紗《ヴェール》をあげて素顔をさらしたことである。

透き通るような青玉《サファイア》の瞳が食い入るように俺を見つめている。

見たことのない顔だった。それなのに記憶に触れてくる顔だった。

『お初にお目にかかります。このたび、幻葬の志士に加わるべく参じましたソフィア・アズライトと申します』

『仁様、とおっしゃるのですね。私は今回が志士としての初任務になります。足を引っ張らないよう努めますので、どうかよろしくお願いいたします』

『仁様は本当にアトリ様と仲がよろしいのですね。少々妬けてしまいます』


ソウルイーターを通じて流れ込んでくる三百年前の記憶。ソフィア・アズライトというのは蛇を封じた光神教の聖女の名だ。そして、記憶の中の聖女の顔と、眼前の教皇の顔は驚くほど良く似ている。同一人物としか思えないほどに。

もちろん人間は三百年の時を生き抜くことはできない。したがって、俺の記憶に出てくる人物と、眼前の人物が同一人物であるなどということはありえない。

だが、その不可能を可能にする方法が存在することを俺は知っていた。真っ当な方法ではなく、呪術、邪法と呼ばれる類《たぐい》のものだが、俺はそれを実行に移して永遠を手に入れた者たちを知っている。刃を交えたこともある。

すなわち。

「不死の王」

思わず口から出たその言葉。それを聞いた教皇は、驚く素振りも見せずに静かにうなずくと、にこり、と微笑んでみせた。

いつかも述べたが、不死の王は吸血鬼と並び称されるアンデッドモンスターの頂点である。吸血鬼のように種としての共通性は持っておらず、不死の怪物として一定の領域に踏み込んだモノがそのように呼ばれている。

俺が過去に遭遇した不死の王はふたり。ティティスの森で戦ったシャラモンと、ダークエルフの長であるラスカリスである。

教皇が本当に不死の王だとすれば、俺は三度目の遭遇を果たしたことになる。そして、教皇があのふたりと同じく夜会の関係者だとすれば、向こうにとって俺は同志《シャラモン》の仇。

とっさに警戒しつつ、そのあたりを確認してみたところ、教皇はおとがいに手を当てて「はて？」と首をかしげた。

「シャラモン、ですか？　聞きおぼえのない名前です。そも、夜会というのはいったい何なのですか？」

真顔で問い返された俺は返答に困った。夜会が何を目的として動いているのかなど知らないのだ。シャラモンはノア教皇の命を狙っていたが、あれは夜会の目的というよりシャラモン個人の行動だろうし。

とりあえず、知っていることだけを伝えてみた。

「ラスカリスが主宰《しゆさい》する不死の王の集会と聞いています」

「ラスカリス」

今度は反応があった。

教皇はわずかに目を細めてその名を呟くと、俺の目をのぞきこむようにして言葉を続ける。

「シャラモンと夜会についてはは存じませんが、ラスカリスの名は知っています。あの神代の亡霊はまだ常世《とこよ》をさまよっているのですね」

「亡霊?」

「はい。かつて暴虐と放埒《ほうらつ》の限りを尽くして神に滅ぼされた黄金帝国《インペリウム》という国がありました。アレはその最後の王です。そして、神の裁きにあらがうために悪魔に魂を売りわたし、その対価として永遠を得た愚か者でもあります」

ラスカリスについて淡々と述べていく教皇。

声音は穏やかだったが、ラスカリスを愚か者と呼んだときの口調はぞっとするほどの奥深さが感じられて、とても嘘をついているようには見えなかった。

ここにおいて俺は光神教の教皇が不死の王であることを受けいれた。今、俺の前に立っているのは光神教の教皇であり、三百年前に幻想種の王を封じた聖女でもある。

『一度鬼門をくぐれば、望むと望まざるとにかかわらず、そなたは彼の地にうずまく三百年の怨《おん》讐《しゅう》と直面することになろう』

帝都で聞いたアマデウス二世の言葉が脳裏をよぎる。

今がまさにその時なのだ、と俺は直感した。

6

コツ、コツ、コツ、と単調な足音が響いている。

見せたいものがあると言う教皇に連れられるまま、俺は大聖堂を奥へ奥へと進んでいた。もうけっこうな時間歩《ある》き続けているが、前を進む教皇が足を止めることはなかった。

いったいどこに連れていくつもりなのか。そもそもこの通路はどこに続いているのか、と内心で首をかしげる。

後ろを振り返れば、ここまで歩いてきた通路が暗がりに沈んでいた。延々とまっすぐに伸び続ける通路に窓はなく、外の景色を確かめることはできない。ときおり燭台が置かれている以外は調度品もなく、殺風景といえばこの上なく殺風景である。

俺の感覚で言うと、俺たちはとうに都市の外に出ているのだが、それでも通路はまだまだ続いている。

一瞬、前を歩く教皇の後ろ姿が俺を地の底に連れていこうとする妖魔に思えて、ぞくりと肌が粟《あわ》立《だ》った。まあ、向こうの正体が不死の王だと判明している時点で今さらな話ではあるのだが。

そういえば、アマデウス二世に龍穴へ案内してもらったときも似たようなことを感じたな、と思い出して苦笑する。

なお、通路に足音を響かせているのは俺と教皇のみである。教皇の正体を知ったクライアは付いてきたがったが、俺が止めた。

教皇は明らかに俺に関心を向けており、もっと言えば俺にしか関心を示していない。俺に対して罠を仕掛けることはないだろうが、それが第三者《クライア》にも適用されるかはわからないのだ。

それに、クライアを連れていくことで教皇の口が重くなり、真実が遠のいてしまう恐れもある。

そういったあれこれを踏まえて、俺はクライアに待機するよう告げたのである。

このところ、クライアは俺を主《あるじ》として仰いでおり、俺の言葉に否とは言わなかった。ただ、四半刻《三十分》経っても俺が戻って来ないようだったら後を追います、とは言われた。

真剣そのものといった眼差しは「必要とあらば実力行使も厭《いと》いません」と告げており、俺はこくこくと頷くしかなかったもんである。

と、ここで前を行く教皇が、こちらを振り返ることなく口をひらいた。

「三百年前、この世界には今とは比べ物にならない数の幻想種が跋扈《ばっこ》していました。多くの国が滅び、多くの人々が亡くなり、それでも人間同士の争いは絶えなかった。道理は廃《すた》れ、人倫《じんりん》は排され、大陸は麻のごとく乱れに乱れ……末世《まっせ》とはあのような有り様を指す言葉なのでしょう」

そう言うと、教皇は振り返って俺の目を見る。

「それは青林島《せいりんとう》も変わりありませんでした。むしろ、より深刻な危機に直面していたと言えるでしょう。何故なら青林島には龍穴が存在したからです。方相氏によって封印されてはいましたが、その封印はいつ解けても不思議はないくらい脆《もろ》いものでした。事実、方相氏は幻想種の出現を許し、この討伐のために多大な犠牲を出しています。その中には時の御剣家の当主も含まれていました」

語られた情報は俺の見た過去の記憶と合致するものだった。

ただ、記憶にはなかった部分もあり、俺はそれについて問いかける。

「青林島にも龍穴があったのですか？」

「はい、そうです。そして三百年前、最後の戦いが起きたのも青林島でした。島の龍穴から現れた幻想種の王を討伐するため、人々は力を合わせて戦いを挑んだのです」

「なるほど。それがあなたがこの地に封じたという蛇なのですね」

俺がそう応じたのは確認のためだった。眼前の人物がいったい何者であるかの確認だ。

今さらではあるが、教皇は不死の王であることを肯定しただけで、まだ一度も名前を名乗っていないのである。俺が過去の記憶からソフィア・アズライトであろうと推測しているにすぎない。

かつてドーガは次のように述べていた。

『我らの始祖が身命を賭して戦った幻想種の王。彼《か》の蛇は今なお世界を洗い浄めんとして、東の地でとぐろを巻いておる。わしは人間を好かぬが、三百年前に蛇を封じた光神教の聖女には敬意を払っておるのだ』

蛇を封じた者の名はソフィア・アズライト。

ここで教皇が俺の問いにうなずけば、眼前の人物は三百年前の聖女に確定する。

俺としては引っかけというにも値しない簡単な確認作業のつもりだった。しかし、教皇からは思いのほか鋭い反応が返ってくる。

「その呼称を用いるのはおやめください。鬼人族はその無知ゆえに三百年にわたって獄《ごく》につながれることになりました。あなたがその覆轍《ふくてつ》を踏むことはありません」

「……なに？」

「人は大地に走る原初の力を指して龍脈と呼び、原初の力の噴出地を指して龍穴と呼びます。であれば、原初の力の具現たる存在を指して何と呼ぶべきかは明瞭でありましょう」

その言葉が終わるのを待っていたように視界に光が差した。ようやく通路が終点を迎えたようだ。

通路を一歩出た瞬間、そこはもう外だった。もう見慣れた感のある荒涼たる鬼界の大地。

頭上を振り仰げば、太陽はあいもかわらず仄《ほの》かな光を湛《たた》えるだけで、陽光を浴びる心地よさは微塵も感じられない。

それでも、視界に映る『それ』を映し出すには十分だった。

赤茶けた大地に穿《うが》たれた大穴と、その大穴から天を衝《つ》くように伸びた巨軀《きょく》。

背に翼を生やし、両の腕を持ち、今この瞬間もおぞましい瘴気《しょうき》を放ち続けている人面蛇身の幻想種――いや、これは幻想種ではない。幻想種の王ではあっても幻想種ではありえない。

これはもっと別の存在だ。幻想種よりもはるかに高い存在だ。俺ではなく、俺の中のソウルイーターがそう断じていた。

その思いを肯定するように、教皇は厳《おごそ》かに告げる。

「これにましますは人の智のおよばざる尊き御方。原初の力の具現。堕ちた星の精霊。浄世大願《じょうせいたいがん》の執行者。すなわち、龍です」

7

……かつて黄金帝国《インペリウム》と呼ばれる国があった。

それは大陸の辺垂《へんすい》まで領土に加えた巨大国家の名称であり、黄金と白銀に彩られた繁栄の光は地上をあまねく照らし出したという。

それまで人の手の及ばなかった高山、海底、地中、さらには天空までも制した帝国の力の源となったのは、大地を走る無限の魔力——すなわち龍脈であった。黄金帝国《インペリウム》は龍脈の力を抽出《ちゆうしゆつ》し、結晶とする技術を保有していたのである。

後世、賢者の石と呼ばれることになるこの結晶は、拳大《こぶしだい》の塊《かたまり》ひとつで百万都市の生活を支えられる高純度の魔力を有していた。黄金帝国《インペリウム》はそれを何千、何万、何十万と量産し続け、史上類《るい》を見ない世界帝国を築くに至った。

無限に等しい魔力を無限に生産し続ける奇跡の国。

黄金帝国《インペリウム》に生きる者たちは、帝国の栄華と繁栄が永遠に続くと信じて疑わなかった。

しかし。

人の目から見れば無限に見える龍脈にも限界は存在した。その限界を超えて搾取《さくしゅ》を続ければ、龍脈の力が欠乏していくのは自明の理である。そして、その欠乏をおぎなうべくさらに抽出量を増やせば、枯渇《こかつ》に至ることもまた自明であった。

龍脈の力とは大地の力そのものであり、その力が枯渇すれば地上は草一本生えない荒野になり果てる。生命という生命は失われ、何十年、何百年経《た》とうと生命が生まれ出ることのない死の砂漠が地平を覆う。

山川草木《さんせんそうもく》に精霊が宿るように、地水火風に精霊が宿るように、大地にも精霊は宿っている。土の精霊《ノーム》とは根本的に異なる、世界そのものとも呼べる存在——星の精霊。

もっとも、星の精霊はあまりにも存在の規格が違いすぎて、他の精霊と同一視するのは無理がある。どれだけ手練《てだれ》の精霊使いであっても、星の精霊を使役することはできない。本当に優れた才能を持つごく一握りの精霊使いだけが、かろうじて声を聞くことができるくらいだろう。

ともあれ、星の精霊は確かに存在したし、自らがこれからも在《あ》り続けることを望んでいた。

だから、龍脈の力を奪い続ける人間たちに警告を発した。時に声をあげて。時に身体を震わせて。

龍脈の力が尽きれば、地上に生きる人間たちだって死に絶えるのだ。それが伝われば人間は自殺行為に等しい搾取をやめるはずだった。

しかし、その推測ないし期待は裏切られる。

警告が届かなかったわけではない。一部の精霊使いはたしかに星の精霊の声を聞いたし、それを人々に伝えることもした。同時に、頻発する自然災害は過剰な龍脈採取の弊害である、と主張する人も少なからず存在した。

だが、それでも搾取が止まることはなかった。止められなかった、と言った方が正確かもしれない。

すでに地上の生活は龍脈の力によって成り立っており、龍脈の力を手放すことは文明の放棄と同義であった。来るかどうかもわからない滅びを避けるために、今の生活を手放すことができる者は少数派だったのである。

かくて星の精霊にとって人類は寄生虫となった。欲望のおもむくままに宿主を喰い殺し、その結果、自らも死に絶える愚かな死蟲《しむし》。

――そんな蟲《むし》が己の身体に巣くったとき、これを取り除くことに何の躊躇《ちゅうちょ》がいるのだろう？

「――ぐ!?」

教皇が龍と呼ぶ存在を指し示した瞬間、不意に頭の中に奇妙な知識があふれ出す。

たまにソウルイーターが見せる過去の情景、あれを何十倍にも強めたような情報の濁流に翻弄《ほんろう》され、思わず苦悶の声がもれる。

あまりのおぞましさに吐き気をおぼえた俺は、とっさに口元を手でおさえた。

「な、んだ、今のは……？」

そうつぶやくと、それまでじっと俺を見つめていた教皇が静かに応じた。

「星の精霊が堕ちるに至った理由。龍が人を憎むに至った理由。そして、光神教が幻想種を崇めるに至った理由です。幻想種は理由もなく人を襲うわけではありません。幻想種は人の傲慢と不遜から生まれ出た罪の産物であり、幻想種に逆らうことは罪を重ねることに他ならないのです」

「……む」

その言葉を聞いた俺は唇を引き結ぶ。

光神教や教皇の考えが理解できたわけではない。ましてや同意したわけでもない。ただ、今しがた垣間見《かいまみ》たものがすべて現実に起きたことなのだとしたら、人が憎まれるのも仕方ないかな、という気はした。

たぶんあれ、俺が蝿《はえ》の王の巣で無数の蛆蟲《うじむし》に集《たか》られたようなものだろう。あんな目に遭ったのだとしたら、蛆蟲を一匹残らず叩き殺してやる、と決意するのはしごく当然のことである。

その意味では星の精霊――龍に対する怒りは感じない。

まあ、だからといって大人しく龍なり幻想種なりに殺されてやる気はないけれども。龍脈をむさぼった黄金帝国《インペリウム》の人間が殺されるのは自業自得だとしても、今を生きる人間には関係のない話である。

俺がそう述べると、教皇はどこか哀しげにうなずいた。

「そのとおりです。罪があり、罰があって赦《ゆる》しがある。罪を犯した黄金帝国《インペリウム》が罰を受けいれていれば、人は赦しを得られたでしょう。ですが、現実にはそうはなりませんでした。黄金帝国《インペリウム》は幻想種を、ひいては龍を討ち果たすために国を挙げて戦いを挑んだのです。そして、不幸なことに勝利したのは黄金帝国《インペリウム》の側でした」

本来であれば黄金帝国《インペリウム》に勝ち目はなかった、と教皇は述べる。黄金帝国《インペリウム》の軍隊には龍脈の力を利用して造られた兵装が山をなしていたが、しょせんは借り物の力である。

真に龍脈の力を具現化した龍や、その龍によって生み出された幻想種にかなうはずはなかった。実際、黄金帝国《インペリウム》の軍隊は敗北に敗北を重ね、帝国の滅亡は避けられないと思われていた。

だが、黄金帝国《インペリウム》が滅びんとしたまさにそのとき、一部の幻想種が龍から離反して帝国に味方する。

そのことを告げる教皇の眼差しはぞっとするほど冷たかった。

「一部の――いえ、極言すれば、ただ一体の幻想種がすべてをひっくり返しました。どうしてその幻想種が母たる龍に反逆したのかは知りません。知りたくもない。けれど、事実は事実。その幻想種は数多《あまた》の同胞《はらから》を屠《ほふ》り、ついには自らと引き換えに龍をも討ち果たしたのです。残ったのは黄金帝国《インペリウム》の人間たちだけでした」

もっとも、この戦いで甚大な被害を受けた黄金帝国《インペリウム》にもはや昔日の国力はなく、政体を維持することは不可能だった。その意味では相打ちだったともいえる。

大地に穿《うが》たれた龍穴に封印をほどこした後、黄金帝国《インペリウム》は溶けるように解体され、以後、歴史に黄金帝国の名があらわれることはなかった。

――こうしてすべてが終わったかに見えた。

だが、星の精霊の本体ともいうべき大地は残っていた。己に巣くった死蟲に対する怒りも尽きていなかった。

尽きるどころか、施された封印の下で人への敵意は煮えたぎり、燃え盛り、呪いにも似た瞋恚《しんい》はいや増すばかり。

その瞋恚の炎が封印の効力を凌駕し、龍穴からあふれ出したとき、地上では七百年の年月が過ぎ去っていた……

8

黄金帝国《インペリウム》によって封印されたという龍。その封印が解けるまでに七百年の年月が流れたという教皇の言葉。

三百年前に大量発生したという幻想種は、おそらく龍の再活性に呼応して出現したのだろう。

つまり、龍と黄金帝国《インペリウム》が戦ったのは今から千年前の出来事であり、その戦いに敗れたことで、人間に対する龍の怒りは鎮まることなく後世に持ち越され、三百年前の戦いへ、ひいては現在にまでつながった、ということになる。

ここまで考えれば、光神教が掲げる浄世《じょうせい》の意味もおのずと察することができた。

そんなこちらの内心を読んだのか否か、教皇が静かに口をひらく。

「人は一度《いちど》龍の裁きを受け入れなければなりません。それは種《しゅ》としての贖罪《しょくざい》に他ならない。世を洗い、罪を浄《きよ》めることこそ浄世《じょうせい》大願の本義。これを乗り越えてはじめて、人は幻想種の脅威から解き放たれるのです」

龍にあらがうかぎり、たとえ勝利したとしても脅威は後世に引き継がれてしまう。黄金帝国《インペリウム》の時代から千年続いた呪いだ、今後千年にわたって続いたとしても不思議はない。

だから龍の裁きを――幻想種による破壊を受けいれなければならない、と教皇は説く。それこそが浄世《じょうせい》であり、浄世《じょうせい》を成し遂げないかぎり人は幻想種に襲われ続けることになるから、と。

それを聞いた俺は、なるほど、とうなずいた。

別に光神教の教えに感化されたわけではない。明かされた光神教の教義、行動、目的。それらと、これまでに聞いた情報との整合性がとれたことを確認しただけである。

――率直に言って、今の話に対するつっこみ所はいくらでもあった。

たとえば、裁きを受けいれたら本当に龍の怒りは鎮まるのか、とか。

なにせ、龍とは黄金帝国《インペリウム》に対する怒りを、ただ同族だからという理由で今を生きる俺たちに叩きつけてくる存在である。

その目的が「人間に罰を与えること」ではなく「人間を滅ぼすこと」に塗りかわっている可能性

は十分に考えられる。罪をつぐなうために裁きを受けいれる、なんて悠長な真似をしていたら、そのまま皆殺しにされてしまうかもしれない。

滅亡間際になって、こんなことなら戦っておくべきだった、と嘆いても遅いのだ。

ただ、俺は教皇相手にその点を議論する気はなかった。水かけ論にしかならないし、もっと言えばまったく興味がなかったからである。

俺にとって幻想種は美味しい餌《えさ》だ。その幻想種に黙ってやられろ、なんて話をまともに取り合うつもりはない。

俺が興味を持っているのはもっと別のことだ。たとえば、浄世《じようせい》を掲げる光神教が龍——鬼人族がいうところの蛇を封じたことになっているのはどうしてなのか。

浄世を目指すソフィア・アズライトは、本来蛇を解き放たなければならない立場である。それがまったく逆のことをしている。

光神教と御剣家のつながりにも謎が多い。幻想一刀流は幻想種を打倒しうる剣技だ。光神教や教皇にとっては邪魔以外の何物でもないはずなのに、長年裏でつながっていたという。

それらの矛盾の淵源《えんげん》が三百年前にあることは明白だった。

おそらく、幻葬《げんそう》の志士に加わったソフィア・アズライトと御剣仁、神無《かむな》アトリの間で何かが起きたのだ。その何かが三百年後の不透明な状態を生み出している。

俺はそれを確かめるべく口をひらいた。

「西都で聞いた話によれば、三百年前に蛇――いえ、龍を封じたのは光神教の聖女ソフィア・アズライトであるとのことでした。今の話と矛盾しているように思えるのですが、その点はいかがです？」

こちらの問いかけに、教皇は思いのほかあっさりと応じた。

「その答えは簡単です。実際に龍を封じたのは私ではありません。そういうことです」

「……では、実際に龍を封じたのは誰なのです？」

「アトリです。神無《かむな》の里のアトリ。鬼人族最高の剣士であり、私にとっては一番の友と呼べる人でした」

そう言うと、教皇はじっと俺の目を見つめてきた。その目はとても穏やかだったが、何故だか俺の心はひどく騒いだ。

激しい流れの川よりも、静かな流れの川こそ水はより深いもの。一見穏やかな表情の裏に、膨大な量の感情が秘められているのが伝わってくる。

と、ここで教皇はおもむろに西の方角を指さした。

「本殿を基点とした結界を築き、龍が発する瘴気《しようき》を防いでいるのは確かに私です。その意味では龍を封じているというのもあながち間違いではないでしょう。ですが、アトリの結界はこのような児《じ》戯《ぎ》とは比べ物になりません。あの日、あのとき、アトリがおこなったのは結界を超えた異界の創造でした」

「異界？」

「そう、異界です。不思議に思ったことはありませんか？　鬼界とはいったい何なのだろう、と。鬼門をくぐりぬけた先にある、大陸とはまったく異なる大地。陽炎のごとき太陽が昇り、不毛の荒野がどこまでも続く命なき世界。そして、かつて青林島にあったはずの龍穴が存在する世界。そんなものが自然にうまれるはずがありません」

そこまで言われれば、凡庸なる頭脳にも洞察のひらめきが生まれるというもの。

俺はわずかに眉根を寄せ、教皇に言葉を向けた。

「では、鬼界とは」

「現界した龍を封じるためにアトリが築いた空間結界を、私たちは鬼界と呼びならわしているのです。ご覧なさい、龍の額を」

そう言って教皇の細い指が示した先。見上げるほどに巨大な龍の顔にあらためて視線を向ける。

教皇のいう額には一本の角が生えていた——いや、はじめ俺はそれを角だと思ったが、よく見ればそれは角ではなく、もっと別の何かだった。

恐ろしいほどに巨大な剣が龍の額に深々と突き刺さっており、それが遠目からは角のように見えていたのである。

それをなしたのが誰であるのか、あらためて確認するまでもなかった。

穏やかで優しく、それでいて茶目っ気もあった神無《かむな》の里の巫女は、いざ戦いとなれば鬼神のごとき強さを発揮した。その力は幻想種との戦いを経るたびに高まっていき、ついには定命《じょうみょう》の者が龍を封じるに至ったのだ——教皇はそう述べた。

その結果として出来たのが鬼界であり、鬼界の入口となる鬼門である。そういうことなのだろう。

ただ、龍を封じるための空間結界にわざわざ出入りできる穴をもうける必要はない。鬼門ができてしまったのはアトリにとって計算外のことだったのではないか、と俺は思った。

完璧な結界をつくるためには力が足りなかったのか、あるいは、力は足りていたのに何者かの妨害があって果たせなかったのか。

もし後者だったとすれば、その何者かはきっと龍とアトリの戦いをすぐ近くで見ていた人物に違いない。

9

——自然、俺の視線は教皇に向けられた。

教皇もまたこちらを凝然《ぎょうぜん》と見つめていた。

穏やかであるのに仄《ほの》かな暗さを感じさせる教皇の双眸《そうぼう》は、まるで古びた井戸の水面のようだ。どれほど目を凝《こ》らしても奥を見通すことができず、水の清濁も、底までの深さもわからない。

俺は教皇の目を見つめ返しながら、改めて眼前の人物について考える。

光神教の目的を考えれば、龍を討伐しようとする者を妨害するのは当然のことであろう。幻葬の志士に潜り込んだソフィアは最後の戦いで志士たちを裏切り、龍が完全に封印されるのを阻んだ。

本来だったらすぐにでも龍を解き放ちたかったに違いないが、アトリがほどこした封印が強力でそれがかなわなかった。そのため、不死の王と化して封印の効力が解けるのを三百年待ち続けてきた。今に至る流れを整理すれば、そのような結論が導き出される。

すべては推測にすぎないが、それほど大きく外れてはいないだろうという確信があった。

ただ気になることもある。

たとえば、先刻から教皇の話の中に御剣の名前が一向に出てこないこと。

大陸の歴史では、三百年前に戦乱の元凶である鬼神を封じたのは初代剣聖　御剣一真だとされている。その功績をもって御剣家は武名を高め、皇帝から鬼門の守りを任されるに至った。

だが、実際に鬼門に封じられていた元凶は鬼神ではなく龍であり、その龍を封じたのも一真ではなくアトリだという。

単純に考えれば、一真がアトリの功績を盗んで英雄の座を奪い取ったのだろうが、当時の御剣家は方相氏の下っ端にすぎなかったはず。そんな弱小勢力の当主がどれだけ画策したところで、アトリの功績を奪うことは不可能だろう。

おそらく、誰かが御剣一真の功績を証明したのだ。彼こそが鬼神を封じて世界を救った英雄である、と。

そして、この「誰か」に該当するのも教皇の他にいないだろう。御剣家と光神教が裏でつながっていたのだとすれば、両者の関係の始まりはこの策謀だったに違いない。そうやって御剣家の名を高からしめる一方、教皇は自ら鬼界に移り住んで鬼人族と共存してきたわけだ。

ただ、龍の復活を望む教皇にしてみれば、幻想一刀流を扱う御剣家は邪魔者であったはず。その御剣家を引き立てるような真似をした理由はどこにあったのか。それに鬼人族と接近すれば、それだけアトリのことがバレてしまう可能性も高くなる。偽の功績で名をあげたのは御剣家ばかりではないのだ。

それでも教皇はあえてそれをした。たぶん、そのあたりに御剣仁の存在がからんでいるのだろう。

そのことを問いかけるべきか否か、すこし迷う。

教皇は先刻から一貫して穏やかで協力的だが、ときおり底知れない迫力をのぞかせる。御剣仁の名前は、教皇の奥底に潜んだものをひきずりだしてしまう気がしてならなかった。

そうなれば、眼前にいる三百年前の生き証人と話をする機会は永《なが》く失われてしまうだろう。それを避けるためには仁の名前を出さず、もう少し話を引き延ばす必要があった。

そこまで考えて、俺はふと自問した。

――どうして俺はこれほどまでに三百年前の真相を求めているのか。

もともと、俺は三百年前の出来事にさして興味を持っていなかった。

ラスカリスやノア教皇、アマデウス二世とのやり取りから、無知であることの危険性を認識させられていたので、それをおぎなう知識を求めていたのは確かである。

しかし、それは「可能ならば知っておきたい」という程度のものでしかなかった。

俺が鬼界くんだりまでやってきた目的は、あくまで新たな供給役の確保と、幻想種に匹敵するという魔物を喰うことであり、是が非でも三百年前の真相を突きとめてやろう、とは考えていなかった。

だが、いま俺はできるかぎり三百年前の情報が欲しいと思っているし、そのために教皇の言葉を引き出したいと考えている。

何故なら、そうすることで三百年前に御剣家がとった行動がより克明に把握できるからだ。それはつまり、虚構で塗り固められた御剣家の真実を暴き出すということである。

鬼ヶ島から追放されたときの父の言葉が思い出される。

『御剣家は三百年の昔、鬼神を封じた剣聖を祖とする武門の家。幻想一刀流は始祖が身命をとして編み出した破邪の剣よ。竜、巨人、鬼神――天災に等しき幻想種さえ葬りさる人の世の護《まも》り刀。これあるゆえに、我が家は帝から鬼門を守る大役を仰せつかっている』

デタラメもいいところだ。

初代剣聖は鬼神を封じてなどいなかった。

御剣家は人の世の護《まも》り刀などではなかった。

幼い頃から繰り返し教え込まれ、骨身どころか魂にさえ刻まれた御剣家の絶対性は、虚偽と謀略の産物でしかなかったのだ。

そのことを思うと、自然と口の端が吊りあがっていく。

嘘を教え込まれた怒りゆえに、というわけではない。いや、それがまったくないとは言わないが、それ以上に俺の全身を包んでいるのは解放感だった。これで御剣家に遠慮する必要はなくなった、という解放感である。

以前、母の墓参りに来たときに確かに見た白峰の頂きと、そこに至る道のり。今はまだ届かずともいずれは、との思いは絶えず胸の中にあり、その欲求に従って貪欲に強さを求めてきた。

そうして強くなっていく手ごたえは感じていたが、一方で俺はためらいをおぼえてもいたのである。

どういう理由であれ、当主である剣聖が敗れれば御剣家は揺らぐ。そして、御剣家が揺らげば鬼門の守りも揺らぐ。その結果、鬼門からあふれだした悪鬼妖魔が鬼ヶ島や大陸を跋扈《ばっこ》するような事態になったら、後味が悪いどころの話ではない。

それがためらいの源だった。

しかし、今回の一件でそのためらいは不要なものだと判明した。御剣家が揺らいだところで、俺が恐れていた事態は起こらない。俺が父に挑む障害はなくなったのである。

俺は喉《のど》を震わせるようにして、くくっと笑った。

第六章　幻葬の志士

1

「一真《かずま》様はこのまま船でお待ちくださいませ！　これより先は我らで確かめてまいります！」

青林島の船着き場に到着した御剣一真が船から下りようとしたところ、配下の若者が決死の形相で訴えかけてきた。

これに対し、一真は軽くかぶりを振って応じる。

「そういうわけにはいかぬ。何があったのかをこの目で確かめるために、私はこの島に戻ってきたのだ」

「ですが、このようなところで一真様に万一のことがあれば、我らが仁《じん》様に叱られてしまいま――！」

懸命に言い募ってくる若者を見て、一真は唇の前で人差し指を立てる。

それを見た若者は主君の意を悟り、慌てて己の口を塞いだ。

御剣一真の弟である仁は死んだのだ。一年前、妖魔《ゴブリン》の討伐におもむいてあえなく返り討ちに遭《あ》い、死体は悪戯《いたずら》半分に焼かれていた——方相氏に対して一真はそのように報告している。そして、弟の無様な死に様に憤慨《ふんがい》し、仁の存在を御剣家の記録から抹消した。自分には妖魔《ゴブリン》ごときにしてやられるような愚弟はおらぬ、と。

幸いというべきか、仁が儺儺式《ななしき》の稽古を嫌って父や兄を手こずらせている話は知られていたので、この醜聞《しゅうぶん》はさして怪しまれることなく内外に広まった。

この一件は方相氏の間で嘲笑のタネとなっており、御剣家の君臣はたびたび他家から侮蔑の視線を向けられている。そのため、御剣家内部でも仁の話題は禁忌《タブー》となっていた。

真相を知るのは、兄弟を除けば一部の側近のみ。この場にいるのはその側近だけであるが、だとしても仁の生存を匂わせるようなことを口にしてはならない。

九門《くもん》の姓を持つ若者は己の浅慮を恥じて頭を下げた。

「申し訳ございません！」

「わかればよい。長老も儺儺式《ななしき》使いたちも大陸から動かぬ以上、こうして青林島に戻ってきた我らの声が届くはずもない。だが、言葉というのは飛翔するもの。秘するべきは、いつであれ、どこであれ、秘しておくよう心得よ。墓の中まで持っていくのだ」

「御意にございます」

そんな会話を交わしながら御剣家の君臣は船から下り、青林島の土を踏む。

龍穴から姿を現した人面蛇身の幻想種を討つべく、幻葬《げんそう》の志士や、それに助力する勢力が総力をあげて討伐に乗り出したのはつい先日のこと。

青林島の住民がすべて島外へ避難したのを確認した後、最後の戦いは開始された。

戦いの激しさは海峡を隔てた大陸まで伝わり、この世の終わりかと思うような轟音と振動が何日も、何日も続いた。

それが先夜、突如としておさまったのである。以来、青林島はしんと静まり返っており、いかなる物音も伝わってこない。大陸からも姿を確認できた幻想種の巨体は掻き消えており、それだけ見れば志士たちが勝利したと思いたいところなのだが……勝ったにしては戦いにおもむいた者たちが誰ひとりとして帰ってこない。

大陸側に陣取っていた第二陣の中で偵察隊の派遣が決定され、その役目に名乗りをあげたのが一真率いる御剣家だった。

正確に言えば、名乗りをあげたのは方相氏の上の者たちであり、御剣家は危険な実行部隊を押しつけられたのだが、一真はあらがうことなくそれを受けいれた。

もともと、一真自身は最後の戦いに参加する気満々だったのである。この時期、一真は仁の密かな手ほどきによって心装を会得するに至っており、幻想種との戦いに臨むだけの実力は持っていた。

だが、一真の要望は仁によってあえなく却下されてしまう。

自分たち兄弟が死ねば御剣家直系の血が絶えてしまう。それは何としても避けなければならない。仁はそう言って兄に自重を求めたのだ。

御剣家のためにすすんで汚名をかぶった弟にそう言われてしまえば、一真としてはうなずく他にない。

結果、一真はこうして全てが終わってから故郷に戻ることになったのである。

ひととおり島内を調べ終えた一真は、あらためて幻想種の姿が消えていることを確認した。やはりと言うべきか、仁をはじめとした志士たちの姿もない。

ただ、それだけならあらかじめ予測はしていた。問題は幻想種出現の源ともいうべき龍穴までが消えてしまっていることである。

かわりにあったのは異様な大きさの魔力溜まりだった。空間を歪ませるほどの規模のそれが、かつて龍穴があった場所に忽然《こつぜん》と出現している。

いったいこの地で何があったのか。それを調べるためには、あの魔力溜まりを調べるのが一番の早道だろう。

そう考えた一真が、魔術の心得のある配下に声をかけようとしたときだった。

「何者だ!?」

配下が誰何《すいか》の声をあげて剣の柄に手をかける。

一真が声のした方向に視線を向けると、そこには神官服を着た女性が立っていた。先ほど周囲を確認したときは誰もいなかったはずなのに。

「お久しぶりです――と申し上げるには、まだ以前に会ってから時が経っていませんね、一真様」

警戒する配下にかまわず話しかけてくる女性神官。一真はこの相手のことを知っていた。

最後の戦いの前夜、仁がこっそり一真のもとを訪れた際に同道していたふたりの女性の内のひとりである。名前はたしか……

「ソフィア殿。無事であったか」

一真の声にソフィア・アズライトは微笑んで応じる。大輪の花が咲くような艶《あで》やかな笑みで、配下の何人かは呆けたようにソフィアに見惚れていた。

だが、一真の眼差しは濃い疑念を宿したまま、わずかな揺らぎも見せない。

一真がソフィアと顔を合わせたのは一度きりだが、仁と共にいたソフィアはもっと楚々として大人しい女性だった。近づく決戦への緊張からか、どこか思い詰めた顔をしていたことをおぼえている。

その女性が、この状況で意味もなく笑みを振りまいている。一真は警戒の念を募らせつつ言葉を続けた。

「ソフィア殿、あの幻想種との戦いはどうなったのだ？　仁やアトリ殿、それに他の志士たちは無事なのか？」

それを聞いたソフィアは笑みをおさめ、静かな声で応じる。

「龍との戦いは終わりました。アトリが命を賭《と》して異界に封じこめたのです」

「龍？　それがあの幻想種の名か。異界というのが何なのかはわからぬが、察するにそこの魔力溜まりと関係があるのだな？」

「はい。あそこに足を踏み入れると、まったく別の大地に飛ぶことができます。生き残った志士たちは皆そちらに。私は外の様子を確かめるためにこうして出てきたのです」

そこまで語ったソフィアは、ここで表情を曇らせた。

「一真様、残念なことをお伝えしなければなりません。仁様は龍との戦いで命を落とされました」

「…………そうか」

弟の訃報《ふほう》を聞いた一真は、思わず、という感じできつく目をつむった。側近たちも無念そうにうめき声をあげている。

弟を最後の戦いに送り出したとき、こういう結末もあるものと覚悟はしていた。それでも胸を穿《うが》つ痛みは一真にとって耐えがたい。

——御剣家で生き残った男《おのこ》はとうとう私ひとりになってしまったか。

悲哀を込めて内心でつぶやいたとき、不意にソフィアがパチンと両手を叩いた。

途端、それまで一真を守るために周囲を固めていた配下たちが、糸の切れた人形のようにぱたりぱたりと地面に倒れていく。

一真とソフィアが一対一で向かい合うまで、さして時間はかからなかった。

「――なんのつもりだ、ソフィア殿」

「一真様以外の方に、ここから先の話を聞かれるわけにはいきませんでしたので」

「ほう。試みに問うが、話とは何かな？」

声音は平静ながら、一真はすでに臨戦態勢に入っている。

そのことに気づいているのか、いないのか、ソフィアは淡々と続けた。

「一真様はこれから人間と鬼人の関係がどのように変化していくとお考えですか？　これまで人間は鬼人の異形と異能を恐れ、彼らを遠ざけてきました。鬼人もまた人間を恨み、両者の間には深い溝ができていた。けれど、こたびの幻想種との戦いによって、ふたつの種族は過去の確執をこえて手を取り合い、大きな成果をあげるに至りました」

本来、それは喜ぶべきことである。

しかし、両者が手を取り合ったのは敵がいたからである。幻想種という強大な敵がいたから、二種族は過去の対立を脇に置いてでも手を握らざるをえなかった。

人間と鬼人は本当の意味で和解したわけではない。もちろん仁とアトリのように信頼を育んだ者たちもいるが、その信頼はあくまで個人間のもの。種族間の信頼を確立したとはとうてい言えない。

そして今、幻想種の王を封じたことで敵は消え、両者が手を握る理由は失われた。

ここにおいて過去の対立が再燃するのは必然といってよかった。

「あらためて言うまでもありませんが、幻葬《げんそう》の志士の主力は心装を操る鬼人たちでした。その上で、鬼人族であるアトリが幻想種の王を封じて戦いを終結せしめた。鬼人族の功績は誰の目にも明らかであり、今後の大陸復興において彼らが大きな発言力を得ることは明白です。そして、鬼人族が真っ先に手をつけるのは、過去に自分たちを狩り立ててきた者への報復でしょう」

それはつまり、鬼人族を目の仇にしてきた方相氏に対する復讐、ということである。むろん、方相氏に連なる御剣家も報復の対象に含まれる。

鬼人族からすれば、儺儺式《なないしき》などという鬼人殺しの剣術まで編み出した者たちを許す理由はない。方相氏の側も今さら鬼人に謝罪したりはすまい。

幻想種との戦いが終わって間もないというのに、鬼人族と方相氏の戦いが勃発する。

問題は他の人間勢力がどのような反応を見せるかである。

おそらく大半の勢力は傍観を決め込むだろう。幻想種との戦いで示された鬼人族の力――心装に対する畏怖は人々の心に深く刻み込まれている。まともな為政者であれば、あのすさまじい力が自分たちに向けられるような事態は万難を排してでも回避するはずだ。ましてや、方相氏などという氏も素性も知れない者たちのために危険をおかす為政者がいるとは思えない。

方相氏にとっては望ましいことではないが、それでも周囲が傍観するだけならまだいい。厄介なのは、他の人間たちが鬼人族に助力して方相氏を滅ぼそうとしてくる可能性があることだ。

何のために？　過去に鬼人を迫害した罪を方相氏に押しつけ、自分たちは鬼人に対して敵意も偏見も持っていないと証明するために、である。

2

方相氏は人間と鬼人というふたつの種族が和解するための生贄にされるかもしれない――ソフィアの推測を聞いた一真は、常から眉間を去らぬ皺《しわ》をひときわ深くした。

十分にありえることだ、と思ったからである。

もっと言えば、ソフィアに指摘される以前から一真はその危惧を抱えていた。最悪の事態を避けるために行動もしていた。

だが、具体的な成果は挙げられていない。

幻葬の志士である仁を通じて鬼人族と接触する、という手もあったのだが、これに関しては考えただけで実行に移していなかった。

方相氏の上位者たちや儺儺式使いは馬鹿ではない。彼らの目は間違いなく御剣家にも向けられている。一真としては、仁の存在を方相氏に悟られるような事態は極力回避したかったのである。

それに、これ以上御剣家のことで弟に負担をかけたくないという思いもあった。

ともあれ、ソフィアの指摘は正確に一真の危惧を突いていた。当然、指摘してそれで終わりではないだろう。

一真はかすかに目を細めて眼前の神官を見やった。

「奥歯に物が挟まった言い方だ。私と一対一で話をするために他者を眠らせたのだろう？　胸襟《きょうきん》をひらけとは言わぬが、持って回った物言いは興を殺《そ》ぐ」

「ごもっともです。では単刀直入に申し上げましょう」

そう言うと、ソフィアは一呼吸いれてからその言葉を述べた。

「鬼人族を大陸から駆逐いたしましょう、一真様。鬼人族だけではありません。御身にとって目の上のこぶである方相氏をも大陸から追い放ち、御剣家の名を不朽《ふきゅう》のものとするのです。不肖《ふしょう》ながら、この身がお手伝いいたしましょう」

臣下のごとく深々と頭を垂れるソフィア。

だが、もちろん一真は喜んで頷いたりはしなかった。

「痴人《ちじん》の夢想だな。私がそのような妄言に乗ると思っているのなら、侮《あなど》られたものよ」

「ここで決断せねば、遠からず御剣家は族滅《ぞくめつ》の憂き目を見ることになりましょう。それが鬼人の手によってもたらされるのか、同族の手によってもたらされるのかは分かりませんが、いずれにせよ、一真様と配下の方々の命運は尽きてしまいます。そのことは理解しておいでと存じますが」

「そうなると決まったわけではあるまい」

段々と言葉に熱を込めてくるソフィアとは対照的に、一真はひどく冷めた声で応じた。

御剣家当主の胸中では眼前の神官に対する疑念が一秒ごとに膨れあがっており、今や無視できないほどに大きくなっている。切れ長の双眸に疑念と警戒を宿したまま、一真は言葉を続ける。

「物いわぬ幻想種とは異なり、人間も鬼人も言葉を使うことができるのだ。たとえ過去に因縁があったとしても、語り合って乗り越えることができる。それこそ仁とアトリ殿のように、種族を異《こと》にして結ばれる者たちもあらわれよう」

一真はその言葉に特別な意図を込めたわけではなかった。アトリのことで弟から何かを言われたわけでもない。ただ、ふたりが互いに想い合っていたのは傍目にも明らかだったので、それを思い出して口にしたにすぎなかった。

——反応は想像を超える激越さで返ってきた。

ソフィアの細い身体からあふれ出すおぞましいほどの魔力。とうてい生身の人間のものとは思えない力の奔流に晒された一真は、ほとんど本能的に腰の剣を抜き放っていた。

幻葬一刀流 颯《はやて》。一真が仁から伝えられた最初の剣技。

踏み込み、抜刀、斬撃、いずれも要した時間は瞬きひとつにも満たない。

一真の攻撃は人間として可能な限界を極めており、よほどの達人でもなければ、躱《かわ》すことはおろか攻撃されたことさえ気づかなかったに違いない。

その手練《しゅれん》の一閃を、ソフィアは止めた。躱《かわ》したのではない。後ろにさがらず、かえって前に踏み込み、一真の振るった笹雪《ささのゆき》の刃を素手でつかんでのけたのである。

驚愕をのみこんだ一真がとっさに刀を引こうとしたが、刀はぴくりとも動かない。

ソフィアは寸前の激情を忘れたようにくすりと微笑んだ。

「お見事です。けれど、無駄なこと。仁様が一を聞いて十を知る天才なら、あなたは一を聞いて一を知る凡才。たとえ仁様の編み出した剣といえども、使い手があなたであるかぎり今の私には届きません。心装を出したところで同じことです」

「――ッ！」

一真は腕に力を込めるが、ソフィアが握った刀身はびくともしない。単純な膂力《りょりょく》だけではない。己とソフィアの間にはもっと根源的な力の差があることを、一真は痛切なまでに感じ取っていた。

その一真に向けて、ソフィアは静かに語りかける。

「そう、剣士としては仁様に及ばない。けれど、一を聞いて一を知るあなたは、それを十度繰り返すことで十に至る努力の人でもある――仁様はそうおっしゃっておいででした。いずれ兄上は、自分はもとよりアトリと同じ領域にたどりつくだろう、とも。今の一刀を見て、私も同じ考えに至りました」

「ならば、ここで禍根《かこん》を断っておくことだ」

「それはできません。あなたは仁様が感覚で使っていた剣を理論として修め、他者に伝えることができる御方。剣士としては仁様に及ばずとも、剣師としては仁様にまさる。その意味では、あなたもまた仁様に並ぶ天才なのでしょう。私にはその才が必要なのです」

言い終えるや、ソフィアは刀から手を離した。

途端、一真は間髪を容れずに飛びすさってソフィアと距離をとる。その額には玉のような汗が浮かんでおり、今の短い時間で一真が激しく消耗したことを告げていた。

一方のソフィアはかけらほどの疲れも見せず、熱を込めて己の計画を詳《つまび》らかにしていく。

「仁様は亡くなられましたが――いえ、亡くなられたからこそ、せめて仁様が生み出したものは世の末まで伝えねばなりません。それができるのは一真様だけなのです。これより私はアトリをはじめとした鬼人の志士たちを救出すると称し、いまだ大陸に残る鬼人の戦士たちを異界へと導きます。主力となる心装使いを彼《か》の地に幽閉してしまえば、残るのは心装を使えぬ女子供、老人ばかり。人間の戦力でたやすく駆逐することができるでしょう」

「そのような虐殺、諸人《もろびと》の賛同を得られるはずもない」

「人間の中にも鬼人族の力を恐れる者はいます。名目さえあれば、すすんで反対を唱える者はいないでしょう。そうですね――彼《か》の幻想種こそ鬼人族が崇めていた鬼神だった、というのはいかがです？　こたびの大乱の元凶は実は鬼人族であり、あなたはそのことを突きとめて見事鬼神を封印せしめた。そして、元凶たる鬼人族をも大陸から一掃し、歴史に不滅の名を刻み込むのです」

それを聞いた一真は、ソフィアが語る計画の悪辣《あくらつ》さに顔をしかめた。

「……そのような企みに同心することはできぬ、と言えばどうする？」

「そのときはやむを得ません。ここに横になっている方々を一人ずつ殺していきます」

そう言ってソフィアは倒れている御剣家の配下たちを一瞥《いちべつ》した。

「それで足りなければ大陸に残っている方々を。それでも応じないのであれば、残された家族を殺します。あなたが肯《うべな》うまでずっと。全員が殺し尽くされてもなお意見がかわらないのであれば、そのときは仕方ありません。あなたも殺して、他にめぼしい相手を探しましょう。世界を救った英雄にしてさしあげますと耳元で囁けば、応じる者はいくらでも湧いて出ます」

「仁が生み出したものを後世まで伝えるのではなかったのか？」

「可能であればそうします。不可能であれば諦めます。それだけのことですよ」

ソフィアの舌の勢いは止まらず、それからも滔々《とうとう》と語り続けた。

龍とは何なのか。光神教とは何なのか。己がどのような存在になったのか。いかにして大陸の歴史を改竄《かいざん》していくのか。

それらを聞かされている間、一真はすべての神経を集中させてソフィアの隙を探したが、まったくといっていいほど見つからなかった。それどころか、刻一刻と膨れあがるソフィアの魔力に押しつぶされないようにするだけで精一杯だった。

視界に映っているのはたしかに人間なのに、感じる圧迫感は最上位の幻想種のそれである。死を覚悟で挑んでもひねりつぶされるだけだろう。そして、それは配下の死を意味する。

そうなれば大陸に残してきた者たちも無事では済むまい。仁が命を懸けて守ろうとした御剣家が失われてしまうのだ。弟が身命を賭して編み出した幻葬《げんそう》の剣が失われてしまうのだ。

——それだけはできぬ。当主として、兄として、それだけは絶対に。

一真は血がにじむほどに拳を握りしめた。

ソフィアの手をとれば、その瞬間に御剣一真の名は永遠の汚濁《おだく》にまみれてしまう。命を惜しむ臆病者。他人の功績を奪う卑怯者。背後から盟友に斬りつけた裏切り者。罪なき命を踏みにじる虐殺者。他にも数え上げればきりがない。

そのくせ、表では世界を救った英雄として称えられるのだ。恥を知る者ならば一日とて耐えられぬ地獄の日々。人としての喜びをおぼえることは二度とあるまい。

だが、それをしなければ御剣家は地上から消え去ってしまう。

奥歯を噛みしめた一真は、どこか恍惚《こうこつ》とした表情で口を動かし続けているソフィアを見やった。

ソフィアは御剣一真を英雄にしようと画策する一方で、鬼人族を異界に導こうとしている。単純に鬼人族を滅ぼすだけなら、そんな手間をかける必要はない。鬼人族の主力は志士として龍と戦ったのだ。残っている心装使いの数は少なく、今のソフィアであれば正面から押し潰すことも可能であろう。

だが、ソフィアはそれをせずに鬼人族を一か所に集めようとしている。一真の目には、ソフィアが御剣家と鬼人族の対立構造をつくろうとしているように思えてならなかった。

仁が守ろうとしていた御剣家と、アトリが守ろうとしていた鬼人族をあえて対立させる理由は何なのか。

アトリに封じられたという龍の意識がソフィアに伝わっているのなら、己を封じたアトリに対して意趣返しをしようとしているのかもしれない。その可能性は十分にあるだろう。

だが、それだけではないとしたら。

先ほど、仁とアトリが結ばれたと口にしたときの反応が、ソフィア自身の情念によるものだとしたら。

その場合、御剣家と鬼人族の対立を画策したのはソフィア自身だということになる。私怨のために世界を乱すソフィアの精神は正常の轍《わだち》から外れていると言わざるをえない。

——まさかとは思うが、仁の死も……

一瞬、一真はその可能性を考えたが、すぐにかぶりをふって疑念を振り払った。

その答えを知ってしまえば、もうソフィアと戦う以外の道がなくなってしまう。外道《げどう》に堕ちる覚悟を決めた以上、それについて考えるべきではなかった。

考えるべきはいかにして御剣家を残し、仁の遺した幻葬《げんそう》の剣を後世に伝えるか。ただそれだけであるべきだった……

3

「——以上が三百年前に起きた出来事です」

長い長い物語を語り終えた教皇はそう言って話を締めくくる。

聞き終えた俺は無意識のうちに大きく息を吐き出していた。教皇の昔語りはそれくらい密度が濃かったのである。

鬼門に封じられているのは鬼神ではなく龍であり、それを成したのは初代剣聖ではなく鬼人族のアトリだった。鬼神を打ち倒して世界を救った御剣家の勲《いさお》は、ソフィア・アズライトと御剣一真がつくりあげた幻想にすぎなかった。

その幻想をたしかなものとするため、ふたりは鬼人族を徹底的に悪役に仕立て上げて大陸から駆逐した。幻想種から大陸を守るために最も力を尽くしたのは鬼人族だったというのに、人間はソフィアたちに踊らされるままに鬼人族を狩りたてていったのである。

その結果、大陸における鬼人族は絶滅寸前まで追い込まれた。ソフィアと一真によって鬼界に閉じ込められた鬼人たちも、不毛の荒野で同族同士が相食《あいは》みながら血みどろの三百年を過ごすことになった。

光神教の来歴や、皇帝アマデウス二世の言葉から推測するに、法神教やアドアステラ帝国もふたりの策謀に加担していたに違いない。彼らは鬼人族にすべての罪をなすりつけることで戦後の大陸の主導権を握り、今日《こんにち》の繁栄を築くに至ったわけだ。

御剣家が帝国内部で特異ともいえる立場を保持し続けてこられたのも、幻想一刀流という図抜けた武力の他に、三百年前の真相を知る共犯者だったから、という理由が大きかったに違いない。

――これまでの大陸史を根底からひっくり返してしまう事実の数々。『鬼門の秘密が解き明かされたとき、人の世は大きく揺れることになる』とはアマデウス二世の言《げん》であるが、なるほど、このことが広まれば大陸諸国は激震に見舞われるに違いない。

ただ、そのあたりのことを考えるのは国王や皇帝といった権力者の仕事である。俺が考えるべきはもっと別のことだ。

すなわち、俺に真実を伝えた教皇ソフィア・アズライトの目的である。

まさか三百年前のことを伝えて、はいさよならで終わらせるつもりはあるまい。眼前の不死の王は大陸の歴史を改竄《かいざん》した黒幕だ。その黒幕が今日まで徹底的に隠していた秘密を明かしたのだから、対価として俺に求めるものがあるはずだった。

「貴重な話を聞かせていただき感謝します。それで、俺に何を求めているのですか?」

あえてまっすぐに尋ねる。腹芸をしかける場面ではなかったし、その気分でもない。

教皇の返答は、予想どおりといえば予想どおりのものだった。

「私と一緒に来てください。そして、二人で浄世《じょうせい》を成し遂げましょう。三百年前に果たせなかったことを、今度こそ共に」

教皇はにこやかに微笑むと、俺を抱きしめようとするかのように大きく両腕を広げる。恋人の抱擁を待ち受けるにも似たその姿からは、俺に断られるかもしれないという危惧は露ほども感じられなかった。

信頼に満ちた眼差しは、いったい誰に向けられたものなのか。

そんなことを思いながら、俺は短く返答する。

「お断りします。光神教にも、浄世《じょうせい》にも興味はありません」

拒絶を突きつけられた教皇は、それでも顔に微笑みを湛《たた》えたまま問いかけてきた。

「浄世《じょうせい》を成し遂げなければ、龍の呪いはいつまでも大陸を蝕《むしば》み続けるでしょう。それはつまり、幻想種の爪牙がいつあなたの大切な人たちを引き裂くか分からないということです。それをよしとなさいますか？」

「よしとするつもりはありません。ですが、それはあなたの言うとおりにしても同じことでしょう。世界を浄《きよ》めると言えば聞こえはいいですが、ようするに龍に対して何ひとつ抵抗せずに這《は》い蹲《つくば》っていろ、ということです。それこそ、いつ俺の大切な人たちが引き裂かれるか分かったものではない」

光神教なり法神教なりに帰依《きえ》すれば龍の標的にならない、なんて与太話を信じる気にはなれなかった。龍がそんな話のわかる存在であるのなら、千年前の恨みを今に生きる命に叩きつけたりはしないだろう。

教皇はなおも笑みを浮かべたまま、こてりと首をかたむける。

「それでは、どうあっても私と共に来るつもりはない、と？」

それに対して俺は「はい」と応じようとして、意識的に言い方を変えた。

ここまでは礼儀だと思って敬語を使ってきたが、いいかげん面倒くさくなってきた。初めて顔を合わせてから今に至るまで、ただの一度も俺を見ようとしない相手に敬意を払う必要はないだろう。

「ああ、そういうことだ」

「そうですか、それは残念です」

そう口にする教皇の顔にはなおも笑みが張りついていた。まるでそういう種類の能面をつけているかのように教皇の笑みは崩れない。にこやかなはずの笑貌《しょうぼう》にうそ寒さを感じ、自然と表情が引き締まる。

すると、教皇はそんな俺を見やりながら言葉を重ねた。

「本当にとても、とても残念です。叶うなら、あなたの意思で共に来ると決めていただきたかった」

言うや、教皇はぱちんと両手を叩く。

次の瞬間、教皇の小さな身体から噎《む》せ返るような高濃度の魔力が迸《ほとばし》った。魔力は突風となって吹き荒《すさ》び、教皇と対峙していた俺は圧力に押されて一歩二歩と後ずさる。

同じ不死の王であったシャラモンとは比較にもならぬ。ベヒモスを焼き払ったときのラスカリスでさえ、ここまでの魔力は発していなかった。

洪水を思わせる魔力の荒波、その中心に立ちながら教皇の目は俺をとらえて離さない。

「ですが、断るというのであれば致し方ありません。少しばかり手荒い手段を取らせていただきます」

その言葉と共に教皇の魔力はますます吼《ほ》え猛《たけ》り、奔流となって周囲を駆け巡る。あまりにも濃密な魔力はマナやオドといったくくりを超えた原初の力——龍穴から湧き出す魔力と酷似《こくじ》していた。

いや、はっきりと同質であると言っていいだろう。

教皇の後ろで塔のようにそびえたつ龍の巨体が、身じろぎするようにぶるぶると震える。それが俺をせせら笑っているようだと感じたのは、はたして気のせいであったのか。

「三百年、待ちました。もう寸秒《すんびょう》とて待ちたくないのです————神格降臨《コール・ゴッド》」

教皇がその言葉を紡いだ瞬間、世界が音を立てて軋《きし》んだ。

4

神格降臨《コール・ゴッド》。

その術式を唱えた瞬間、教皇の魔力が爆発的に膨れ上がった。あまりにも濃密すぎて、物理的な圧迫感さえおぼえる原初の魔力。常人ならば触れるだけで気絶し、そのまま命まで刈り取られてしまっても不思議はない、そういう類《たぐい》の力だった。

「チッ！」

舌打ちして後方に飛ぶ。

ソウルイーターを宿した俺ならば、魔力に触れただけでどうこうということはない。しかし、不快であるのは間違いなかったし、このおぞましい魔力を発する存在からできるだけ距離をとりたいという思いもあった。

神格降臨は聖職者が己の身体を依代《よりしろ》として神を降ろす奇跡の業《わざ》。『蘇生』や『復元』と並ぶ究極の神聖魔法であり、この術式を行使できるのは法神教の教皇ノア・カーネリアスだけだとされている。それほどに術者の心身にかかる負担は大きいのだ。

だが、術者が人間ではなく不死の王であれば負担など無視することができる。

俺はまっすぐに教皇ソフィア・アズライトを見据えた。光神教における「神」が龍であることは教皇自身が明言した。龍をその身に降ろした教皇は人面蛇身の存在に変異するのか、それともまったく異なる姿に変わるのか。

その答えはすぐに明らかとなった。

「ぬ!?」

異音と共に教皇の法衣がちぎれ飛び、服の下に隠されていた白皙《はくせき》の肌があらわになる。

何事か、と目を見開く俺の視線の先で、教皇の背中から夜を思わせる色合いの翼が現れた。この翼が法衣を引き裂いたようだ。

翼の数は二対《つい》四枚。こちらの視界を覆うように黒い翼を広げる教皇の姿は、さながら宗教画に描かれる天使のようで、その荘厳さに否応《いやおう》なく目が吸い寄せられる。

教皇の変異はそれだけにとどまらなかった。

翼が出現するのと同時に、白く清らかだった裸体に黒い染みが浮かびあがってきた。その染みは教皇の腕に、脚に、胸に侵食していき、みるみるうちに白い肌を汚していった。

次の瞬間、染みがあった部位から血しぶきが飛び散り、皮膚の裂け目から黒くぶよぶよとした肉《にく》塊《かい》が這い出てくる。肉塊は自らが出てきた傷口を覆うようにして教皇の身体にへばりつき、溶けるように形を変えていった。

得体の知れない肉のかたまりは、不気味な蠕動《ぜんどう》を繰り返しながら教皇の身体を侵していく。その様は不気味の一言で、何も知らない人間が見たら教皇が粘液生物《スライム》に襲われて食われているようにしか見えないだろう。

むろん、実際はそうではない。先刻からまったく表情を変えない教皇の顔を見れば、すべて向こうの意図どおりに進んでいることは明白だった。

正直なところ、この先の光景は見たくなかったが、ここで目を背ければ教皇に対して隙をさらすことになる。俺は教皇の身体から飛び出してきたモノの正体を見極めるべく目を凝《こ》らした。

俺の視界の中で肉塊は見覚えのある形をとりはじめる。

はじめ、俺はそれが何なのか分からなかった。だが、すぐに理解する。

別に俺でなくとも分かっただろう。それは誰もが見たことのあるものであり、誰もが持っているものであったから。

それは目であった。

それは耳であった。

それは口であった。

教皇の身体にたくさんの目が、耳が、口が張りついている。

これまでも異形の存在と対峙したことは何度かあったが、ここまでの存在はちょっと記憶にない。

そのとき、地の底から湧きあがるような殷々《いんいん》とした声が俺の耳朶《じだ》を震わせた。教皇の声ではない。

無論、俺の声でもない。それは教皇の身体に出現した無数の口から発される声だった。

『我は罪を見る者である』

その言葉と共に、無数の目が俺を睨みつけた。

『我は罪を聞く者である』

その言葉と共に、無数の耳がそばだった。

『我は罪を問う者である』

その言葉と共に、無数の口がひらかれた。

そして、異形の存在は高らかに己の名を告げる。

『我は罪を刈る者《アズライール》である。ひざまずけ、人間』


アズライールと名乗ったモノがそう告げた瞬間、それまでただ吹き荒れていた魔力が瞬く間に指向性を帯びた。巨大な鉄槌《ハンマー》にも似た魔力が俺めがけて振り下ろされ、全身を押しつぶさんばかりの重圧がのしかかってくる。

きっと向こうにとっては攻撃と呼ぶにも値しない、単なる威嚇《いかく》。それでも並の旗士がこれを食らえば、耐えきれずに膝をついていたに違いない。それどころか、踏みつぶされた蛙《かえる》のようにぺちゃんこにされていたかもしれない。

俺は相手の重圧に耐えながら、皮肉をこめて唇を歪めた。

「神格降臨というからには龍に似た姿になると思っていたんだがな。龍を崇めているというのは嘘っぱちか？」

「いいえ、嘘ではありません」

応じたその声はアズライールのものではなく、教皇の口から発されたものだった。

「私は神を降ろしたことにより、神が有する幻想種を生み出す権能を行使できるようになりました。この姿はその権能を行使した結果です」

「幻想種を、ね」

ソウルイーターも龍によって生み出された幻想種だ。それゆえ、龍が幻想種を生み出す権能を持っている、という話は嘘ではない。教皇は龍の権能でアズライールを生み出し、それを己の身体に降ろしたのだろう。

問題はなぜ教皇がそんな回りくどい真似をしたのか、である。龍とは星の精霊、かつて世界を統《す》べた黄金帝国《インペリウム》を滅ぼした力の持ち主だ。教皇が龍の力を振るえば、俺ひとりを潰すことなど造作もあるまい。

にもかかわらず、教皇はアズライールを降ろした。それはどうしてなのか。

俺は教皇の後ろで塔のようにそびえたっている龍を、そして龍の額に突き立っている大剣を見やる。

アトリによって封印されたことで、龍の力が弱まっているのは想像に難《かた》くない。神と称される存在が三百年にわたって封じられてきた、その事実が龍の衰弱を物語っている。

ソフィアは龍の力を振るわなかったのではなく、振るえなかったのだ。だから権能でアズライールを生み出すという間接的な方法をとらざるを得なかったのだろう。

その俺の思考を読み取ったのか否か、教皇は歌うように言葉を紡いだ。

「アズライールは罪を刈る者。その鎌は肉体と魂を分かつ裁定の神器です。それが意味するところはおわかりでしょう、魂を喰らう者《ソウルイーター》」

肉体と魂を分かつ。ソウルイーターのように直接魂に作用する力を持つ幻想種ということか。だとすれば、ソウルイーターと同格とは言わないが、それに近い力を持っていると考えるべきだろう。

それに、肉体と魂を分かつということは、へたに攻撃を受けると俺と同源存在《アニマ》の繋がりを断たれてしまうかもしれない。青林旗士にとっては天敵というしかない相手。

厄介な、という思いが自然と湧きあがってくる。

だが、同時に面白いとも感じていた。これほどの相手であれば、さぞ喰いでがあることだろう。

俺が鬼界に来た目的のひとつは幻想種に匹敵するという鬼界の魔物を喰うためだった。喰う相手が「幻想種に匹敵する魔物」から「幻想種」にかわったところで何の問題もない。

「心装励起——喰らい尽くせ、ソウルイーター」

返答がわりに心装を抜き放つと、教皇はくすりと微笑んだ。

そして、その表情のまま左手を高く掲げる。

「参ります」

次の瞬間、教皇の左手には漆黒の大鎌が握られていた。

5

剣と鎌が打ち交わされるたび、耳をつんざく轟音が響き渡る。

繰り返される剣戟《けんげき》の回数はとうに四十を超えて五十に達しようとしていたが、攻防の激しさは寸《すん》毫《ごう》も衰えることなく、むしろ回数を重ねるごとに苛烈さを増していた。

相手は全身に無数の目、耳、口を張りつけた異形の天使。その依代《よりしろ》は三百年の時を生きた不死の王。当然、油断などしていなかった。

ただ、それでも俺は意表を突かれていた。教皇が何の術式も使わず、真っ向から『戦士』としてわたり合ってくるとは予想していなかったのである。

死神のそれを思わせる漆黒の大鎌を縦横に振るいながら、跳ねるように地面を蹴って躍りかかってくる迫力は上位旗士に匹敵する。

むろん、俺も押されてばかりではない。敵の攻撃を弾き返して反撃に転じるのだが、教皇は心装《ソウルイーター》による全力の一撃を苦もなく受けとめて小揺《こゆ》るぎもしない。分厚い城壁に剣を叩きつけているような感触だった。

力で崩せないなら速さで、と続けざまに鋒鋩《ほうぼう》を叩き込んでみても、優雅なほどの体《たい》さばきですべて躱《かわ》され、かえって反撃を食らう有様。力感《りきかん》と速度、そして優美さを兼ね備えた教皇の戦いぶりは、あたかも舞いを舞っているかのようだった。

――やりにくい。

俺は内心でうなる。

ひとつひとつの動作が強く、速く、巧《うま》く、繰り出してくる一手一手が常に次の行動への布石になっている。それゆえ攻撃にせよ、防御にせよ、遅滞というものがまるでない。その鮮やかなまでの連動性が、本来無骨《ぶこつ》であるはずの戦闘行為に流麗さをもたらし、見る者を惹きつけてやまない。

武闘を舞踏へと昇華せしめた戦いぶりは俺にひとりの旗士を想起させた。舞姫と称えられたかつての許嫁の顔が脳裏をよぎる。

次の瞬間。

「て、うおっ!?」

　ぞっとするほど鋭い刃鳴りの音が、時ならぬ物思いを打ち破った。

　振るわれた大鎌は一瞬前まで俺の首があった空間を光速で薙ぎ払う。致死の一撃を危ういところで回避した俺は、後方に飛んで相手と距離をとろうとした。しかし、こちらが気をそらした一瞬を好機と狙い定めた教皇は即座に追撃に移り、間合いを詰めてくる。

　目にもとまらぬ追撃は幻想一刀流の高速歩法を彷彿《ほうふつ》とさせた。

　とっさに心装を掲げて敵の大鎌を受けとめると、鉄塊を叩きつけられたような衝撃が伝わってきた。受け流すのは無理だと判断した俺は、奥歯を噛みしめて相手の重圧《プレッシャー》に対抗する。

「――ッ!!」

「……ッ!!」

　互いの口から無言の気合がほとばしり、俺と教皇の視線が至近距離で激突する。

　教皇はここが勝負所と見たのだろう、全身から魔力を湧き立たせながら強引に鎌を押し込んできた。俺はそれに対抗するべく更に力を込める――と見せかけて一気に力を緩めた。

　いきなり均衡《きんこう》が崩れたことで教皇がつんのめるように前に出る。

　俺はその隙を逃さず、教皇と身体を入れ替えるようにして背後にまわりこんだ。そして、そのまま相手の背に斬撃を叩き込む。

　死角かつ至近距離からの一撃である。並の敵なら間違いなくこれで終わっていただろう。だが、教皇の身体に浮かびあがる無数の眼《まなこ》は俺の動きを正確に捉《とら》えており、教皇は俺の方を振り向きもせずに鎌を振るって致命の一閃を弾き返した。

のみならず、防御のために繰り出した鎌をそのまま反撃に転用し、お返しとばかりに強烈な横薙ぎを叩きつけてくる。

回避のためにぐっと上半身を沈めると、間一髪、頭のすぐ上を刃音《はおと》が駆け抜けていった。相手の反撃を躱《かわ》した俺はすぐさま後方に飛び、今度こそ教皇と距離をとる。

――やりにくい。

敵との間合いを測りつつ、俺は先ほどと同じことを、先ほどよりも強く思った。

険しい表情で相手を見据えていると、教皇がどこか愉《たの》しげに口をひらく。

「ふふ、目に驚きが見て取れますね。教皇である私がここまで戦えるとは思っていなかった、というところでしょうか？」

「……まったくそのとおり。それは幻想種の力なのか？　それとも龍の権能とやらか？」

「どちらも違います。これは私、ソフィア・アズライトが人であった頃に培《つちか》った技。幻想種とわたり合うためには神官とて前で戦わなければならなかったのです」

そう言うと、ソフィアは何かに気づいたように小さく微笑んだ。

「そのとき、手ほどきをしてくださったのが幻想一刀流を編み出した御剣家の始祖たちです。思えば、あなたは私にとって弟弟子《おとうとでし》にあたるのかもしれませんね」

「姉弟子を気取るなら、始祖直伝の秘剣のひとつも披露してほしいもんだ」

益体《やくたい》もないことを口にしつつ、ぬかりなく相手の挙動に目を配る。

俺の内心には教皇への警戒心が深く根を下ろしていた。事ここにいたっても教皇の狙いが見えないからだ。

はじめは俺を殺すか、あるいは神器を用いて俺とソウルイーターを分断するつもりなのだと思ったが、それにしては敵意や殺意が感じられない。

それだけ無心で戦っているということかもしれないが、無心で戦っている奴は弟子がどうこうと軽口を叩いたりはしないだろう。

目を奪われるくらい華麗な戦いぶりを披露する一方で、何を考えているのか心底が見通せない。

そんなところもかつての許嫁を思い出させて、俺は唇を歪めた。

――やりにくいのも道理か。つくづくアズライトとは相性が悪い。

そんなことを考えながら剣を構えていると、教皇が愉快そうに口角をあげた。

「秘剣をお望みとあらばお見せすることも吝《やぶさ》かではありません。ですが、その前にひとつだけ警告を」

「警告？」

「私が手ほどきを受けていた頃、幻想一刀流はまだ完成していませんでした。それゆえ私が学んだのは幻想一刀流の原型となった技です。幻想種を討つために、ただそのためだけに磨き抜かれた技ゆえに、後世に伝えることを念頭に編み出された幻想一刀流よりも荒っぽいのです」

ですので、お気をつけて。

そう言うと、それまで構えらしい構えをとらずに戦っていた教皇がはじめて明確な構えをとった。

それは剣術でいうところの脇構え。左足を半歩引き、敵に対して身体が斜めになるよう構えた上で、得物である鎌を左腰に寄せている。どことなく剣士が居合《いあい》を放つときに似ていた。俺でたとえるなら颯《はやて》や虚喰《こくう》を放つときの体勢である。

そう思った直後、空気が震えた。

「――ッ!!」

教皇が発する力の拍動が俺の肌をびりびりと震わせる。

俺はとっさに腰を落とし、全力で防御の姿勢をとった。そうしなければやられる、と本能が警鐘を鳴らしている。

次の瞬間、教皇の静かな声が俺の耳朶を震わせた。

「幻葬《げんそう》一刀流 巽《そん》の型《かた》 狂《くる》い飆《かぜ》」

轟《ごう》、と。

耳元でそんな音が鳴った気がした。

気が付いたとき、俺の身体は空高く弾き飛ばされていた。防御も警鐘も何の意味もなさなかった。

耐えるという感覚さえないままに地面から引きはがされ、錐揉《きりも》みしながら宙を舞う。

勁《けい》で足場をつくることもできず、竜巻に巻き込まれた木の葉のようにただただ風に翻弄された。

全身の骨という骨が軋《きし》み、今にも四肢が千切れ飛んでしまいそう。というか、もうすでに千切れているのかもしれない。そう思ってしまうくらい全身を苛《さいな》む風圧は強烈だった。

耳元では絶えず轟音が鳴り響き、視界も二転三転して自分がどちらを向いているのかもわからない。ともすれば意識を手放してしまいそうな混乱の中、その声は奇妙にはっきり聞こえてきた。

「幻葬一刀流――」

いつの間に近づいていたのか、大鎌を振りかぶった教皇の姿が視界に映し出される。

俺がとっさに心装を掲げるのと、教皇が次の技を放つのは同時だった。

「震《しん》の型《かた》　神鳴《かみなり》」

射るような雷光が視界を純白に染めあげる。

直後、俺は物凄まじい衝撃と共に地面に叩きつけられていた。

6

震《しん》の型《かた》　神鳴《かみなり》。
教皇が口にしたその勁技《けいぎ》を俺は知っていた。以前、ティティスの森でゴズ・シーマと戦ったときに見た幻想一刀流の奥伝《おうでん》。

教皇の勁技の構成はゴズと同一だったが、威力は比較にもならなかった。

「ぐ……ぎ……ッ!!」

苦悶と悲鳴と驚愕をごった煮にしたような声が口からあふれ出る。

気が遠くなるような衝撃。頭蓋はひしゃげ、四肢の関節はへし折れ、全身の骨は残らず砕かれ、臓腑はすべて潰された——そう思ってしまうほどの激痛が全身を駆けめぐっている。

むろん、実際にそこまでひどい怪我を負っているわけではないだろう。いくらソウルイーターに復元能力があるとはいえ、そこまでのダメージを負えば俺も生きてはいられないはず。今も全身を走る痛みは俺が生きていることの証だった。

だが、当人の感覚からすれば、本当に全身を砕かれたような衝撃と苦痛だったのである。

……まあ、ドーガと三日三晩の死闘を繰り広げた際には、これと同じような苦痛を何十、何百と味わったので、もう慣れっこといえば慣れっこなのだが、慣れたから痛みが減るというものでもない。痛いものは痛いのだ。

そんなことを考えながら上空に視線を向ける。

視線の先では教皇が四枚の黒い翼を羽ばたかせて空中に留まり、ひたとこちらを見据えていた。

切れ長の双眸《そうぼう》に爛々《らんらん》と戦意を宿した教皇が、手に持った鎌を大きく振り上げる。

先の神鳴《かみなり》と似て非なる構えを見て、脳裏に何度目かの警鐘が鳴り響く。

俺が苦痛を無視して身体を起こそうとした刹那《せつな》、はるか頭上にいるはずの教皇の声が耳元で聞こえた気がした。

「幻葬一刀流 離《り》の型《かた》 瞋《いか》り火《び》」

教皇が放った勁技《けいぎ》は渦巻く炎と化し、上空から俺めがけて殺到してきた。熱量の高さを示すように青く燃え盛る巨大な炎。躱《かわ》す余裕などどこにもない。

青炎は一瞬で俺を呑み込むと、一拍の間を置いて轟音と共に大きく爆《は》ぜた。膨れあがった爆発は逆巻きながら宙を駆けのぼり、鬼界の空を激しく焦がす。

さらに勁技が生んだ焦熱は見えざる炎となって周囲を焼き払い、あたりの空気が激しく煮えたぎる。呼吸するだけで肺が焼けてしまいそうな高熱により、地面を覆う砂礫《されき》は半ば熔《と》け落ちた。

俺が生身の人間であれば、黒焦げどころか血の一滴、骨の一片に至るまで焼き尽くされ、消滅していたに違いない。教皇が放った勁技は瞬きのうちに周囲を炎熱地獄へ変えていた。

たった三度の攻撃で、竜巻を起こし、雷を落とし、焦土をつくりだした教皇ソフィア・アズライトは、なおも攻撃の手を止めなかった。

「乾《けん》・兌《だ》・離《り》・震《しん》・巽《そん》・坎《かん》・艮《ごん》・坤《こん》。これ天地自然の理《ことわり》を示す八つの形《かたち》なり。すなわち八卦《はっけ》」

神に捧げる祝詞《のりと》のように、あるいは魔法を行使する詠唱のように、教皇の滑《なめ》らかな言葉が俺の鼓膜を震わせる。

「乾《けん》・兌《だ》は合《がっ》して太陽《たいよう》となり、離《り》・震《しん》は合して少陰《しょういん》となり、巽《そん》・坎《かん》は合して少陽《しょうよう》となり、艮《ごん》・坤《こん》は合して太陰《たいいん》となる。これ天地自然の理《ことわり》を示す四つの象《すがた》なり。すなわち四象《ししょう》」

翼を羽ばたかせて急上昇した教皇は、ある高さまで達するや即座に身体をひるがえし、一転して急降下に移る。

自らが生み出した猛熱と青炎をかきわけながら、一直線に地上の俺めがけて突き進んでくる姿は大地を穿《うが》つ隕石を想起させた。

「幻葬一刀流　少陰《しょういん》の型《かた》　白之太刀《しろのたち》」

教皇の手に握られた大鎌がまばゆく輝き、白銀の閃光となって振り下ろされる。

次の瞬間、斬撃は地軸を揺るがす凄絶な威力を解き放ち、鬼界の大地を震撼《しんかん》させた。


ややあって。

「三形一象を修《おさ》めた我が秘剣、いかがでしたか？」

今しがた神域の一撃を放ったばかりの教皇が、まるで何事もなかったかのように微笑んで問いかけてくる。

俺はとっさに応じることもできず、ぜいぜいと荒い息を吐くばかりだった。向こうの絶刀を受けとめた両腕はしびれて動かず、心装を握る手のひらの感覚もほとんどない。いや、手のひらだけでなく、その他の身体の感覚もないに等しかった。

正直なところ、今《いま》追撃されると非常にまずいのだが、いかなる意図があってのことか、教皇はそれをしようとしない。向こうの意図はわからないが、教皇が会話をしたいならそれに乗って回復の時間を稼ぐべし。

そう判断した俺は、吐き捨てるように教皇の問いに応じた。

「死ぬほど痛かったな」

「一命を賭して磨きあげた剣技を、痛かった、で済まされてしまいましたか。手ほどきをしてくださった御剣家の始祖たちに叱られてしまいますね」

そう言うと、教皇はわざとらしく肩を縮《ちぢ》める。そして、軽やかな口調で先ほど口にしていた言葉の続きを語り始めた。

「太陽・少陰は合して陽《よう》となり、少陽・太陰は合して陰《いん》となる。これ天地自然の理《ことわり》を示す二つの儀《のり》なり。すなわち両儀《りょうぎ》。そして、陽・陰は合して太極《たいきょく》となれり。これ天地自然の理《ことわり》なり。総じて八形四象二儀一極。これら十五の型の修得をもって幻葬一刀流は皆伝《かいでん》となります」

「十五の型……さっき口にしていた三形一象とやらは、四つの型を修めたという意味か？」

「はい。剣士ならざる身にはこれが精一杯でした」

教皇が告げた瞬間、大地が揺れた。教皇の背後で巨塔のようにそびえたつ龍が不快げに身体を震わせたのである。

同時に、憎悪にまみれた龍の視線が地上を一撫《ひとな》でした。今は封じられているとはいえ、かつて世界を滅ぼさんとしたモノの一瞥《いちべつ》は不可視の鉄槌《てっつい》となって地上にいる俺を――いや、俺だけでなく教皇をも打ち据える。

どうやら俺が生きているのに教皇が口ばかり動かしているのがご不満らしい。

だが、教皇は龍の眼圧をそよ風のようにいなし、俺に向けて言葉を重ねた。

「もっとも、幻葬一刀流を極めることができたのはわずか三人のみ。幻葬の志士の中には優れた剣士が大勢いましたが、彼らでも皆伝に至ることはできませんでした。龍を討つ太刀は人にとってあまりに高すぎた。御剣家が今に伝える幻想一刀流は、皆伝へと至る険路を少しでも均《なら》すために編み出されたのです」

「険路を均《なら》す？　ということはどちらも……」

「はい。十五の型の修得をもって皆伝となるのはどちらの流派も同じです」

その言葉は教皇とゴズが同一の勁技を使った理由を説明するものだった。

また、教皇が口にした幻葬一刀流を極めた三人とは、おそらく御剣仁《じん》と御剣一真《かずま》、そして鬼人族のアトリのことだろう。

一真が流派の名前に手を加えた理由はわからないが、ひょっとすると御剣家の中には「幻想一刀流の皆伝に至った者のみが幻葬一刀流を名乗ることを許される」なんて掟もあるのかもしれない。

言うまでもないが、俺が自分の勁技に仁と同じ幻葬の名をつけたのはただの偶然である。

そんなことをあれこれ考えている間にも教皇の言葉は続いていた。

「皆伝に至るために重要なのは剣と勁《けい》の調和です。どれだけ正確に剣を振るおうと、必要な勁なくして型を放つことはできません。逆もまたしかり。必要な勁を有していようとも、剣士としての技量がともなわなければやはり型を放つことはできない。あなたが今以上の強さを求めるのなら調和に意を用いることです。特にあなたは勁の比重が大きすぎる。同源存在《アニマ》にひきずられる者は決して高みに至ることはできません」

「……」

俺は教皇の忠告に無言で応じた。

向こうが口にしている内容に疑念があったわけではない。むしろうなずける部分が多々あった。だからこそおかしいと感じたのである。ここまでは回復の時間稼ぎのため、多少の疑念があっても向こうに話を合わせてきたが、さすがに奥義の手ほどきまでされては不審をおぼえざるを得ない。教皇の言動は敵に塩を送るどころの話ではなかった。

俺は慎重に相手の様子をうかがいながら口をひらく。

「忠告痛み入ると言いたいところだが、いいのか？　さっきから後ろがずいぶんお怒りのようだが」

「姉弟子から弟《おとうと》弟子への手向《たむ》けの言葉です。多少は目こぼししてくださるでしょう。それでなくとも龍の眼《まなこ》はとうに曇っていますので問題ありません」

「……どういう意味だ？」

不意に教皇の言葉がぬめるような響きを帯びた。そんな気がした。

背にぞくりとするものを感じ、眉根を寄せて問いかける。すると、教皇はそれまでと変わらぬ口調でこんな言葉を返してきた。

「先ほどから私の頭の中にはひとつの言葉が繰り返し響いています。殺せ、殺せ、忌まわしき竜を殺せ、という龍の言葉が。そして、これこそ龍の目が盲《めし》いている証に他なりません」

それを聞いても俺の疑念は解けない。というか、ますます深まった。

神格降臨《コール・ゴッド》を行使した教皇が龍の言葉を聞けるのは当然のこと。そして龍が言うところの「忌まわしき竜」とは間違いなくソウルイーターのことだろう。

ソウルイーターは千年前、黄金帝国《インペリウム》の時代に龍を討ち果たし、おそらくは三百年前にも御剣仁《じん》に宿って封印に寄与した龍の怨敵《おんてき》。

であれば、龍がソウルイーターを危険視するのも、教皇に命じて殺させようとするのも当然のことだろう。

そんな俺の疑問に気づいているのか否か、教皇は静かにこう続けた。

「あなたを前にしながら竜しか見えていない。それだけで龍が盲《めし》いているのは明白なのです、御剣空《そら》」

7

御剣空《そら》、と教皇は俺の名を口にした。

その目はひたと俺を見据えて動かない。先刻までのように、俺を通してここにはいない誰かを見る目つきではない。それは俺という個人をしっかりと認識している眼差しだった。

ある意味、俺は今はじめて教皇ソフィア・アズライトと対峙《たいじ》したのである。深い闇を湛《たた》えた教皇の双眸《そうぼう》に見つめられ、自然と心が張りつめる。

幸い、先刻の秘剣によるしびれはほとんど消えている。いつでも戦闘を再開することは可能だった。

慎重に相手との間合いをはかっていると、教皇がからかうように口をひらく。

「もっとも、龍があなたに気づかないのも無理からぬことです。他ならぬあなたが自分の力に気づいていないのですから」

「……さっきから何を言っている？」

我知らず声が低くなる。つい先ほどまで、まがりなりにも会話できていた相手と急に言葉が通じなくなってしまった気がする。

正確に言えば言葉が通じなくなったわけではない。教皇が何を言っているのかは分かる。何を言いったいのか分からないのだ。

　いっそ無視してしまってもいいのだが、俺の中の何かがその選択肢を否定する。結果として、俺はただ相手を警戒することしかできなかった。

　教皇はそんな俺を見て目を細める。

「先ほど剣と勁の調和について述べましたが、それと同じく、いえ、それ以上に幻葬一刀流を極めるために大切なものがあります。心技体、すなわち精神と技術と身体の調和です。人間とは不思議なもので、心から勝てると思って挑めば、格上の相手にも勝機を見出すことができます。番狂わせを起こすのはいつだって自分を信じている人間なのです」

　逆に自分を信じられない人間は、ときに実力の半分も出せずに格下相手に敗北する。

　鍛えた身体と培《つちか》った技術を十全に発揮するためには、安定した精神が――自らを信じる心が欠かせない。そう語った教皇は、ここでぴっと人差し指を立てた。

「ひとつ誤解を解いてさしあげましょう。先刻から見るに、あなたは私のことを格上の相手と認識しているようですが、そんなことはありません。こうして鎌ではなく口を動かしているのは何のためだと思います？　それは三形一象の勁技《けいぎ》を放ったことで空《から》になった勁《けい》を回復するため。ようするに私は時間稼ぎをしているのです」

「なに!?」

「剣と勁の調和なくして型を放つことはできない。当然ですが、これは私にも同じことが言えます。

同源存在《アニマ》を持たぬこの身が幻葬一刀流を使うためには、自身の力、不死の王の力、幻想種《アズライール》の力、それらすべてを絞《しぼ》りつくさなければならなかったのです」

その証拠に、と言って教皇は己の身体を指し示した。無数の目、耳、口がうごめく異形の身体は先刻と変わっていない。

だが、よくよく見れば、こちらを見据える幻想種の目に出現時ほどの力感《りきかん》は感じられない。考えてみれば、アズライールも最初の名乗り以降は何もしゃべっていない。それだけ消耗している、ということなのだろう。

教皇はさらに言う。

「アズライールの口を使って複数の魔法を同時詠唱し、釣瓶《つるべ》打ちにすることもできました。けれど、あなた相手では魔力の無駄使いにしかならない。そう思って勁技にすべてを注ぎ込んだのです」

「……何が言いたい？」

「つまり、私は初手で最後の切り札を出したということです。そうしなければ、私はあなたとまともに戦うことができなかった。今のあなたはその域に達しているのです。その様子ではまったく気づいていなかったようですね」

教皇は真剣そのものといった表情でそう告げた。

それを聞いた俺は思わず顔をしかめる。

たしかに教皇の言うとおり、俺は向こうがかなり余裕をもって戦っていると思っていた。もっと言えば、実力の半分も出さずに片手間でこちらをあしらっているとすら感じていた。

なにせ俺の目から見れば、教皇は不死の王《アンデッド》の力も幻想種《アズライール》の力も使わず、ただ己の勁技のみで戦っているとしか思えなかったから。

しかし、実際には教皇は俺の予想よりはるかに真剣に、かつ全力で戦っていたらしい。

そのこと自体はありがたい。正直なところ、今のままでは勝ちの目がまったく見えないと思っていたので。

問題はどうして教皇が今この状況でそれを明かしたのか、という点である。

俺はあれこれ考えつつ言葉を重ねた。

「それにしてはずいぶん余裕綽々《しゃくしゃく》で戦っているように見えたがな」

「それは年の功というものです」

澄まし顔で応じる教皇。三百年の時を生きた不死の王の言葉だ。こんな状況でなければ笑っていたかもしれない。

もちろん今の状況ではくすりともできはしない。険しい顔のまま教皇を見据えていると、教皇は諭《さと》すように語り始めた。

「自らを信じる心を指して人は自信と呼びます。周囲がどれだけ強さを認めようと、自分を信じることのできない者は自信を得られない。自信を得られないゆえに、常に自身を過小評価し、他者を過大評価してしまう。今のあなたはまさにこれに当たります。あなたが正しく心技体の調和を保っていれば、私の力を見誤ることもなかったでしょう」

それを聞いた俺は先ほどとは違う意味で顔をしかめた。

身に覚えがないのであれば、相手の言葉を戯言《ざれごと》だと切って捨ててしまえば済む。だが、教皇の指摘はたしかに俺の胸の深いところを突いていた。

普段は意識していない心の奥底に手を差し込まれた気がして、俺は反射的に言い返す。

「心装を会得した直後ならともかく、今の俺は実力にふさわしい自信を持てていると思うがね」

ウルスラも昔の俺とは見違えたと言っていたし、などと思っていると、教皇はあっさりと応じた。

「自信を持つ剣士は自然と挙措《きょそ》に風格がにじみでるものですが、あなたのそれはせいぜい平旗士《ひらきし》のものです。望めば剣聖にも手が届く者が平旗士の自信をまとうなど、笑い話にもなりません」

「……ぬ」

「あなたはこれまで多くの敵と戦い、勝利してきたはずです。普通の人間であれば、とうに実力にふさわしい自信を得ていることでしょう。けれど、あなたはそうではない。自分を信じられない者は敵を認めることもできないものです。あなたはどれほどの強敵に勝利しても、勝利した瞬間にその勝利を無意味なものにしてしまう。何故なら、強敵だと思っていた相手は『自分程度が勝てる相手にすぎなかったのだ』と無意識のうちに思ってしまうから」

そうやって比類なき勝利を凡百の勝利に堕《お》とし、本来得られたはずのたくさんのものをとりこぼしてきた結果が今の俺である。教皇はそう言った。

——その指摘に驚くほど心が乱れる。

知ったような口をきくなと吐き捨てようとしたが、それもできなかった。心のどこかに相手の言葉は正しいと認めている自分がいる。

唇を引き結んでいると、教皇はささやくように尋ねてきた。

「ですが、何の理由もなしにそうなるとは考えにくいのです。御剣空、あなたはいったいいかなる呪いに侵されているのですか？」

呪い。呪い。自分を信じることができない呪い。

同源存在《アニマ》であるソウルイーターの力が強大すぎたせいだろうか。どんな強敵に勝っても、それはソウルイーターの力によるものにすぎない。そういう思いは確かに胸の内にあった。

だが、同源存在《アニマ》の力はすなわち使い手の力である。俺はそのことを理解していたし、そもそもソウルイーターがいなければ、俺はヒュドラやベヒモスといった幻想種はもちろんのこと、ただの魔物である蠅《はえ》の王にすら勝てずに食い殺されていた。俺がソウルイーターに抱く感情は感謝だけだ。呪いになどなるはずがない。

俺が自信を得られない原因はもっと別のものだ。泣きたいほどに暗く、凍えるほどに冷たい記憶。

脳裏をよぎるのは路傍《ろぼう》の石ころを見るような乾《かわ》いた目。そして、その目と同じくらいに乾《かわ》いた声。

ああ、そうだ。もしこの身が呪いに侵されているのだとすれば、それは。

『——島を出るがよい。この地に弱者は不要である』

お前には何の価値もないのだと断じた、あの声以外にありえなかった。

8

俺が表情を変えたのがわかったのだろう、教皇はこちらの目を見ながら静かに言った。

「その呪いを解かないかぎり、あなたは常に鉄の鎖で縛られているも同然。実力を発揮しようもありません。逆に言えば——」

意味ありげに一息入れてから、教皇はニィッと口角を上げた。

「あなたを討つならば、呪いに縛られている今をおいて他にない、ということです」

時間稼ぎはもう終わりということなのか、教皇の双眸《そうぼう》が油膜を張ったようにぎらりと輝く。姉弟子を名乗り、あれこれ言葉をつらねていたときの表情はすでにない。

豹変《ひょうへん》といってよい変わり様だったが、もとよりこの相手に油断などしていない。俺は一切の隙を見せずに心装を構え、敵の動きに注意を払った。

攻撃が来たのはその直後である。それは眼前の教皇によるものではなかった。

『ルォオオオオオォォォオオオオオオオ!!』

耳をつんざく咆哮が轟きわたり、ビリビリと大気を震わせた。

心臓をわしづかみにされたような重圧《プレッシャー》がのしかかり、左右の耳に太い錐《きり》を突き込まれたような激痛が走る。

「ぐぅっ!?」

俺は苦悶のうめきをもらす。それは予期せぬ攻撃だったが、記憶にある攻撃でもあった。

ひとたび吼えれば、耳を貫き、頭蓋を穿ち、魂を傷つける、それすなわち竜の咆哮《ドラゴンロア》――かつてヒュドラが出現したとき、ルナマリアが口にした言葉が脳裏をよぎる。

ヒュドラの咆哮と今の咆哮は同質の効果を有していた。ただし、同質であるだけで同一ではない。威力だけを見れば今回の方が桁外《けたはず》れに強い。八重だったヒュドラの咆哮をひとつに束ねたとしても、今の咆哮には及ぶまい。

それほどの咆哮を誰が放ったのか、あえて語る必要はないだろう。

「ふん、これも呼び名は龍の咆哮《ドラゴンロア》になるのかね」

俺は教皇を、そして教皇の背後で天を覆うように巨大な翼を広げる人面蛇身の龍を見据える。

そして、嘲《あざけ》るようにふんと鼻で息を吐いた。言うまでもないが、俺の後ろには多くの光神教徒が暮らす本殿がある。

遠くティティスの森で発されたヒュドラの咆哮のせいで、イシュカはほとんど一瞬で都市機能を喪失した。ヒュドラより強力な咆哮を、より至近で浴びせられた光神教徒たちがどうなっているのかは子供でもわかる。

「こんなところで吼えていいのか？　本殿にいるのは浄世《じょうせい》を成し遂げるための大事な同志たちだろうに」

「忌まわしき竜を討つ一助になれるのであれば、皆よろこんで命を差し出してくれることでしょう」

すべては龍の御心のままに。そう口にする教皇の顔は真摯《しんし》そのものであり、見るからに敬虔《けいけん》な信徒といった面持ちだった。ついさっき、その龍を指して盲《めし》いていると言っていた人物とは思えない。

整合性の見えない相手の言動にうそ寒さを感じる。

龍への態度だけではない。三百年前の真相を語り、浄世《じょうせい》への協力を求め、それが受けいれられぬと知るや即座に殺しにかかり、かと思えば一転して姉弟子を名乗り、俺を案じる素振りを見せる。

乱心しているにしては言葉は明晰《めいせき》で、けれど隠された意図があるにしては行動が破綻《はたん》している。

もともとの教皇――ソフィア・アズライトの人格がこうだったのか、それとも鬼界で過ごした三百年が人格を侵食したのかはわからない。わからないが、この相手を理解できると考えるのも、理解しようと試みるのも、いずれも危険であることはわかった。

であれば、とるべき選択肢はかぎられる。

俺が心装を握る手に力を込めるのと、教皇が笑みを浮かべて地を蹴るのはほとんど同時だった。

――そうして始まった教皇との二度目の戦いは、激しくも短いものとなる。

相変わらず教皇の攻撃は強烈で、巧みな組み立てから繰り出される絶え間ない攻勢には苦戦を余儀なくされた。

しかし、言い方を変えれば、それは「苦戦」で済ませられる程度の劣勢だった。先刻とてやりにくいとは何度も思ったが、勝てないとは一度も思っていない。

先ほど為《な》す術《すべ》なく追い込まれたのは、やはり三形一象の勁技によるところが大きかった。それはつまり、あれさえ注意すれば致命的な事態は避けられるということである。向こうが勁技を放つ構えを見せたとき、そこに攻撃を差し込めば勁技を阻止することはできる。

へたに相手の出方をうかがったりせず、先手先手で戦っていれば先ほども今と同じ戦いをすることはできただろう。相手を警戒しすぎたことで、自ら戦いを難しいものにしてしまった。

自信のない人間は自分を過小評価し、敵を過大評価するとは教皇の言《げん》であるが、今の俺は少なからずこの言葉にあてはまってしまっている。

——自信に呪い、か。

思い当たる節はあった。ただ、たとえ教皇の指摘が正鵠《せいこく》を射ており、俺の成長が父の一言によって阻害されていたのだとしても、今の時点では解決しようのないことである。

弱者という言葉を否定するためには父を超えなければならない。そして、俺はもとよりそのつもりだった。鬼ヶ島で父と会ったときに観《み》た白峰の頂き。あそこにたどりつくために今日まで貪欲に力を求めてきたのである。

ゆえに、今さら父を超える理由がひとつふたつ増えたところで何も変わりはしない。今このとき、俺が為すべきは自信を得ることでも呪いを解くことでもなく、目の前にいる敵を討つこと。ただそれだけだ。

俺は打ちこまれる大鎌を弾き返しながら、教皇の後ろにいる龍の動きに注意を向ける。

先の咆哮以降、目立った動きを見せない龍であるが、それが機をうかがっているからなのか、それ以外の理由があるからなのかは分からない。

冷静に考えてみれば、龍が十分な力を残しているのなら、すぐにでもアトリの結界を破って鬼ヶ島に出現しているはずだ。それができない時点で三百年前に龍が負った傷の深さが知れる。

怨敵たるソウルイーターを前にしながら、教皇に殺せ殺せと命じるばかりでみずから動こうとしないのも、戦いたくとも戦えない状態にあるからではないのか。だとすれば龍はすでに死に体。先ほどの咆哮は鼬《いたち》の最後っ屁というやつになる。

俺は先刻の教皇にならうようにニィと唇の端を吊り上げた。

相手を軽視している可能性が脳裏をよぎるが、警戒しすぎて不覚をとった先ほどの経験が俺を後押しした。

そんな俺の変化に気づいたのか、教皇がとっさに後ろに飛びすさって俺と距離を取ろうとする。

渡りに船とばかりに、俺はその場で勁技の構えに入った。せっかく姉弟子が三つも四つも秘剣を見せてくれたのだ。こちらもひとつくらいは勁技を見せねば無作法というものだろう。

頭の中にあるのはベヒモス戦で使用した刺突の勁技。それは槍のように鋭く、螺旋《ねじ》のように回転しながら、敵を穿《うが》ち、えぐり、突き進む。

避ければ後ろにいる龍を直撃してしまう以上、教皇はこの一撃を躱《かわ》せない。全力で受け止めるしかないのだ。

練り上げた勁《けい》を解き放ち、教皇めがけて心装を振るう。

「幻葬一刀流——強螺《ごうら》！」

放たれた勁技は轟然と螺旋《らせん》を描きながら、前方の空間をえぐるように教皇めがけて突進した。あまりにも濃密な勁の奔流は余波だけで大気を軋《きし》ませ、進む先の地面を砕き割りながら標的へ向かって驀進《ばくしん》する。

その威力はカタラン砂漠で同じ技を放ったときとは比べ物にならず、ベヒモスが放った星の息吹《ブレス》さえ色あせる。心装を通して伝わってくる会心の手応えに、俺は思わずクッと喉《のど》を鳴らした。

直後、教皇の大鎌と俺の強螺《ごうら》が正面から衝突する。

標的を穿《うが》ち抜かんと吼《ほ》え猛《たけ》る勁技に対し、教皇は自身の勁を高めて力ずくで弾き返さんとする。

二つの勁のせめぎ合いは大地を震わせるほどに激しく、同時に、瞬《まばた》きを数度繰り返せば終わる程度に短いものだった。

教皇が大鎌を大きく振り抜いた瞬間、強螺《ごうら》は耐えかねたように進路を曲げ、教皇の身体をかすめるようにして後方の地面に激突する。炸裂する爆発音。

見るかぎり教皇に負傷はなく、後ろの龍も無傷のまま。強螺《ごうら》が不発に終わったのは明白だった――が、俺は意に介さなかった。強螺《ごうら》が教皇と競り合ったほんの数秒の時間、それさえあれば次の一手を打つには十分すぎる。

俺は全身の勁を両足に込めて地面を蹴り、一瞬のうちに教皇に肉薄する。そして、強螺《ごうら》を払いのけた直後の針の穴ほどの隙を縫って、身体ごとぶつかっていった。

こちらの動きに気づいた幻想種《アズライール》の無数の目が不気味に輝き、無数の口が何かの呪文を唱えたようだったが、いずれも遅い。

次の瞬間、俺は教皇のふたつの乳房の間、胸の中央に深々と心装を突き刺していた。

敵の身体を貫いた確かな感触。流れ込んでくる膨大な量の魂。それは間違いなく心装の刃が教皇の命に届いた証だった。

俺は勝利の確信に促されるまま、そのまま一気に相手の身体を切り下げようとして――がしり、と教皇に両手をつかまれた。

9

大鎌から手を離した教皇が左右の手でしっかりと俺の両手を握りしめている。

とっさに振り払おうとしたが、驚くほどの膂力《りょりょく》で押さえ込まれた。

罠、という単語が否応《いやおう》なしに脳裏をよぎる。こちらの強螺《ごうら》を払いのけた際に見せた隙は、俺を誘い込むためのものだったのか。だとしたら、俺はまんまと向こうの思惑に乗せられたことになる。

そう思って内心で舌打ちしたとき、教皇の口が動いた。

「今の勁技――強螺《ごうら》、と言いましたか？」

「……言ったが、なんだ」

「仁様が編み出した幻葬一刀流にそのような勁技は存在しません。一真様の幻想一刀流にもなかったはず。察するに、あなたが自分で編み出した勁技なのでしょう」

教皇は淡々と言葉を続ける。今まさに心装で胸を貫かれているというのに、その顔には苦痛の片《へん》鱗《りん》さえ浮かんでいない。

一瞬、眼前の教皇が幻影か何かなのかと勘違いしかけたが、それはありえないのだ。何故といって、こうしている今も心装を通じて教皇の魂が流れ込んでいるからである。

魂が喰える以上、目の前にいる教皇は本物だ。そして、幻想種に匹敵する魂の量からして、いつの間にか影武者と入れ替わったという可能性もない。

にもかかわらず、教皇の言動に乱れはなかった。その事実に警戒の念を強めていると、向こうはなおも言葉を重ねてくる。

「剣と勁の調和はおろか、心技体の調和すらとれていない者が放てる勁技ではありません。それなのにあなたは放つことができた。見事と言う他ありません」

「幻想一刀流の初歩に無理やり勁を乗せただけだがな」

「只人《ただびと》であれば、無理やり勁を乗せて威力を高めるだけでも至難の業《わざ》。ましてや、忌まわしき竜の力を乗せて勁技を昇華させることの困難さは言をまちません。それは竜が吐く炎で卵を美味しく焼くようなものです」

えらく日常的なたとえを持ち出して褒めてくる教皇を見て、俺は眉をひそめる。先ほどの年の功発言もそうだが、光神教の教皇はときおり妙な諧謔《ユーモア》を口にすることがある。

むろん、この程度で毒気を抜かれたり、ましてや攻撃の手を緩めることはない。心装は今なお教皇の胸に突き立てられたままであり、魂の流入は止まっていない。

俺が教皇のおしゃべりに付き合っているのは、向こうの魂を完全に喰い尽くすまでの時間をかせぐためであった。

もっとも、その程度のことは教皇も承知しているに違いない。魂を喰われていることに気づいていない、なんてこともないだろう。にもかかわらず、教皇は俺の手を握りしめたまま、愚にもつかない話に興じている。

――本当に何を考えているのだか。何を考えているにせよ、もう打つ手はないはずだが。

何度目のことか、俺は内心で首をひねる。

すでに教皇から喰らった魂の総量はヒュドラのそれを超え、ベヒモスの域に達しつつある。教皇の魂にアズライールの分が加算されているとしても、もうじき限界がおとずれるはずだった。

だが、来るはずの限界はいつまで経ってもおとずれない。

その理由は教皇の背後にいる龍にあった。

龍から教皇に向けて、これまで以上に膨大な魔力が流れ込んでいるのが感じられる。神格降臨で龍とつながった教皇は、足りなくなった魔力を龍のそれで補っているらしい。

俺は小さく舌打ちした。

龍の魂の総量がどれほどのものかは知らないが、教皇の様子を見るかぎりまだまだ余裕がありそうだ。だとすると、両手と心装を押さえ込まれている今の体勢は非常にまずい。そう考えた俺は再度教皇の手を振りほどこうとしたが、やはり教皇の手は動かない。

そんな俺を見て、教皇は口元に笑みを浮かべた。

「逃がさない。三百年、この時を待ったのですから」

その言葉に賛同するように龍が高らかに吼える。二度目の龍の咆哮《ドラゴンロア》。

俺は奥歯を噛んで咆哮の威圧に耐えながら教皇の動きを注視する。どれだけ龍の魂が膨大であろうと、心装で胸を貫かれたままではどうにもならない。龍の力が衰え、俺の力が増すだけである。したがって、どこかのタイミングで教皇は動くはずだった。俺はその瞬間を正確に捉え、即座に反撃しなければならない。

ゆえに俺は待った。

一向に動かない教皇の胸に心装を突き立てたまま待った。

無限とも思える龍の魂を存分に喰いながら待った。

たまりかねた龍がさらに三度の咆哮を放っても待った。

多量の魂を喰われた龍が苦しみのたうつように身体をくねらせても待った。

多量の魂を喰った俺が二度ばかりレベルアップしても待った。

龍の口から発されるのが咆哮《ロア》ではなく絶叫《クライ》に変わってからもなお、俺は教皇が動くのを待ち続けた。


――それでも教皇は動かなかった。


さすがにこの頃になると、不敏《ふびん》なる身にも洞察力が芽生《めば》えている。

教皇の狙いは俺ではなく龍なのではないか。先ほどの「逃がさない」という言葉は、俺ではなく龍に向けられたものだったのではないか、と。

教皇は神格降臨で龍とつながっている。そして両者がつながっているかぎり、教皇への攻撃は龍への攻撃と同義になる。魂喰いに関しても同様だ。

先刻から教皇が俺の手を押さえて離さないのは、そうすることで自分と龍を諸共《もろとも》に葬るつもりだから。そう考えれば教皇の不自然な行動にもいちおうの説明がつけられる。

実を言えば、この考え自体はもっと早くに思い浮かんでいた。

ただ「敵だと思っていた相手は実は味方だったのでは？」などという都合の良い考えに従って動けば、どんな不覚をとってしまうか分かったものではない。また、俺にそう思わせることが教皇の狙いである可能性もあった。

だから、俺は自分の疑念に蓋《ふた》をして教皇の魂を喰い続けた。

こうしている今も教皇は心装で胸を貫かれ、魂を喰われ続けている。人間であれ、不死の王であれ、とっくに死んでいなければおかしい致命傷だ。

それでも教皇が生きているのは龍とつながっているからだが、逆に言えば、教皇は龍が滅びるまで死ぬことができないということでもある。負傷にともなう苦痛を龍が引き受けているとも思えない。死ねない身体で死に至る傷を受け続けることの苦痛と苦悶はどれほどのものか、想像したくもなかった。

それでもここで心装を引き抜くことはできないし、そのつもりもない。なにより教皇がそれを許さない。今も変わらず俺の両手は、万力《まんりき》のごとき教皇の手によってしっかりと握りしめられたままなのである。

そうしているうちに、教皇の身体を覆っていた無数の目や耳、口が消え始めた。背中から生えていた四枚の黒い翼もだ。それは幻想種《アズライール》の力が教皇から失われたことを意味していた。

「お前――いや、あなたは……」

互いの息遣いが聞こえる距離で向き合いながら、俺は教皇に困惑まじりの声を向ける。

幻想種の力が消えた今、教皇に俺と戦う力は残っていない。罠である可能性は消えたと見て間違いないだろう。

そう思って口をひらいたものの、自分が殺そうとしている相手に真意を問いかけることに何の意味があるのか。そんなためらいが口から出かけた言葉を押しとどめる。

そんな俺に気を遣ったわけでもあるまいが、教皇がゆっくりと口をひらいた。

「先ほども申し上げましたが――見事です、空《そら》様。仁《じん》様が編み出し、一真《かずま》様がつないだ幻葬の剣はたしかにあなたの中に息づいている。おふたりも草葉の陰で喜んでいらっしゃるでしょう。そして、ごめんなさい。私たちが務めを果たせなかったばかりに、あなたたちに苦難を強《し》いてしまったことを心から申し訳なく思います」

俺はその言葉の内容に、そして声の響きに驚きを禁じ得なかった。

今の教皇は先ほど剣を交えていたときはもちろん、姉弟子を名乗って言葉を交わしていたときとも明らかに違う。

包容力を感じさせる柔らかい声音。こなたを見やる目に先刻までの濁りはなく、澄んだ青空を思わせる瞳が見る者を惹きつける。

なんとなく――本当になんとなくだが、思った。

今、俺の前に立っている人物こそ、三百年前、幻葬の志士として戦ったソフィア・アズライトその人なのではないか、と。

その真偽をたずねる間もなく教皇は言葉を続ける。わずかに早口だったのは、自分に残された時間があとわずかしかないことを悟っているためか。

「空様、どうかご油断めさらぬよう。此度《こたび》、あなたが倒したのは三百年前の滅びの残滓《ざんし》にすぎません。今代の滅びはすでに神子《みこ》を得て動きはじめています」

「それは――」

誰のことなのか、という問いかけを俺は寸前で呑み込んだ。ソフィアの身体の輪郭が崩れ始めたことに気づいたからである。

以前、不死の王であるシャラモンを倒したとき、奴の身体は風に吹かれた灰のように塵《ちり》となって散った。おそらく教皇にも同じ末路がおとずれる。

であれば、こちらの疑問をただすよりも向こうの言葉を聞くことを優先すべきだろう。理由はどうあれ、眼前の相手を殺したのは俺なのだ。三百年の長きにわたって在り続けた、最後の幻葬の志士の言葉を聞き届けるのは、他の誰でもなく俺の役割であるはずだった。

その俺に、ソフィアはささやくように告げた。

「どうか健《すこ》やかにお過ごしください。愛する女性《にょしょう》と添うて暮らし、子をなし、老いを重ね、土に還る。人としての当たり前の生を全うしてくださいませ。戦に果てることなく、毒を飼《か》われることなく、龍に呑まれることなき生を、御身に。この身はただそれのみを乞い願っております……」

言い終えるや、ソフィアの身体は溶けるように宙に消えた。まるでソフィア・アズライトなど初

めから存在しなかったとでも言うかのようなあっけない消滅。

ソフィアの言動が不安定だったのは、龍を信奉しながら龍の消滅を望むという背反を胸に抱え込んでいたからかもしれない。

ただ、相手は仮にも神と呼ばれる存在だ。ソフィアの背反に気づかなかったとは考えにくい。それでもソフィアが志士としての己を残せた理由は。

――壊れたから残せたのか、あるいは、残すために壊れたのか。

ふとそんなことを考えた俺は、すぐにかぶりを振って今の思考を脳裏から払い落とした。今となっては確かめようもない疑問である。

ソフィアの消滅と時を同じくして、龍もまたその身体を失いつつあった。

ソフィアのように宙に溶けたわけではない。龍の巨軀は龍穴の中に呑み込まれようとしていた。蛇が巣穴に帰ろうとしているようにも、あるいは龍穴が龍の身体を食らおうとしているようにも見える。

このとき、龍の口から発された最後の絶叫が戦いの終結を告げる合図となった。

エピローグ

「空様《そら》！」

「空！」

せっぱ詰まったふたつの声が俺の耳朶《じだ》を震わせる。

声のした方を見れば、声音から予想していたとおりクライアとウルスラの姿があった。

「遅参つかまつりました、申し訳ございません！」

一息で俺のもとまで駆け寄ったクライアが顔を青くして頭を垂れる。その隣ではウルスラも無念そうな表情を浮かべて「ごめん」と詫びてきた。

すでに教皇の身体は塵《ちり》と消え、龍の巨軀も龍穴に呑み込まれているが、先刻からの咆哮や地響き、さらにあたり一帯に広がる噴火口のごとき巨大な穴々を見れば、ここで激しい戦闘がおこなわれていたことは明白である。

ふたりは戦いに間に合わなかったことを心底悔いている様子だった。

もちろんふたりを責めるつもりはない。というか、ふたりが間に合わなかったことに内心で安堵しているくらいだ。ふたりの実力を侮るつもりはないが、ふたりを教皇と、ひいては龍と戦わせたくはなかったのである。

当然だが、面と向かってそんなことは言えない。青林旗士としては色々あったふたりだが、剣士としての誇りが失われたわけではない。俺に非力な乙女のごとく扱われたと知ったら、ふたりとも柳眉を逆立てるに違いなかった。

「気にするな。どうせ教皇が何か仕掛けてたんだろう？」

その指摘はあてずっぽうだったが的中していた。

聞けば、俺と教皇が通った通路の入口は魔力で閉ざされ、石で出来た壁のようにびくともしなかったのだという。その魔力がつい先ほど消えたので、ようやくふたりはここまで来ることができたらしい。

たぶん、タイミング的に教皇の消滅と共に封印が解けたのだろう。教皇が自分の命と連動させて施した封印だったのであれば、クライアたちが解除に手こずったのもうなずける。教皇はきっと余人を交えずに俺と戦いたかったのだ。

俺はそんなことを考えながらふたりと共に大聖堂に戻る。すると、あてがわれた客室でひとりの神官が俺のことを待っていた。

「聖下からの言伝《ことづて》です、御剣家の方。お預かりしていた家宝をお返しいたします、とのことです」

そう言って差し出された長刀は、いつか俺がソウルイーターの記憶で垣間見《かいまみ》た御剣家の家宝『笹《ささの》露《つゆ》』であった。

笹露《ささのつゆ》を受け取った俺たちは龍の咆哮《ドラゴンロア》によって混乱する本殿を尻目に、さっさと西都への帰路につく。

端的に言って逃げ出したわけだが、きちんと理由があってのことである。そもそも今回の一件における俺たちの立場は「謝罪を理由に呼び出された挙句だまし討ちにされた」というもの。本殿の混乱に背を向けたところで文句を言われる筋合いはない。

ただ、それはそれとして、俺たちには西都へ急がなければならない理由があった。

神官を通じて教皇から渡されたのは笹露だけではない。もう一つ、教皇は鬼界に関する重大な情報を書状に記していた。

俺が龍を滅ぼしたことで鬼界における龍の影響は激減した。龍を源とした瘴気の発生はおさえられ、間違いなく鬼界はこれまでより過ごしやすくなるだろう。今は瘴気に侵されている土地も、いずれは作物を生み出す耕地となるかもしれない。

それだけ見れば、鬼人族や光神教徒にとってめでたしめでたしなのだが、問題となるのは鬼界そのものの寿命である。

鬼界はアトリによってつくられた空間結界だ。鬼神の力を借りてつくられた結界は、龍すら封じ込めるほどに強固であるが、それでも永遠に効力が持続することはない。実際、三百年のときを経て、アトリの結界は少しずつ、けれど確実に弱まっていたのである。

遠からず鬼界は消滅するだろう、と教皇は書状に記していた。

今日明日に消えるわけではない。一月後、二月後も問題ないだろう。だが、一年後、二年後にどうなっているかはわからない。そして十年後、二十年後に鬼界が残っているとは考えない方がいい。

それがソフィア・アズライトが残したもうひとつの遺言だった。

書き下ろし　カムナの巫女

その日、スズメは夢を見た。

老若男女を問わず多くの鬼人がカムナの里に集まり、神木の前に設《しつら》えられた舞台を囲んでいる夢である。

それは夢というにはあまりに現実感のある光景で、まるで自分の過去の記憶を見ているようだった。

だが、目の前の光景が過去の記憶であることはありえない。何故なら、スズメは父と母以外の同族に会ったことがないからである。当然、カムナの里に多くの鬼人が集まっている光景など記憶に残っているはずがない。

ゆえにこれはただの夢である――スズメはそう思いながらきょろきょろとあたりを見回す。

すると、ほどなくして舞台の上にひとりの女性が姿をあらわした。

腰まで届く黒髪は絹のように美しく、両の瞳は黒曜石を思わせる深い黒。すらりとした体躯《たいく》に白《はく》衣緋袴《いひばかま》の巫女装束をまとった女性の額からは、スズメと同じ二本の角が伸びている。

しわぶきの音ひとつ聞こえない静寂が舞台を包みこむ中、女性は銀の鈴を転がすような声で祝詞《のりと》を唱えはじめた。

そして、自らの声に合わせて軽やかに舞い始める。

——掛けまくも畏《かしこ》き天地《あめつち》の大神《おおかみ》
——神木《しんぼく》の御前《おんまえ》で神楽《かぐら》を奉《たてまつ》りて
——諸々《もろもろ》の禍事《まがごと》、罪穢《つみけが》れ有《あ》らじをば
——祓《はら》へ給《たま》ひ清め給へと、恐《かしこ》み恐《かしこ》みも白《まお》す

時に獲物を狙う猛禽《もうきん》のように鋭く、時に花畑を飛ぶ蝶のように緩やかに、二間四方《にけんしほう》の舞台の上を駆けまわりながら、女性は無心に舞い続ける。

スズメは息を呑んでその光景を見つめていた。

女性の舞はスズメが母から教わった蛇鎮めの舞とまったく同じもの。

そのこと自体も驚きだったが、それ以上にスズメが驚いたのが女性の舞の鮮烈さだった。

腕の振り、足の運びには一分《いちぶ》の乱れもなく、それでいて「型どおりに舞っているだけ」という窮屈さは少しも感じられない。四肢をしなやかに躍動させて舞い踊る姿にスズメは目を奪われた。

くわえて、舞台狭しと激しく動きまわっているにもかかわらず、女性の呼吸がずっと安定している点もスズメを驚かせた。スズメはこの舞を踊り終えたとき、ろくに言葉も喋れないくらい消耗してしまうのに、女性は驚くべき体力で呼吸に乱れを生じさせない。ゆえに舞が停滞することはなく、祝詞《のりと》が途切れることもない。

演武のように激しく、演舞のように優雅に。

今、目の前でおこなわれている流麗な舞こそが本当の蛇鎮めの舞なのだ――そう考えたスズメは目を皿のようにして女性の一挙手一投足を注視する。たとえここが夢の中でもかまわない。今見《いま》ているものを自分の脳裏に焼きつけなければならない、とスズメは思い定めたのである。

……ややあって女性が舞を終えたとき、スズメは我知らず大きく息を吐き出していた。

と、舞台を降りた女性が落ち着いた足取りでスズメのもとに歩み寄ってくる。まさか自分のところにやってくるとは思っていなかったスズメはあわあわと慌てたが、後ろを向いて逃げ出すこともならず、緊張した面持ちで女性を待ち受けた。

ほどなくしてスズメの前にやってきた女性は、相手の緊張をほぐすように優しくほほえみながら口をひらく。

「はじめまして、スズメさん」

「え、あ……え?」

まさか相手から名前を呼ばれるとは思っていなかったスズメはパチパチと目を瞬かせる。

それを見た女性はくすりと笑ってから自らの名前を名乗った。

「私の名はアトリ。三百年前に神無《かむな》の里で生まれ、蛇鎮めの儀をつかさどる巫女《みこ》を務めていた者です」

「さ、三百年前……？　あの、私のご先祖様、なんですか？」

スズメが震える声で問い返すと、女性――アトリはこくりとうなずいた。

「はい、そのとおりです。私は子をなせなかったので直接の子孫というわけではありませんが、それでも私はあなたの先祖であり、同じ神無《かむな》の里で生まれ育った同胞《はらから》です」

「同胞……」

スズメは噛みしめるようにその言葉をつぶやいてから、先ほどから疑問に思っていたことを尋ねてみた。

「あの、ご先祖様。ここは夢の中なのでしょうか？」

「夢であるとも言えますし、夢でないとも言えますね。私は今、大いなる蚩尤《しゆう》の一部としてあなたに語りかけているのです」

それを聞いたスズメは困ったように眉尻を下げる。相手の言っていることがよくわからなかったからだ。

アトリはわかっているというようにスズメにうなずいてみせると、穏やかな声で語り始めた。

三百年前、自らの身体に大いなる蚩尤《しゆう》――鬼神を降ろしたこと。鬼神の力を用いて蛇を封じる結界を創り出したこと。それから三百年、自分と鬼神の魂はほとんど同化していること。

それらのことを説明した上で、アトリは次のように続けた。

「これまでは蛇を封じ込めることに注力しなければならなかったのですが、先ほど蛇が討たれたことでようやくあなたと話すことができるようになりました」

そう言うと、アトリはいたずらっぽい顔で付け加える。

「これまでも折に触れて話しかけようとはしていたのですけどね。ただ、そのときは余力がなくて今の姿をとることができませんでした」

「え？」

「大いなる蚩尤《しゆう》の目は赤いのです。おぼえがありませんか？」

スズメは思わず「あっ」と声をもらす。ときおり夢の中に出てきた血のように赤い目をした人物の正体に気づいたのである。

と、ここでアトリは表情をあらため、真剣な顔でスズメに警告を伝えた。

「スズメさん、あなたはまもなく命の危険にさらされることになります」

「い、命？」

「そうです。私が封じていた蛇が討たれたことで、今代の蛇も動き始めました。あれは完全なる復活を果たすためにこの地の龍穴を手中におさめようとするはずです。蛇鎮めの儀を受け継ぐあなたは、否応《いやおう》なしに蛇と対峙することになる」

それを聞いたスズメはごくりと唾を呑む。

アトリはさらに言葉を続けた。

「蛇の力は強大です。戦うにせよ、逃げるにせよ、命がけのものになるでしょう。できれば私も力になってあげたいのですが、今の私は大いなる蚩尤《しゆう》の意識の一部にすぎません。泡ぶくのようにいつ消えても不思議はないのです」

だから、あなたはあなたの力で蛇に立ち向かわなければならない――アトリはそう言ってスズメの目をじっと見つめた。

スズメは相手の目をまっすぐに見返して、こくりとうなずく。

「……はい、わかりました」

正直なところ、スズメは蛇の脅威を理解したわけではない。その強大さも実感できていない。

それでも、アトリがスズメのことを心から案じてくれていることは伝わってきた。もとより強くなることはスズメ自身の望みでもある。アトリが危険と断じる存在が、お世話になっている空《そら》たちに益するものであるとも思えない。

だから、アトリの言葉に「わかりました」と応じたスズメの気持ちに嘘はなかった。

そのことを感じ取ったのか、アトリは安堵したように微笑む。

ただ、その微笑みはすぐに消え去り、アトリは沈痛な表情を浮かべた。そして、その表情のままスズメに向かって頭を下げる。

「ごめんなさい。私たちが務めを果たせなかったばかりに、あなたたちに苦難を強いてしまったことを心から申し訳なく思います」

「それは……」

どういう意味ですか、とスズメが問おうとしたとき、不意に視界が翳《かげ》った。

目の前のアトリの顔が蜃気楼のように掻き消えていく。アトリだけではなく、後ろの舞台も、神木も、周囲に集まっていた鬼人たちの姿も消えていく。

ついには里そのものが揺らめきの中に溶けていき――次に気がついたとき、スズメはイシュカの街の自分の部屋で横になっていた。スズメはつい昨日までティティスの森で蛇鎮めの儀について調べていたのだが、根《こん》をつめすぎるのは良くないというルナマリアの助言に従い、一時的にイシュカに戻っていたのである。

ハッと我に返ったスズメは慌てて上体を起こして周囲を見回したが、アトリの姿もなければ同胞の姿もなかった。空から与えられた部屋はしんと静まり返り、窓の外には夜の闇が広がっている。

今のは夢だったのだろうかとスズメは思ったが、アトリの言葉も、アトリの舞もはっきりと記憶に残っていた。夢とは思えないくらい鮮明にだ。

「夢じゃない……なら、ご先祖様の警告も……」

スズメはごそごそと動いて寝台の上から下りると、燭台《しよくだい》に火をつけて机に座った。

そして、今しがた自分が見たもの、聞いたものを残らず文字に変えていく。

自分には意味がわからないことでも、空やミロスラフ、ルナマリア、あるいはセーラならわかるかもしれない。空はまだ帝国から帰ってきていないが、他の三人は同じ家にいるので夜が明けたら話をしてみよう。

スズメはそんなことを考えながら、熱心に羽根ペンを動かし続けた。

あとがき

初めて作品を手に取っていただいた方ははじめまして。前巻を手に取っていただいた方はお久しぶりです、作者の玉兎と申します。

早いものでこの作品も今回で八冊目となり、鬼界編もなんとか終幕までこぎつけました。ストーリーはラストへ向けて着々と進行中です。

カバー折り返しのコメントでも書きましたが、この巻にはこれまで表に出していなかった三百年前の出来事やキャラクターがわんさか登場しますので、作者としては書いていてとても楽しかったです。

一方で取捨選択の結果、けずったエピソードもありました。当初は光神教や方相氏、それに儺儺式使いをもうちょっとクローズアップするつもりだったのですが、それらを全部書いてしまうと八巻のうちに鬼界編を終わらせることができないと判明したので、いくつかのストーリーとキャラをカットすることになりました。けずった分はいずれ何かの形で生かせればいいなあ、と考えております。

話を次巻に移しますと、鬼界で過去の真実を知った主人公はいよいよ父親と対峙することになります。主人公が何を思い、何を望み、何のために戦うのか、そのあたりを皆様に楽しんでいただけるよう頑張って執筆していく所存です。

ここからは作品にたずさわってくださった方々への謝辞になります。

イラストを担当してくださった夕薙先生、編集を担当してくださった古里様、ならびに関係者の皆様、お忙しい中で出版のために尽力していただきありがとうございます。

そして、ここまでこの作品を応援してくださった読者の皆様にあらためてお礼を申し上げます。国の内外で大きな問題が起こり、世情がなかなか落ち着かない昨今、この作品をここまで書き続けることができたのはひとえに皆様のおかげです。今後もご期待にそえるよう精進してまいりますので、応援よろしくお願いいたします。

それでは次巻でまた皆様に挨拶できることを願いつつ、このあたりで筆をおかせていただきます。

ありがとうございました。

転生した大聖女は、
聖女であることをひた隠す
戦国小町苦労譚
即死チートが最強すぎて、
異世界のやつらがまるで
相手にならないんですが。
領民0人スタートの
辺境領主様
ヘルモード
～やり込み好きのゲーマーは
廃設定の異世界で無双する～
二度転生した少年は
Sランク冒険者として平穏に過ごす
～前世が賢者で英雄だったボクは
来世では地味に生きる～
反逆のソウルイーター
～弱者は不要といわれて
剣聖（父）に追放されました～
俺は全てを【パリイ】する
～逆勘違いの世界最強は冒険者になりたい～
毎月15日刊行!!
最新情報は
こちら!

もふもふとむくむくと
異世界漂流生活
メイドなら当然です。
濡れ衣を着せられた
万能メイドさんは
旅に出ることにしました
転生して
ハイエルフになりましたが、
スローライフは
120年で飽きました
駄菓子屋ヤハギ
異世界に出店します
ドイツ軍召喚ッ!
～勇者達に全てを奪われた
ドラゴン召喚士、
元最強は復讐を誓う～
偽典・演義
～とある策士の三國志～
生まれた直後に捨てられたけど、
前世が大賢者だったので余裕で生きてます
ようこそ、異世界へ!!
EARTH STAR
NOVEL
アース・スター ノベル

反逆のソウルイーター　8
～弱者は不要といわれて剣聖（父）に追放されました～

発行 ―――――――――― 2023年7月14日　初版第1刷発行

著者 ―――――――――― 玉兎

イラストレーター ――― 夕薙

装丁デザイン ――――― 舘山一大

発行者 ――――――――― 幕内和博

編集 ―――――――――― 古里 学

発行所 ――――――――― 株式会社アース・スター エンターテイメント
〒141-0021　東京都品川区上大崎 3-1-1
目黒セントラルスクエア　7F
TEL：03-5561-7630
FAX：03-5561-7632
https://www.es-novel.jp/

印刷・製本 ――――――― 中央精版印刷株式会社

ISBN 978-4-8030-1810-3